BASTEI
LÜBBE

Taschenbücher von WILLIAM SHATNER
im BASTEI-LÜBBE-Programm:

23 120 Die TEK-Verschwörung
23 126 Das TEK-Kartell
23 139 Die TEK-Dealer
23 145 Die TEK-Rache

William Shatner

Das TEK-Geheimnis

Science Fiction Roman

Ins Deutsche übertragen
von Bernhard Kempen

BASTEI
LÜBBE

BASTEI-LÜBBE-TASCHENBUCH
Band 23 150

Erste Auflage:
Mai 1994

Deutsche Lizenzausgabe 1994
by Bastei-Verlag Gustav H. Lübbe
GmbH & Co., Bergisch Gladbach
Originaltitel: Tek Secret
Lektorat: Reinhard Rohn
Umschlaggestaltung:
Quadro Grafik, Bensberg
Satz: KCS GmbH,
Buchholz/Hamburg
Druck und Verarbeitung:
Brodard & Taupin, La Flèche,
Frankreich
Printed in France

ISBN 3-404-23150-3

1

Es war eine Regennacht im Spätfrühling des Jahres 2121. Während er mit seinem Gleiter nach Süden flog, sagte er noch einmal: »Ich muß sie finden!«

Barry Zangerly saß verkrampft an den Kontrollen und hatte beide Fäuste geballt. Er war ein schlanker, dunkelhaariger Mann Anfang Dreißig und befand sich auf dem Weg zum Bezirk Ocean Park von Groß-Los-Angeles.

Als das Videophon im Armaturenbrett summte, zuckte er zusammen und richtete sich steif im Fahrersitz auf. Nachdem er langsam ein- und ausgeatmet hatte, drückte er den Antwortknopf.

Auf dem kleinen, rechteckigen Bildschirm erschien ein Gesicht, das sein Ebenbild hätte sein können, nur daß es älter und verwitterter aussah. »Also willst du tatsächlich zu diesem Treffen gehen?« fragte Roger Zangerly. »Du bist ein noch größerer Idiot, als ich . . .«

»Misch dich bitte nicht ein!« warnte Barry seinen Bruder.

»Du solltest es der Polizei überlassen, nach Alicia Bower zu suchen.«

»Verdammt noch mal, Rog, das ist eine Sache, die mich nicht kalt läßt!«

»Schon gut, schon gut.« Sein Bruder befand sich immer noch im Hauptgebäude der Firma Mechanix International im Bezirk Hawthorne von Groß-L.A. Durch die breiten Fenster hinter ihm konnte man sehen, wie der Regen auf die hell erleuchteten Gebäude des ausgebreiteten Komplexes strömte. »Ich habe nicht angerufen, um mich mit dir zu streiten, Barry. Es ist nur so, daß ich nicht gerne zusehe, wie du dich in Schwierigkeiten bringst.«

»Ich habe die Absicht, Alicia zu finden«, sagte er. »Sie ist seit drei Tagen verschwunden. Ich verstehe einfach nicht, wieso ihr Vater oder . . .«

»Ich arbeite für Owen Bower«, erinnerte Roger ihn, »und du kannst mir glauben, daß ich ihn ein ganzes Stück besser kenne als du. Er macht sich große Sorgen um sie, und obwohl er im Krankenhaus liegt, hat er . . .«

»Niemand bei Mechanix gibt sich genug Mühe, sie wiederzufinden.«

»Wir haben unsere eigenen Leute, die nach ihr suchen. Und du weißt ganz genau, daß auch die Polizei sich ihretwegen den Arsch aufreißt.« Roger beugte sich vor und senkte die Stimme. »Bitte dreh jetzt nicht wieder durch, aber es gibt da noch etwas, das ich dir sagen muß. Wir sind uns alle einig, daß Alicia eine sehr attraktive junge Frau ist. Aber du mußt zugeben, Barry, daß sie sehr labil ist. Immerhin war sie letztes Jahr in dieser Anstalt.«

»Das war letztes Jahr. Ich habe jetzt fast zehn Monate lang mit ihr zusammengelebt, und ich weiß, daß sie . . .«

»Eigentlich ist das Ganze meine Schuld. Ja, denn ich habe sie dir auf dieser verdammten Cocktail-Party vorgestellt. Ich habe immer wieder zu Dad gesagt, daß ich mich für die ganze Angelegenheit verantwortlich fühle.«

»Wofür verantwortlich, Rog? Daß ich in die Tochter deines Chefs verliebt bin? Hast du Angst, ich könnte dir damit deine Karriere . . .?«

»Ich weiß vermutlich ein wenig mehr über sie als du«, sagte Roger. »Vor dir hat es schon andere Männer gegeben. Eine ganze Menge andere Männer, um ehrlich zu sein. Sie hat es noch nie länger mit einem ausgehalten. Wahrscheinlich ist es jetzt wieder einmal soweit gewesen.«

»Ich will mir dein Gerede nicht länger anhören.«

»Hör mir zu!« Roger schüttelte den Kopf. »Ich weiß, daß du versessen darauf bist, sie wiederzufinden. Aber nur, weil du einen anonymen Anruf von irgendeinem Gauner erhalten hast . . . Also wirklich, Barry, das ist noch lange kein Grund, ganz alleine zu einem Treffpunkt mitten in den Slums loszufliegen!«

»Ich bereue es schon, daß ich dich überhaupt ins Vertrauen gezogen habe. Ich dachte immer, du wärst ein wahrer Bruder, der . . .«

»Verdammt noch mal, ich bin der beste Bruder, den du dir wünschen kannst.« Rogers Stimme wurde lauter. »Vielleicht bin ich nicht intelligent genug für einen Dozentenjob am Südkalifornischen Technologie-Institut wie du, aber ich weiß sehr gut darüber Bescheid, wie es in der Welt zugeht. Alicia Bower ist nichts mehr als eine verrückte kleine Schlampe, die so viele Typen wie möglich ins Bett zerren will. Nachdem du deine Schuldigkeit getan hast, ist sie einfach mit dem nächsten Anwärter abgehauen.«

»Hör auf, Rog!«

Sein Bruder ließ nicht locker. »Schlag dir dieses Treffen aus dem Kopf. Oder warte zumindest auf mich, damit ich dich begleiten kann.«

»Man hat mir aufgetragen, allein zu erscheinen. Versuch nicht, die Sache zu vermasseln!«

»Du weißt ganz genau, daß du noch nie richtig auf dich selbst aufpassen konntest. Ich mußte immer hinter dir herlaufen und anschließend . . .«

»Geh zum Teufel, Rog!« Barry unterbrach die Verbindung.

Kurz darauf summte das Videophon erneut, doch Barry ignorierte es.

Er lenkte seinen Gleiter durch den strömenden Regen.

Es war genau zweiundzwanzig Uhr, als Barry auf dem Parkplatz neben der Arcade landete. Der Regen strömte jetzt noch heftiger und prasselte gnadenlos auf ihn nieder, als er sein Fahrzeug verließ.

Barry sprintete durch die Nacht über den schwach erleuchteten Platz, auf dem nur ein Dutzend weiterer Gleiter verstreut herumstanden.

Hinter dem Fenster des Parkwächterhäuschens am Ausgang war niemand zu erkennen. Drinnen saß nur ein verbeulter und verrosteter Roboter auf dem Boden. Sein linkes Auge baumelte an ein paar roten und gelben Drähten aus der rostrandigen Augenhöhle heraus. In seiner linken Hand, der ein Finger fehlte, hielt er ein Bündel Parktickets.

»Die Parkplatzbenutzung dürfte heute gebührenfrei sein«, entschied Barry und hastete weiter.

Ein mageres, schwarzhaariges Mädchen, das kaum älter als fünfzehn Jahre war, lehnte mit verschränkten Armen neben dem ebenerdigen Eingang zur Arcade.

Barry verlangsamte seine Schritte und musterte sie. Er war sich ziemlich sicher, daß die Person, die ihn an diesem Nachmittag angerufen hatte, ein junges Mädchen gewesen war, obwohl die Bildübertragung nicht eingeschaltet war.

Als er den Eingang fast erreicht hatte, lächelte das Mädchen. »Hundert Dollar für eine Stunde, dreihundert für die ganze Nacht«, sagte sie mit sanfter Stimme. »Blasen kostet extra.«

»Nein, danke.«

Im ersten Stockwerk des Gebäudes waren etwa fünfzehn Etablissements untergebracht. Mehr als die Hälfte der Cafés, Bars und Spielhallen waren geschlossen und dunkel. Kaum fünfzig Menschen, hauptsächlich Jugendliche, frequentierten diese Ebene der Arcade.

Auf dem Plastilit-Fußboden standen große Pfützen mit Schmutzwasser. Als Barry sich auf den Weg zu den Fußgängerrampen machte, fielen ihm ein paar Regentropfen auf den Kopf.

Die Schwebelampen über dem Eingang zur Rampe zum dritten Stockwerk waren dreckverschmiert. Eine von ihnen flackerte.

Am anderen Ende der kühlen Arcade schrie plötzlich eine junge Frau voller Schmerzen auf.

»Sei still, du Miststück!« brüllte eine schroffe Stimme.

Barry trat auf das Laufband. Auf halbem Weg zum zweiten Stockwerk begann es, laute und knirschende Geräusche von sich zu geben. Dann blieb das Laufband stehen.

Barry ging den Rest des Weges aus eigener Kraft. Im dunklen Eingang zu einem aufgegebenen Souvenirladen auf dem dritten Stockwerk kauerte eine junge Frau. Sie hielt ihre bloßen Knie zusammengepreßt und die geballten Fäuste über der Brust gekreuzt. In ihrem bleichen Gesicht stand ein verzerrtes Lächeln, während sie an die Tek-Brainbox angeschlossen war, die sie sich zwischen die Beine geklemmt hatte.

»Ich liebe dich auch«, murmelte sie.

Man hatte Barry gesagt, daß er seinen Informanten um 22.15 Uhr in einem Laden namens Gypsy's treffen sollte. Das Gypsy's befand sich ein Stück weiter an der rechten Passage. Nebenan lag ein kleines Juweliergeschäft namens Mondstein. Der Laden war geschlossen, im Schaufenster war nichts außer einer seit langem toten Maus zu sehen.

Die Werbefläche neben der Tür zum Gypsy's verkündete: DIE MODERNSTE WAHRSAGETECHNIK UND MEHR! VORÜBERGEHEND GESCHLOSSEN.

Barrys Hand näherte sich der Tür. Bevor seine Fingerspitzen sie berühren konnten, schwang sie leise nach innen auf.

Mitten im schwach beleuchteten Vorraum sah er den Körper einer Frau, die bäuchlings auf dem Boden lag.

»O mein Gott!«

Er lief auf sie zu und kniete sich neben sie hin. Die Tür schloß sich hinter ihm.

Es war nicht Alicia. Es war nicht einmal eine Frau, sondern nur eine Androidin, die in das Kostüm einer wahrsagenden Zigeunerin gekleidet war.

Als er die Androidin auf den Rücken gewälzt hatte, sah Barry, daß jemand ihren Brustkorb geöffnet und die meisten der technischen Innereien entfernt hatte.

Am hinteren Ende des dunklen Raums öffnete sich eine weitere Tür.

Zwei große und schwergewichtige Männer traten ein. Dann folgte ein verkupferter Roboter in einem langen, schwarzen Mantel. Die drei blieben Seite an Seite neben der offenen Tür stehen und sahen ihn an, ohne ein Wort zu sagen.

Barry stand auf. »Hat einer von Ihnen mich kontaktiert?«

Der größere der beiden Männer stieß den Roboter an.

Der Roboter nickte und ging langsam auf Barry zu.

»Deswegen bin ich nämlich hier«, setzte Barry zu einer Erklärung an. »Ich wurde angerufen, daß ich mich um . . .«

Der Roboter versetzte ihm einen heftigen Schlag in die Magengrube. Barry krümmte sich keuchend und taumelte zurück.

Der Roboter folgte ihm. Systematisch und geduldig schlug er Barry zusammen, in den Bauch, in die Brust und in die Rippen. Als Barry schließlich in die Knie gegangen war, begann der Roboter seinen Kopf und sein Gesicht mit metallenen Fäusten zu bearbeiten.

Dann verlor Barry für eine Weile jedes Zeitgefühl. Irgendwann stellte er fest, daß er flach auf dem Boden lag und in das ausdruckslose Gesicht der toten Androidin blickte.

Jemand trat ihm in die Seite.

Jemand sagte: »Hören Sie auf, nach ihr zu suchen!«

Dann verlor Barry erneut jedes Zeitgefühl.

2

Dan Cardigan beobachtete, wie der Gleiter durch die Regennacht davonflog. Er lächelte und lief über den Hof des Apartmentkomplexes.

Der uniformierte Robotpförtner, der unter der metallenen Markise stand, lachte scheppernd und öffnete die breite Plastglastür. »Schon der zweite Abend hintereinander«, kommentierte er mit blechener Stimme. »Und noch nach elf Uhr nachts an einem Schultag unterwegs. Ts ts ts!«

»Du solltest dich etwas häufiger ölen, Otto«, schlug Dan vor, ein junger Mann von etwa fünfzehn Jahren. »Dann geht vielleicht dieses merkwürdige Ts-ts-Geräusch weg, das du immer machst.«

Der Regen prasselte auf die Markise über ihren Köpfen.

»Sie ist eine attraktive junge Dame«, sagte der Roboter.

»Das ist sie.« Dan trat durch die Tür.

Er machte sich auf den Weg zum Apartment, in dem er mit seinem Vater lebte. »Dad?« rief er, als er das Wohnzimmer betrat, und sah sich um.

»Hier bin ich, Dan.« Jake Cardigan stand auf dem geschützten Balkon und sah über den Strand auf das düstere, aufgewühlte Meer hinaus.

Dan trat zu ihm. »Du bist heute schon wieder dagewesen, nicht wahr?«

»Wo gewesen?« Jake betrachtete immer noch das dunkle Meer.

»Komm schon, du weißt genau, daß ich den Friedhof meine, wo Beth Kittridge begraben ist.«

Sein Vater drehte sich um und sah ihn an. Jake war fast fünfzig, ein wettergegerbter, aber gutaussehender Mann. »Ja, ich war eine Weile dort«, gab er zu.

»Du hast keinen einzigen Tag ausgelassen, seit ... nun, seit den zwei Wochen, die inzwischen vergangen sind.«

»Seit Beth' Asche dort beigesetzt wurde.« Jake ging in das Wohnzimmer zurück. »Ich schätze, das stimmt. Hast du einen netten Abend verbracht?«

Dan folgte seinen Vater. »Könnte es sein, daß du vielleicht zu viel über diese Sache nachdenkst?«

»Ja, scheint so.« Jake setzte sich in einen niedrigen schwarzen Sessel. »Vielleicht verwandle ich mich allmählich in einen sentimentalen alten Kauz.«

»Verdammt, du bist kein ...«

»Ihr Tod hat mir sehr zugesetzt. Ich denke, daß ich irgendwann drüber hinwegkomme.« Er lehnte sich im Sessel zurück und richtete sich dann wieder auf. »Schließlich ist Beth schon seit über einem Monat tot.«

»Du hast sie geliebt, und sie . . .«

»Ich muß akzeptieren, daß sie tot ist, daß sie nicht mehr da ist, du hast recht.« Jake stand auf und ging zum Balkon zurück, blieb auf der Türschwelle stehen und starrte wieder in die Regennacht hinaus. »Ich bin niemals religiös oder mystisch veranlagt gewesen. Aber wenn ich dort hingehe . . . und in dieser Kapelle sitze . . .« Er zuckte mit den Schultern und drehte sich zu seinem Sohn um. »Wie war dein Abend?«

»Gut.«

»Einfach nur gut?«

»Okay, er war phantastisch. Soll ich mein Rendezvous mit Molly Fine wie den neuesten Video-Spielfilm beurteilen? Kolossal, erschütternd, sensationell . . .«

»Du hast sie gern, nicht wahr?«

»Ja, ziemlich.«

»Sie mag dich offenbar auch.«

»Zu meinem Glück.«

Jake ging zu seinem Sessel zurück und setzte sich. »Verbringe soviel Zeit mit ihr, wie du kannst«, riet er ihm. »Und sage ihr auf jeden Fall, wie gern du sie hast. Denn man kann niemals wissen, wann . . .«

»Dad! Jetzt klingst du wirklich wie ein alter Kauz.«

»Ich habe wohl etwas übertrieben, oder?«

Sein Sohn nickte. »Du warst eigentlich nie der Typ, der sich selbst bemitleidet«, sagte er.

»Bis vor kurzem?«

»Nun, du hast nur Trübsal geblasen wie ein . . .«

»Ich werde mich bessern«, versprach Jake und grinste für einen Augenblick. »Wo bist du mit Molly gewesen?«

»Zu einem Skyball-Spiel zwischen der Polizeischule von Südkalifornien und der High-School von Santa Monica.«

»Wer hat gewonnen?«

»Die andern.« Jake nickte und streckte sich. »Jetzt, wo du sicher wieder im Nest bist, kann ich mich ja hinlegen.«

»Ach, das hätte ich fast vergessen«, sagte sein Sohn. »Wir hatten heute in der Schule einen Gastdozenten. Jemand, der dich von früher kennt.«

»Du hast dich doch nicht wieder mit ihm gestritten?« fragte Jake besorgt. »Du wirst immer wieder Leute treffen, die glauben, daß ich meine Haftstrafe in der Frostkammer verdient habe.«

»Nein, es war jemand, der dich mag.«

»Aha?«

»Eine Dame namens Bev Kendricks«, antwortete Dan. »Nach dem Unterricht hat sie mir erzählt, daß ihr zusammen bei der Polizei wart.«

»Ja, vor etwa zehn Jahren.«

»Sie hat jetzt ein eigenes Detektivbüro. Es ist längst nicht so groß wie das, bei dem Gomez und du arbeiten, aber sie hat einen sehr guten Ruf und scheint viel Erfolg zu haben. Und sie ist eine hübsche Frau.«

Jake musterte seinen Sohn einen Augenblick lang. »Du versuchst dich nicht zufällig gerade als Kuppler?« fragte er schließlich.

»Nein, Dad, wo denkst du hin?« versicherte Dan ihm lächelnd. »Obwohl ich den Eindruck hatte, sie würde dich gerne einmal wiedersehen. Vielleicht will sie nur über alte Zeiten reden.«

»Vermutlich war dein Eindruck falsch«, sagte Jake. »Ich kann mich erinnern, daß Beth damals nicht sehr viel von mir gehalten ...«

»Ihr Name ist Bev«, korrigierte Dan.

»Was habe ich gesagt?«

Es war kurz vor Mitternacht, als Sid Gomez den Anruf erhielt.

Er saß draußen über dem Pazifischen Ozean in der mit einem

Glasboden versehenen Cocktail-Lounge von Captain Noahs Fischrestaurant. Der Regen trommelte auf die durchsichtige, gewölbte Decke, während unter seinen Füßen das dunkle Meer brandete.

Gomez war ein lockenköpfiger Mann mit Schnurrbart, der rapide auf die Vierzig zuging. Er hatte seine Ellbogen auf den Plastglastisch gestützt und schwenkte sein Glas Ale in beiden Händen. »*No es verdad*«, sagte er zu der jungen blonden Frau, die ihm gegenüber am Tisch saß. »Was soviel bedeutet, daß dem nicht so ist, *chiquita*.«

»Ich verstehe Spanisch, Gomez«, erinnerte Marny Selwin ihn.

»Ich vergaß«, sagte der Detektiv. »Was ich damit sagen will, ist, daß ich immer mit Jake Cardigan zusammengearbeitet habe, seit er aus der Frostkammer entlassen wurde, und daß ich noch kein Anzeichen gemerkt habe . . .«

»Die Tatsache, daß deine Beobachtungsgabe zu wünschen übrigläßt, widerspricht nicht meiner . . .«

»Eins ist klar: Jake war niemals ein richtiger Tek-User. Also besteht wenig Wahrscheinlichkeit, daß er, selbst wenn deine Theorie richtig ist . . .«

»Mein lieber Gomez, ich habe eine Assistanzprofessur in Biotechnologie am Technologieinstitut von Südkalifornien«, erklärte Marny. »Der Großteil der Forschungen, von denen ich dir zu erzählen versuche, wurde von mir und meinen Assistenten durchgeführt. Glaub mir, es gibt jede Menge Beweise, daß Tek selbst bei gelegentlicher Benutzung Gehirnschäden verursachen kann. Ich bin bereit, mit dir zu wetten, daß Cardigans Reflexe, sein Urteilsvermögen und vermutlich auch . . .«

»Hier muß ich dir widersprechen, *almita*. Sein Urteilsvermögen läßt ganz offensichtlich nichts zu wünschen übrig – da er die brillante Entscheidung traf, mit mir zusammenzuarbeiten.«

»Ich meine es ernst.« Marny schüttelte den Kopf. »Du solltest wirklich in Erwägung ziehen, deinen Partner zu wechseln. Meine Studie beweist, daß Leute, die sich wiederholt an eine

Brainbox anschließen und Tek-Chips benutzen, um sich diversen Phantasien hinzugeben, dazu neigen . . .«

»Ich kann dazu nur sagen, daß Jake der beste Partner ist, mit dem ich jemals zusammengearbeitet habe«, sagte Gomez. »Sowohl damals als Polizist als auch heute als Privatdetektiv.« Er drehte sich in seinem Stuhl um und begann sich im großen, kreisrunden Raum umzusehen.

»Was ist los?«

»Ursprünglich kam ich in dieses Bistro, um an der Fete zum zehnten Hochzeitstag meines Cousins Eddie Navarro teilzunehmen«, sagte er. »Dann bin ich dir über den Weg gelaufen, habe mich ablenken lassen, wurde in eine tiefgründige Konversation verwickelt und . . .«

»Dein Cousin ist vor einer halben Stunde aufgebrochen, gemeinsam mit seiner Frau und den meisten der anderen Gäste.«

»Das ist mir entgangen.«

»Zu jenem Zeitpunkt hast du dich leidenschaftlich über eine Sache erhitzt.«

»Moment mal, *chiquita*. Ich streite nicht, wenn ich lediglich die unverblümte Wahrheit feststelle. Es handelt sich eher um einen Vortrag.«

»Glaub mir, ich weiß wirklich mehr über Tek als . . . Was ist denn jetzt schon wieder?«

»Ich hatte nur nach dem Haufen Ausschau gehalten, mit dem du dieses Lokal betreten hast.«

»Sie sind unmittelbar nach deinem Cousin gegangen.«

»Ich habe nicht einmal ein Stück von Eddies Kuchen abbekommen.«

»Hast du gehofft, meine Freunde würden dich von meiner Anwesenheit erlösen? Damit du nicht mehr mit der Tatsache konfrontiert wirst, daß . . .«

»Ich bin derjenige, der die Tatsachen feststellt.« Gomez hob sein Glas und nahm einen Schluck Ale.

»Ich schicke dir eine Kopie meiner Studie. Wie lautet deine private Faxnummer?«

Gomez hob seine linke Hand und schüttelte sie verneinend. »Wir sollten das Thema wechseln«, schlug er vor. »Wir beide haben uns zwei lange Jahre nicht gesehen, seit du diesen Beratungsauftrag für die Detektivagentur Cosmos durchgeführt hast, und doch . . .«

»Ich mag dich wirklich, Gomez«, sagte sie. »Ich habe Cardigan nie getroffen, aber sehr viel über den Mann gehört. Er mag durchaus ein fähiger Detektiv sein, doch die Tatsache, daß er Tek-süchtig ist, wird unweigerlich seine Leistung beeinträchtigen.«

»Er ist nicht süchtig. Er benutzt das Zeug überhaupt nicht mehr.«

»Wie willst du das wissen?«

»Er hat es mir gesagt.«

Sie lächelte. »Du vertraust ihm?«

»*Si*, sicher.«

»Und deines Wissens hat er Tek nicht mehr angerührt, seit er entlassen wurde?«

Gomez betrachtete das dunkle Meer unter ihm. »Nein, kaum.«

Marny lachte. »Kaum? Was soll das heißen? Du hast mir gerade gesagt, er hätte es nicht mehr angerührt.«

»Als Beth Kittridge von den Tek-Baronen ermordet wurde . . . nun, da hatte er einen kleine Rückfall.«

»Die Chance ist verdammt hoch, daß er wieder einen Rückfall haben wird.«

»Das kann ich mir nicht vorstellen.«

»Du solltest wirklich meine Studie lesen oder zumindest überfliegen. Allein die statistischen Erhebungen sollten dich überzeugen . . .«

»Sind Sie Mr. Gomez?« fragte der verchromte Roboter im weißen Seemannsanzug, der an ihren Tisch getreten war.

»Der bin ich.«

»Da ist ein Anruf für Sie, Skipper.«

Gomez erhob sich. »Entschuldige mich für einen Augenblick, *cara*«, sagte er zu der jungen Frau.

In der Videophon-Nische sah er einen schwergewichtigen Mann um die Dreißig, der ihn vom Bildschirm aus mit einem finsteren Blick bedachte. »Erinnern Sie sich an mich?«

»Bekomme ich einen Preis, wenn ich richtig rate?«

»Das ist eine weitere unangenehme Eigenschaft von Ihnen, an die ich mich erinnere, Gomez. Sie sind ein Klugscheißer.«

»Woher wußten Sie, daß ich hier bin?« fragte Gomez.

»Ihre arme leidende Frau hat es mir gesagt, als ich bei Ihnen zu Hause anrief«, antwortete Roger Zangerly. »Sie ist nicht Ihre erste Frau, nicht wahr?«

»Bei weitem nicht.«

»Richtig, ich kann mir nicht vorstellen, wer es lange mit Ihnen aushalten könnte.«

»Gibt es noch etwas, das Sie nichts angeht, worüber Sie mit mir plaudern möchten?«

»Sie haben vor etwa einem Jahr für einen Freund von mir einen Fall übernommen«, sagte Roger. »Harvey Conn, ein stellvertretender Geschäftsführer bei Botoys. Wir haben uns damals getroffen.«

»*Si*, ich erinnere mich an die denkwürdige Begegnung«, sagte der Detektiv. »Sie haben Conn geraten, uns fallenzulassen und eine kompetentere Agentur zu beauftragen.«

»Ich habe mich geirrt. Es hat sich herausgestellt, daß Sie hervorragende Arbeit für Harvey geleistet haben – und Sie haben Stillschweigen über die Sache bewahrt.«

»Ach, will eine Ihrer Geliebten Sie erpressen, weil ...«

»Es geht um meinen Bruder Barry, meinen jüngeren Bruder«, sagte Roger. »Er hat ... also, es ist eine sehr verwickelte Angelegenheit. Man hat ihn vor einer Stunde im Bezirk Ocean Park gefunden. Jemand hat ihn sich vorgeknöpft und ihn völlig zusammengeschlagen. Er wird es überstehen, aber jetzt liegt er im Krankenhaus. Ich möchte, daß neben der Polizei noch weitere Ermittlungen durchgeführt werden. Von einer guten und zuverlässigen Agentur wie Cosmos.«

»Worum geht es im einzelnen?«

»Ich würde es vorziehen, wenn Sie zuerst mit meinem Bruder sprechen und sich seine Version des Vorgangs anhören«, sagte Roger. »Wäre Ihnen morgen früh recht?«

»Kann er Besucher empfangen?«

»Nein, aber er darf das Videophon benutzen – sagte man mir im Krankenhaus.«

Gomez nickte langsam. »Ich werde mit meinem Chef, Walt Bascom, darüber reden, und dann können wir Barry morgen vom Cosmos-Büro aus anrufen. Um elf Uhr?«

»Dürfte in Ordnung gehen.«

»Bis dann, also.«

»Gomez!«

»*Si*?«

»Ich weiß, daß Sie ausgezeichnete Arbeit leisten werden«, sagte Roger. »Aber trotzdem kann ich Sie nicht ausstehen.«

Gomez lächelte. »Warten Sie, bis Sie meinen Partner getroffen haben.«

3

Jake war ganz allein in der kleinen Kapelle. Er saß auf einer Bank im Hintergrund, hatte die Hände gefaltet und blickte zu den kleinen, mit kupfernen Türen verschlossenen Nischen in der Wand links von ihm hinauf.

Die Urne, in der sich das befand, was noch von Beth Kittridge übrig war, stand hinter einer dieser metallenen Türen. Es war Nische 27.

Die Fenster aus simuliertem Bleiglas klapperten. Ein schneidender Wind wehte draußen über den morgendlichen Friedhof. Als der Glockenturm zehn Uhr schlug, stand Jake auf, nickte in Richtung der Nische Nr. 27 und ging den schmalen Mittelgang entlang.

Sein Sohn hatte vermutlich recht. Jake sollte seine Besuche in der Kapelle im Bezirk Glendale einstellen. Eine Zeitlang hatte er sich vormachen können, daß er auf diese Weise in Beth' Nähe bleiben könnte. Doch es wurde für ihm immer schwieriger, so zu empfinden. Sie war tot, und er mußte diese Tatsache akzeptieren.

Es gab keinen Ort mehr, an dem er ihr nahe sein konnte.

Er stieg die Stufen der Kapelle hinunter und trat in den grauen, windigen Morgen. Der Weg zum Parkplatz führte durch zwei Grasflächen des Friedhofs, die mit imposanten Grabmälern bestanden waren. Überall um ihn herum ragten Engel, Putten und Obelisken auf. Es handelte sich ausnahmslos um holographische Projektionen.

Als er am gerüsteten Ritter vorbeikam, der jemandem namens Hurford E. Stone gedachte, bemerkte er, daß die Gestalt flackerte. Die lebensgroße Figur wurde fast unsichtbar, bis sie plötzlich wieder scheinbar solide wurde.

Eine Windböe wehte einige der Plastblumen davon, die neben dem Sockel der Rittergestalt lagen.

Ein paar hundert Meter weiter stand ein Priester betend an einem Grab, das von der riesigen Projektion eines betenden Engels mit ausgebreiteten Flügeln bewacht wurde. Der Priester trug eine schwarze Robe und Kapuze und hatte schwarze Handschuhe übergestreift. Zwischen den Fingern hielt er einen metallisch glitzernden Rosenkranz.

Ein erneuter Windstoß fuhr heftig über den Friedhof, erfaßte den Saum der Robe des Priesters und lüftete sie. Darunter war ein glänzendes, verchromtes Bein zu erkennen.

Jake runzelte die Stirn und verlangsamte seine Schritte. »Vielleicht hat der Mann nur ein Metallbein«, überlegte er halblaut. »Vielleicht ist es aber auch ein Roboter, der vorgibt, ein Priester zu sein.«

Wie zufällig griff Jake in seine Jacke und ließ seine Handfläche auf dem Griff seiner im Holster steckenden Betäubungspistole liegen.

In diesem Augenblick verschwanden alle Grabmäler. Jemand hatte die Projektionsanlage ausgeschaltet, und nun stand Jake inmitten eines leeren weiten Feldes, allein mit dem fragwürdigen Priester.

Jake ließ sich zu Boden fallen und duckte sich.

Als er im feuchten Gras lag, zog der Roboter eine Laserpistole und schoß.

Der knisternde Strahl schnitt kaum zwei Meter links von Jake eine Kerbe in den Rasen.

Er rollte sich von der rauchenden Linie weg. Dabei zog er seine Waffe ganz heraus und drehte sich auf den Bauch. Er zielte und schoß auf den Roboter.

Im Zickzack stürmte der Roboter mit flatternder Robe davon. Jakes erster Schuß hatte nicht getroffen.

Der Roboter wirbelte herum und hob seine Laserpistole, um einen zweiten Schuß auf Jake abzugeben.

Jake feuerte erneut. Diesmal traf der Betäubungsstrahl. Der Roboter richtete sich auf und wedelte mit dem rechten Arm, während die Laserwaffe in den grauen Morgenhimmel feuerte.

Der Wind ließ seine Robe erneut hochwehen und entblößte zwei silberne Beine. Nachdem er einmal hin- und hergeschwankt war, knickten die Beine ein, und die Maschine stürzte um.

Jake blieb am Boden in Deckung. »Da wäre noch der Kerl, der die Grabsteine ausgeschaltet hat«, rief er sich in Erinnerung.

Dann hörte er, wie sich von oben ein Gleiter näherte. Das Fahrzeug setzte zur Landung an.

Jake drehte sich nach links und sah hoch.

»Keine Panik, *amigo*. Die Rettung ist nah«, drang Gomez' Stimme aus einem Lautsprecher im Bauch des Gleiters.

Er setzte ein paar Meter entfernt auf dem heiligen Rasen auf.

Jake lief zum Fahrzeug hinüber und sprang durch die offene Beifahrertür. »Du mußt sofort zur Kapelle rüberdüsen, Sid. Dort sind die Kontrollen für die Grabmäler und . . .«

»Zu spät, Jake. Ich habe gesehen, wie zwei Halunken hinausstürmten und in einen Gleiter sprangen, während ich landete«, sagte sein Partner. »Zweifellos waren sie diejenigen, die diese fragwürdige Trauershow abgeschaltet haben. Sie sind längst über den stillen Pazifik entschwunden.«

Jake nahm im Beifahrersitz Platz. »Woher wußtest du, daß ich hier bin?«

»Du treibst dich jeden Morgen um diese Zeit hier herum«, antwortete Gomez. »Diese Angewohnheit scheint sich bereits in weiteren Kreisen herumgesprochen zu haben.«

»Scheint so.«

»Wir haben in einer knappen halben Stunde einen Termin bei Bascom.«

»Ein neuer Fall?«

»*Si*, und hoffentlich einer, der dich auf andere Gedanken bringt.«

»Ich möchte wissen, ob das der Grund war«, sagte Jake. »Wollte jemand verhindern, daß ich rechtzeitig zu diesem Termin erscheine?«

Walt Bascom war ein mittelgroßer Mann Mitte Fünfzig. Der Anzug, den er trug, sah wie auch seine übrige Geschäftskleidung so zerknittert aus, als hätte er darin geschlafen. Er hockte auf der Kante seines überfüllten Schreibtisches mitten in seinem großen, unordentlichen Büro im Turm II der Detektivagentur Cosmos. Hinter den Panoramafenstern waren die anderen Wolkenkratzer des Bezirks Laguna zu erkennen. Gleiter, Flugtaxis und Luftbusse sausten am grauen Morgenhimmel vorbei.

Der Agenturchef trommelte geistesabwesend mit den Fingern auf dem Saxophon, das auf den Bergen von Notizen, Akten und Faxkopien lag, die auf dem Schreibtisch verstreut waren. »Bevor wir zum Interview mit unserem Klienten kommen, meine Herren, hätte ich noch einige nützliche Hintergrundinformationen beizusteuern«, sagte er.

Gomez hatte es sich in einem Sessel bequem gemacht und die Füße auf eine Kiste gelegt. »Betrifft es Barry Zangerly?«

»Ihr wollt sicherlich wissen, worum es bei diesem Fall überhaupt geht«, erwiderte Bascom. »Als du letzte Nacht angerufen hast, Sidney, habe ich sofort einige Nachforschungen . . .«

»Sie haben doch sicherlich ein Zuhause, oder nicht, Chef?« fragte Gomez.

»Ein sehr feudales sogar, das wißt ihr doch.«

»Es ist nur so, daß du niemals dort bist, nicht einmal in den frühen Morgenstunden. Als ich dich letzte Nacht anrief, warst du immer noch hier im Büro.«

»Es ist der einzige Ort, wo ich in Ruhe Saxophon üben kann.«

Jake saß rittlings auf einem Metallstuhl vor dem Schreibtisch des Agenturchefs. »Also hast du schon eine Idee, warum Barry verprügelt wurde?« Bascom streckte stöhnend seinen Arm aus, um einen Knopf am andere Ende seines Schreibtisches zu drücken. »Wenn ihr bitte mal einen Blick auf Bühne drei werfen würdet!«

Neben Gomez' Sessel regte sich eine der holographischen Bühnen. Das lebensgroße Bild einer jungen Frau baute sich auf. Sie war schlank, hatte rotbraune Haare und war Ende Zwanzig.

»Das ist Alicia Bower, nicht wahr?« fragte Jake.

»Genau die«, antwortete Bascom. »Sie ist das einzige Kind des verwitweten Owen L. Bower.«

»Der Chef von Mechanix International.« Gomez stand auf und ging langsam um das Bild von Alicia Bower herum. »Das ist der weltgrößte Hersteller von Robotern, Androiden und Servoeinrichtungen. Sie muß eine ziemlich wohlhabende *señorita* sein.«

»Vor vier Tagen verschwand sie.« Bascom drückte erneut auf einen Knopf, und das Bild verlosch. »Bis jetzt ist die Neuigkeit noch nicht an die Medien gedrungen. Ihr Vater liegt im Krankenhaus, und am Tag ihres Verschwindens war sie offensichtlich unterwegs, um ihm als liebe Tochter einen Besuch abzustatten. Sie kam niemals dort an.«

»Entführung?« fragte Jake.

»Die Polizei verwirft diese Möglichkeit«, sagte Bascom kopfschüttelnd. »Bowers Sicherheitsleute ebenfalls.«

»*Por que*?« Gomez hatte sich wieder hingesetzt. »Eine Entführung wäre eine sehr plausible Erklärung dieses Rätsels.«

»Aber nicht, wenn man die Vorgeschichte des Mädels berücksichtigt«, erklärte der Agenturchef. »Sie war immer wieder wegen psychischer Probleme in Behandlung, außerdem hat sie eine unverkennbaren Hang zur Promiskuität.« Er zuckte mit seiner linken Schulter. »Die Polizei geht davon aus, daß sie einfach mit irgendeinem Kerl durchgebrannt ist und sich mit ihm an einem bislang unbekannten Ort eingenistet hat. Bei Mechanix International ist man offensichtlich derselben Meinung.«

»Nur Barry ist anderer Meinung«, sagte Jake.

»Er hat seit etwa einem Jahr mit Alicia zusammengelebt. Sein Bruder Roger und sein Papa Bernard Zangerly haben beide wichtige Jobs bei Mechanix. Es war Roger, der seinem Bruderherz das Mädel vorgestellt hat.«

»Ist ihr Vater einverstanden?«

»Davon ist nichts zu bemerken, Jake.«

»Und was ist mit Barrys Vater?«

»Er verspricht sich viel von der Verbindung. Vermutlich hofft er, daß sein Sprößling die Mechanix-Erbin heiraten wird und damit seine Stellung sicherer macht.«

»Du willst also andeuten, *jefe*«, sage Gomez, »daß das, was Barry zugestoßen ist, mit dem Verschwinden von Alicia zusammenhängt.«

Bascom breitete seine Arme aus. »Es ist eure Aufgabe, mehr als Andeutungen zu machen. Ich habe euch lediglich mit einigen Hintergrundinformationen zum Fall versorgt«, sagte er. »Es könnte sich herausstellen, daß er von verärgerten Studenten zusammengeschlagen wurde, die mit ihren Zensuren unzufrieden waren.«

Sein Schreibtisch summte.

Bascom lehnte sich zurück und schob einen Stapel Disketten zur Seite, um an das Schaltfeld darunter zu gelangen. »Ja?«

»Ein Mr. Zangerly möchte Sie sehen.«

»Ich war der Ansicht, er läge ausgestreckt auf einem Schmerzensbett in Burbank.«

»Es handelte sich um Mr. Roger Zangerly.«

Bascom runzelte die Stirn und sah zuerst Jake, dann Gomez an.

Jake zuckte mit den Schultern.

Gomez hob die Augenbrauen.

Bascom seufzte. »Okay, schicken Sie ihn herein.«

»Ich dachte mir, bei dieser Sache sollte ich lieber anwesend sein«, verkündete Roger, als er in das Büro trat. »Hallo, Gomez!«

Gomez deutete mit seinem Daumen auf Jake. »Das ist mein Partner, Jake Cardigan«, sagte er.

Roger schüttelte Jake die Hand, während sich seine Stirn in Falten zog. »Habe ich schon einmal von Ihnen gehört?«

»Diese Frage müssen Sie sich selber beantworten.«

»Setzen Sie sich in den blauen Sessel, Mr. Zangerly«, schlug Bascom vor. »Denken Sie jedoch daran, daß Sie vielleicht verschwinden müssen, wenn Ihr Bruder Sie nicht dabeihaben will.«

»Es geht nicht darum, ob er mich will«, sagte Roger, während er Platz nahm. »Die Frage ist, ob er mich braucht!«

4

»Verdammt noch mal!« sagte Barry Zangerly auf dem Videobildschirm. »Du hast eine völlig falsche Meinung von ihr!«

»Nein, du bist es, der sich naive Vorstellungen macht, wer und was diese Frau wirklich ist.« Roger war aufgesprungen, hatte die Hände zu Fäusten geballt und schrie das Bild seines bettlägerigen Bruders an.

»Alicia geht nicht mit anderen Männern ins Bett. Sie steckt in wirklich ernsthaften . . .«

»Du bist der einzige, der an dieses Märchen glaubt. Weil du einfach zu halsstarrig bist, um zu . . .«

»Ich denke, Sie könnten etwas frische Luft vertragen.« Jake war neben den wütenden Roger getreten und nahm ihn am Arm. »Und zwar sofort.«

Er riß sich los und brüllte Jake an. »Lassen Sie Ihre verdammten Finger von mir!« warnte er ihn. »Ich habe die Absicht, so lange hierzubleiben, bis diese ganze . . .«

»Entweder Sie gehen jetzt aus eigenen Stücken«, erklärte Jake liebenswürdig, »oder ich trage Sie über meine Schulter gelegt hinaus.«

»Es ist sehr unwahrscheinlich, mein Freund, daß ich Ihnen gestatte, mich hinauszutragen.«

»Zu dem Zeitpunkt werden Sie bereits bewußtlos sein.«

»Wollen Sie mir drohen?«

Jake grinste. »So ist es.« Er nickte in Richtung der Tür. »Sie stören die Verhandlungen.«

»Aber ich habe jedes Recht . . .«

»Mr. Zangerly«, mischte sich Bascom ein, »ich würde es für eine tolle Idee halten, wenn Sie für ein Weilchen hinausgehen würden.«

Roger sog scharf den Atem ein und hielt ihn einige Sekunden lang an, bis er ihn wieder ausstieß. »Wenn das so ist.« Er machte auf dem Absatz kehrt und stapfte aus dem Büro.

»Danke«, sagte der bandagierte Barry. »Roger und ich sind in dieser Angelegenheit nicht ganz einer Meinung, wie Sie vielleicht bemerkt haben.«

Gomez wandte sich an ihn. »Was glauben Sie, was wirklich mit Alicia Bower geschehen ist?« fragte er.

»Ich bin mir nicht sicher, aber sie ist bestimmt nicht das, was Roger und die Leute ihres Vaters denken«, sagte er. »Lassen Sie mich erklären, was in letzter Zeit vorgefallen ist. Alicia hatte vor etwa fünfzehn Monaten eine Art Zusammenbruch. In dieser Hinsicht hat Rog recht, außer ...«

»Was für einen Zusammenbruch?« wollte Bascom wissen.

»Ich weiß nichts Genaueres darüber. Es passierte, bevor ich sie richtig kannte – und Alicia wollte nicht darüber reden.« Er rückte sich in seinem breiten Krankenbett zurecht. »Damals arbeitete sie bei Mechanix in der Werbeabteilung. Nach dem Zusammenbruch veranlaßte ihr Vater, daß sie ins Psychiatrie-Zentrum der Mentor-Stiftung geschickt wurde. Das ist in Farmland in Kansas.«

»Und *muy* teuer«, stellte Gomez fest.

»Hatte sie diesen Anfall in der Firma?« fragte Jake.

»Nein, zu Hause.«

»Wie lange war sie in Kansas?« fragte der Chef der Agentur.

»Nur fünf Wochen. Sie kam geheilt zurück, obwohl ein paar ihrer Freunde zu mir sagten, sie wäre seitdem etwas stiller geworden.« Barry veränderte erneut seine Lage. »Alicia und ich haben in den vergangenen zehn Monaten zusammengelebt. Vor etwa zwei Monaten beschloß sie, daß sie wieder eine Therapie machen sollte.«

»Warum?« fragte Jake.

»Sie fühlte sich deprimiert, und es passierte immer wieder, daß sie von Dingen, die scheinbar nichts mit ihr zu tun hatten, in tiefe Beunruhigung versetzt wurde.«

»Zum Beispiel?«

»Eines Abends haben wir Nachrichten gesehen«, fuhr Barry fort. »Es gab einen Bericht über den Unfalltod eines südamerikanischen Politikers. Alicia wurde bleich, war sichtlich verängstigt und zitterte. Das ging ein paar Minuten lang so.«

»Kannte sie den Mann?«

»Nein. Sie hatte nie von ihm gehört und konnte auch nicht erklären, wodurch sie so beunruhigt wurde.«

»Wer war diese bedauernswerte Latino?« fragte Gomez.

Barry dachte eine Weile nach, während er mit den Fingern der rechten Hand über seine Kopfbandagen strich. »Sein Name war Antonio Corte, ein Mitglied der Oppositionspartei in Brasilien«, sagte er. »Etwa zu jener Zeit war es auch, als Alicia plötzlich Alpträume bekam.«

»Wovon hat sie geträumt?«

»Sie konnte sich nie daran erinnern, wenn sie aufgewacht war«, antwortete er. »Auf jeden Fall schloß sie sich einer Therapiegruppe in Venice an, ohne ihren Vater oder sonst jemanden um Rat zu fragen. Sie hatte von einer sehr kostengünstigen Institution gehört, die von Dr. Harry Moreno geleitet wird.«

»Konnte Morenos Gruppe ihr helfen?«

Barry schüttelte den bandagierten Kopf. »Nein«, antwortete er. »Meiner Meinung nach wurde dadurch alles nur schlimmer, aber Alicia behauptete steif und fest, daß sie . . .«

»Inwiefern schlimmer?« fragte Jake.

»Die Alpträume beispielsweise kamen viel häufiger. Sie wachte ein- oder zweimal in der Nacht auf. Manchmal schrie sie, und dann vor etwa zwei Wochen begann sie einen Namen zu rufen. Tin Lizzie.«

Gomez kniff sein linkes Auge zusammen. »Populärer Ausdruck für ein Automobil des zwanzigsten Jahrhunderts.«

»Sie hatte keine Ahnung, was dieser Name bedeuten könnte«, sagte Barry, »ob es eine Maschine, eine Person oder etwas anderes war. Doch Alicia beschloß, es unbedingt herauszufinden.«

»Doch sie hatte keinen Erfolg?« fragte Bascom.

»Nicht, daß ich wüßte«, sagte Barry. »Ein Grund, daß ich sie nicht überreden konnte, Morenos Klinik zu verlassen, war der, daß sie das Gefühl hatte, kurz vor der Antwort zu stehen.«

Jake stand auf und ging zwischen dem Gerümpel auf dem Bürofußboden auf und ab. »Haben Sie mit Dr. Moreno gesprochen, nachdem sie verschwand?«

»Das habe ich, und mit Dutzenden von anderen Leuten ebenfalls«, sagte er verzweifelt. »Ich habe auch mit der Polizei und den Sicherheitsleuten von Mechanix gesprochen und mit jedem, der vielleicht etwas wissen könnte. Ich habe nicht viel herausgefunden, außer, daß ich offenbar der einzige bin, der vermutet, ihr könnte etwas Ernsthaftes zugestoßen sein.«

»Vielleicht, weil sie erfahren hat, wer Tin Lizzie ist?«

»Das wäre möglich, vielleicht hat es aber auch einen ganz anderen Grund«, sagte Barry. »Jedenfalls kenne ich sie besser als jeder andere. Vielleicht hat sie früher einmal mit vielen Männern verkehrt, aber jetzt gilt das nicht mehr. Ich vertraue ihr, und sie ist bestimmt nicht mit irgend jemandem abgehauen.«

»Angeblich war sie am Tag ihres Verschwindens auf dem Weg zu ihrem lieben alten Vater im Salkin-Privathospital«, sagte Bascom. »Haben Sie sie vorher noch gesehen?«

»Wir waren an jenem Morgen zusammen. Ich hatte an diesem Tag Unterricht, so daß ich ein paar Stunden früher als sie gegangen bin. Wenn ich geblieben wäre, wäre sie vielleicht . . .«

»Hat jemand gesehen, wie sie das Haus verließ?«

»Ja, etwa gegen Mittag.«

»Aber sie kam nie im Krankenhaus an?«

»So heißt es.«

»Sie glauben nicht daran?«

»In gewisser Weise glaube ich niemandem mehr.« Er lehnte sich in sein Kissen zurück. »Alle scheinen von einer Alicia zu reden, die ich überhaupt nicht kenne. Sie ist in Wirklichkeit ganz anders. Keineswegs so verrückt, daß sie mit irgendeinem Kerl davonläuft.«

Jake stützte sich gegen den Schreibtisch. »Aber sie kennt andere Männer, nicht wahr?«

»Was wollen Sie damit sagen, Cardigan? Ich habe doch gerade erklärt, daß sie niemals . . .«

»Hat sie andere männliche Bekannte?«

»Ja, ein paar, allerdings keine sehr engen. Glauben Sie mir nicht, wenn ich . . .?«

»Haben Sie mit ihnen gesprochen?«

»Ja, sicher. Niemand weiß etwas.«

»Und es gibt niemanden auf der Liste, der ihr vielleicht etwas antun möchte?«

»Sie entführen oder töten? Nein, niemand.«

»Könnten sie uns, *por favor*, etwas genauer erzählen, wie Sie gestern in diesen Schlamassel geraten sind?« fragte Gomez.

»Ich erhielt einen Anruf in meinem Büro an der Uni«, sagte er. »Der Bildschirm blieb dunkel, also habe ich den Anrufer nicht gesehen. Es klang wie eine junge Frau oder eher wie ein Teenager. Sie sagte, sie hätte Informationen über Alicia Bower. Nein, wörtlich sprach sie von Miss Bower. ›Ich weiß, wo Miss Bower ist.‹ Dann gab sie mir die Anweisung, an jenem Abend in der Arcade im Bezirk Ocean Park zu erscheinen. Jemand würde mich in einem Laden namens Gypsy's im dritten Stockwerk treffen. Ich sollte allein und nicht später als 22.15 Uhr aufkreuzen und 2 000 Dollar in bar mitbringen.«

»Hatten Sie das Geld dabei?«

»Ja. Und nein, man hat mich nicht beraubt. Als ich hier im Krankenhaus erwachte, war das Geld noch da.«

»Wem haben Sie noch von dem Treffen erzählt?« fragte Bascom.

»Niemandem«, sagte Barry. »Das heißt, bis auf Roger. Mein Bruder und ich, wir verstehen uns nicht besonders gut. Aber manchmal gibt es Zeiten, da möchte man gewisse Dinge mit seinem Bruder besprechen.«

Bascom nickte. »Laut Polizeibericht wurden Sie von drei Herren zusammengeschlagen.«

»Zwei Männer und ein Roboter. Der Roboter hat die meiste Arbeit erledigt.«

»Sie haben keine sehr detaillierte Beschreibung von ihnen abgeliefert.«

»Weil ich kaum dazu gekommen bin, sie mir genauer anzusehen.«

»Wenn ich Ihnen jemanden mit einem tragbaren ID-Simulator rüberschicken würde, könnten Sie dann Bilder von diesen Schlägern zusammenstellen?«

»Vielleicht vom Roboter, aber nicht von den Männern.«

»War es ein Mechanix-Roboter?« fragte Gomez.

Barry runzelte die Stirn. »Ich denke schon. Warum?«

»Ich war nur neugierig.«

Barry setzte sich auf. »Wird Ihre Agentur diesen Fall übernehmen?«

»Wir sind schon mitten in der Arbeit«, erwiderte Bascom.

5

Die schlanke, schwarze Frau schritt energisch über den Mosaikfußboden. Sie stemmte die Hände in die Hüften und blieb neben dem Tisch stehen, an dem Gomez saß. »Ich hasse mexikanisches Essen!« sagte sie zu ihm.

Der Himmel hatte sich aufgeklart, und Sonnenlicht drang durch die Fenster des Cafés Caliente. Auch der Detektiv bekam einige Strahlen ab. »Aber Sie hegen eine tiefe und gerechtfertigte Sympathie für mich, Sergeant.«

Unvermittelt nahm sie ihm gegenüber Platz. »Sprich mich nicht mit meinem Dienstgrad an, Sid!« warnte sie ihn flüsternd.

»'tschuldigung, Onita.«

Onita Quillian sah sich sorgfältig in dem kleinen Restaurant mit dem Roboterpersonal um. »Zumindest dürften keine Bullen in der Spelunke verkehren.«

»Eigentlich ist das Essen hier gar nicht so schlimm«, sagte er. »Nicht gerade authentisch, aber . . .«

»Ich nehme nur eine Tasse Kaffeeimitat«, sagte sie zum Robotkellner, der sich herbequemt hatte.

»*Si, señorita*«, knarrte er, bevor er sich wieder davonmachte.

Onita legte ihre verschränkten Hände auf den Tisch. »Wenn ich noch halbwegs bei Verstand wäre, dürfte ich gar nicht hier mit dir sein.«

»*Chiquita,* einst waren wir beide Hüter des Gesetzes.

Gemeinsam bekämpften wir Verbrechen und dunkle Machenschaften im Sündenpfuhl der . . .«

»Laß das Gequatsche, Sid, damit ich dir erzählen kann, was ich über den Fall Bower weiß«, unterbrach sie ihn. »Dann werde ich mich an meinen Arbeitsplatz bei der Staatspolizei von Südkalifornien zurückschleichen.«

Gomez grinste breit. »Ich hatte gehofft, wir könnten unser Treffen zu einem gemütlichen Beisammensein gestalten, aber wenn du unbedingt sofort zur Sache kommen mußt . . .«

»Du hast es gewagt, mich anzurufen. Du hast mich praktisch unter Tränen angefleht, mit Informationen über Alicia Bower herauszurücken. Nebenbei ist es das erste Mal seit über einem Jahr, daß du dich bei mir gemeldet hast. Und jetzt willst du so tun, als wäre das hier ein Rendezvous?«

»Verzeih mir! Nach den vielen Monaten ist mir wohl dein Anblick zu Kopf gestiegen«, sagte er. »Ich weiß deine Unterstützung sehr wohl zu schätzen, Onita. Kannst du mir verraten, was deine Leute wegen der vermißten jungen Dame unternehmen?«

»Wir glauben nicht, daß sie vermißt ist.«

»Aha? Also wißt ihr, wo sie steckt?«

»Nicht direkt«, antwortete die Polizistin, »aber man geht davon aus – denk bitte daran, daß ich eigentlich gar nicht an diesem Fall arbeite –, man denkt also, daß Alicia Bower sich einfach mit einem ihrer Liebhaber davongemacht hat.«

»Niemand zieht in Erwägung, sie könnte ermordet oder entführt worden sein?«

Onita schüttelte den Kopf. »In Anbetracht ihrer Vergangenheit ist es unwahrscheinlich, daß sie ermordet wurde«, sagte sie. »Und wenn es ein Entführungsfall wäre, hätte es inzwischen eine Lösegeldforderung geben müssen.«

»Und die gibt es nicht?«

»Nicht die Spur.«

»Auf was für eine Vergangenheit spielst du an?«

»Alicia hat sich schon des öfteren für ein paar Tage aus dem

Staub gemacht. Meistens mit Kerlen, die erheblich älter als sie waren.«

»Wann?«

»In erster Linie als Teenager.«

»Moment mal, sie ist jetzt Ende Zwanzig! Ist sie dieser Angewohnheit auch in letzter Zeit nachgegangen?«

»Nicht sehr oft, aber wir . . .«

»Hat irgend jemand von Mechanix mit euch darüber geredet?«

»Natürlich. Ihr Vater liegt zur Zeit in einem Privathospital. Aber seine Sicherheitsleute haben von Anfang an mit unserem Büro hier in Long Beach zusammengearbeitet. Sie haben hilfreiche Hintergrundinformationen beigesteuert.«

»Die darauf hinauslaufen, daß Alicia wieder ihre alten Angewohnheiten angenommen hat?«

»Man kennt sie dort sehr gut. Vor allem Myra Ettinger weiß gut über sie Bescheid.«

»Wer ist diese Dame?«

»Die Geschäftsführerin von Mechanix. Sie steht dem alten Bower sehr nahe und ist nach ihren eigenen Aussagen wie eine zweite Mutter für Alicia.«

»Sehr überzeugend.«

»Sie sagte lediglich die Wahrheit«, erwiderte Onita. »Euer Klient ist Barry Zangerly, nicht wahr?«

»Ihr Kaffeeimitat, *señorita*.« Mit einem Ruck stellte der Robotkellner eine Tasse auf den Tisch.

»Danke schön.«

»*Si*«, sagte Gomez, »wir arbeiten für Barry.«

»Er ist ein sehr leidenschaftlicher Typ. Er ist mehr als einmal in unser Büro gestürmt, um alle Leute anzuschreien.«

»Er behauptet, sie habe sich gebessert.«

»Das hat sie ihm gesagt.«

»Gibt es einen Beweis für das Gegenteil?« hakte Gomez nach.

»Nein, wir haben keinen konkreten Beweis, daß sie mit aller Welt geschlafen hat. Aber viele Leute, die sie gut kennen, sagen, daß das sehr wahrscheinlich ist.«

»Gerüchte.«

Onita seufzte. »Bist du ihr irgendwann einmal begegnet?«

»Nein, ich habe nur ihre Projektion betrachtet.«

»Sie ist jung und hübsch, und du hast dir davon den Kopf verdrehen lassen. Du hast geschworen, sie zu beschützen, sie zu retten, ihren Ruf zu verteidigen . . .«

»Ich will sie nur vor handfesten Gefahren schützen, wie zum Beispiel Mördern, Vergewaltigern und Entführern«, sagte er zur Polizistin. »Mir scheint, ihr habt euch von dieser Mechanix-Bande und vor allem von dieser Ettinger dazu verleiten lassen, genau in die Richtung zu gehen, in die sie euch haben wollen . . .«

»Hör mal, du kannst auch mit ins Büro kommen und direkt mit Leutnant Verbeck sprechen. Ich gebe nur weiter, was ich herausgefunden habe.«

»Deine Treue zu mir ist bewundernswert und wird nicht unbelohnt bleiben«, versicherte er ihr. »Wenn nicht in dieser Welt, dann auf jeden Fall in der nächsten. Hat jemand sie beobachtet, als sie an jenem Tag ihr Apartment verließ?«

»Ja, eine Frau von gegenüber und der Robotgärtner.«

»Wie wollte sie zum Krankenhaus fahren, um ihren leidenden Papa aufzusuchen?«

»Zangerly sagt, daß sie gewöhnlich ein Gleitertaxi nahm. Doch bis jetzt haben wir noch keinen Taxiroboter gefunden, der sie mitgenommen hat.«

»Du glaubst nicht, daß Alicia jemals dort angekommen ist?«

»Es gibt keinerlei Hinweise darauf.«

»Wann hat sie das Haus verlassen?«

»Gegen zwölf Uhr vierzig.«

»Von da an verliert sich jede Spur?«

Onita zögerte, bevor sie antwortete. »Nein.«

Gomez beugte sich vor. »*Cara*, verheimlichst du mir wichtige Informationen?«

»Nein.« Sie rückte ihren Stuhl vom Tisch fort. »Ich sollte jetzt lieber gehen.«

»Ich weiß deine Hilfe zu schätzen«, sagte Gomez zu ihr. »Und deinen unerschütterlichen Pflichteifer.«

»Sei dir darüber nicht so sicher.«

Jake war in der Detektivagentur geblieben. Er befand sich jetzt in Turm I und hatte sich in einer der Nischen im Infocenter verkrochen.

»Mist!« sagte der Computer, an dem Jake arbeitete.

»Stimmt was nicht, Rozko?«

»Ich habe leichte Probleme«, sagte Rozko-227N/FS. »Ich bekomme keinen Zugang zu den Überwachungskameras im Salkin-Hospital. Diese nicht gerade legalen Aktionen können manchmal ganz schön knifflig sein. Während wir warten, kann ich dir schon mal eine Aufnahme der Krankenschwestern zeigen, die auf dem Dach der Anlage sonnenbaden. Die Rothaarige ist ganz schön scharf, was?«

Auf dem metergroßen Bildschirm erschien das Bild zweier nackter junger Frauen, die sich bäuchlings auf einer schwebenden Sonnenliege ausgestreckt hatten.

»Ich bin nicht unbedingt daran interessiert, mir . . .«

»Du hast jetzt lange genug getrauert, Jake, wenn du mich fragst.«

»Rozko, in deinem Charakterprogramm scheint es ein paar Fehler zu geben.«

»Genau. Sie wurden eingebaut, um mich menschlicher zu machen. Soll ich dir die Rothaarige näher heranzoomen?«

»Kein Bedarf.«

Rozko ließ den Bildschirm erlöschen und begann ein mexikanisches Volkslied zu pfeifen, das Gomez ihm vor kurzem beigebracht hatte. »Volltreffer!« verkündete er eine Weile später.

»Das heißt?«

»Ich bin um die Barrikaden herumgekommen. Jetzt sehe ich gerade die Aufnahmen des fraglichen Tages durch.«

»Irgendein Ergebnis?«

»Ich brauche noch ein paar Minuten.« Der Computer begann wieder zu pfeifen. »Arbeitet Gomez mit dir an diesem Fall?«

»Wie üblich.«

»Warum ist er nicht hier?«

»Er ist unterwegs und trifft sich mit einer Informantin von der Polizei.«

»Richtig, das wäre nicht der geeignete Job für dich. Viele Bullen glauben immer noch, daß du mit den Tek-Baronen gemeinsame Sache gemacht hast. Trotz der Tatsache, daß du inzwischen von allen Anschuldigungen freigesprochen wurdest, gibt es noch . . . Okay, Jake, ich habe jetzt alle betreffenden Aufnahmen gecheckt. Es gibt kein Anzeichen, daß Alicia Bower an jenem Tag im Krankenhaus war.«

Jake lehnte sich in seinem Stuhl zurück und musterte die graue Decke. »Fertige mir bitte Kopien von allen Aufzeichnungen an.«

»Glaubst du, die Aufnahmen sind getürkt worden?«

»Ich möchte jemanden beauftragen, das zu überprüfen«, antwortete er. »Könnten wir, während du beschäftigt bist, vielleicht einen Blick auf Owen Bower werfen?«

»Schon passiert.«

Der Bildschirm wurde schwarz und blieb so.

»Gibt es in seinem Zimmer keine Überwachungskamera?« fragte Jake.

»Doch, sicher. Das Problem ist nur, daß sie aus irgendeinem Grund abgeschaltet wurde. Anscheinend will man nicht, daß jemand einen Blick auf den Firmenchef wirft.«

»Dann hätte ich noch eine Bitte«, sagte Jake.

»Die Privatadresse der Rothaarigen?«

»Stelle bitte deine Versuche ein, mich verkuppeln zu wollen«, sagte er. »Was hast du über Antonio Corte, einen brasilianischen Politiker, der vor einigen Monaten ums Leben kam.«

»Augenblick.«

Das Gemälde einer dicken Frau in weißem Nachthemd erschien auf dem Bildschirm.

»Was ist das?«

»Das wollte ich dir nur zeigen, während ich nachforsche. Ich habe es selbst gemalt. Im Stil von Renoir. Nicht schlecht, was?«

»Nett. Könnten wir jetzt . . .?«

»Schon dabei.« Das Gemälde wich dem Foto eines übergewichtigen, dunkelhaarigen Mannes. »Antonio Corte, zum Zeitpunkt seines Todes zweiundfünfzig Jahre alt. Das hier ist ein Foto, das seine Partei im Wahlkampf benutzt hat. Das nächste ist nicht ganz so vorteilhaft. Es wurde nach seinem Sturz aufgenommen.«

»Von wo ist Corte gestürzt?«

»Vom Balkon seiner Suite im fünfzehnten Stock des Hotels Maravilha in Rio de Janeiro. Da hat er gewohnt.«

»Was sagt die Polizei zu seinem traurigen Abgang?«

»Daß es nicht mehr als ein Unfall war. Señor Corte benutzte ein neues Medikament, um die Funktion seines gestörten Plastikherzens zu stimulieren. Das Zeug hat ihn schwindelig gemacht, behaupten die medizinischen Gutachter, und dann ist er gestrauchelt. Dreizehn Stockwerke tief auf die nächste Fußgängerrampe.«

»Wie war er politisch orientiert?«

»Liberal. Er war ein Gegner von General Silveira, der das Land regiert.«

Jake stützte beide Ellbogen auf den Tisch. »Gibt es weitere ähnliche Fälle?« fragte er.

»Soll ich dir etwa sämtliche gestürzten Unfallopfer auflisten?«

»Nur die Todesfälle von Politikern und anderen hochgestellten Persönlichkeiten.«

»Verfolgst du eine bestimmte Spur?«

»Eher eine vage Ahnung.«

Nach fast einer Minute meldete sich Rozko zurück. »Das ist ja wirklich komisch!«

»Verrätst du's mir?«

»Señor Corte war schon der fünfte Politiker, der in diesem

Jahr einen tödlichen Unfall hatte.« Mehrere Fotos und Informationsfenster wechselten sich auf dem Bildschirm ab. »Alle waren mehr oder weniger liberal eingestellt und erklärte Gegner des Tek-Geschäfts, und alle stammen aus Mittel- oder Südamerika.«

»Aber nicht alle sind gestürzt?«

»Nein, aber alle erlagen einem Unfall, entweder zu Hause oder im Büro, und alle waren allein.«

»Gibt es eine Verbindung zwischen den fünf?«

»Keine offensichtliche, außer daß sie Tek-Gegner waren.«

»Wie steht's mit Beziehungen zu Alicia Bower, ihrem Vater oder Mechanix?«

»Keine Spur, Jake«, antwortete Rozko.

»Warum hat Cortes Tod sie dann so beunruhigt?« fragte sich Jake. »Wie hätte sie auf die anderen Fälle reagiert?«

»Eine schwierige Frage.«

Jake stand auf. »Druck mir alles aus, was du an Informationen über diese fünf verstorbenen Herren hast«, wies er den Computer an. »Auch wenn mir noch nicht ganz klar ist, was das mit Alicias Verschwinden zu tun haben könnte.«

6

Oben auf dem Dachlandeplatz setzte sich Jake gerade in den Fahrersitz eines Agenturgleiters, als das in die Armaturen eingebaute Videophon summte. »Ja?« sagte er, nachdem er den Antwortknopf gedrückt hatte.

»Grüß dich, *amigo*!« sagte Gomez auf dem Bildschirm. »Bist du bereit, den weiteren Tagesablauf mit mir zu besprechen?«

»Ich wollte soeben zum Café Caliente starten, um genau dies zu tun, Sid.«

»Laß mich dir mitteilen, was ich bislang in Erfahrung

gebracht habe, dann kannst du desgleichen tun«, bot Gomez an.

Er erzählte seinem Partner, was er von seiner Informantin erfahren hatte. Dann berichtete Jake, was er im Infocenter der Agentur herausgefunden hatte.

»Wir müssen zuallererst mit Dr. Moreno und Myra Ettinger sprechen«, sagte Gomez. »Du darfst wählen.«

Jake grinste. »Wenn ich davon ausgehe, wie du ihren Namen betonst, scheinst du nicht sehr erpicht darauf zu sein, der Geschäftsführerin zu begegnen.«

»Damen in leitender Position reizen mich nicht so sehr.«

»Na gut, ich übernehme sie.«

»*Bueno,* dann mache ich mich also auf den Weg nach Venice. Ich melde mich wieder bei dir.«

»Glaubst du, daß sie noch lebt?« fragte Jake.

Gomez zuckte die Schultern. »Das ist zu diesem Zeitpunkt schwer zu sagen, *amigo.*«

»Sie ist etwa im selben Alter wie Beth.«

Gomez nickte und unterbrach die Verbindung, ohne noch etwas zu sagen.

Am Nachmittag hatte es sich wieder bewölkt. Draußen vor der riesigen Eingangshalle zum Vorstandsgebäude von Mechanix International im Bezirk Hawthorne von GLA kreiste ein Dutzend dreckiger Möwen am Wolkenhimmel.

Jake saß in einem harten Stuhl aus Metall und Plastglas. Er war der einzige Mensch in diesem großen Raum aus Metall und Plastglas. Exemplare der fünfundzwanzig bestverkauften Mechanix-Produkte waren ringsherum ausgestellt. Es handelte sich um Roboter, Androiden und Servoeinrichtungen. Neben Jakes Stuhl ragte eine weiß emaillierte Robotkrankenschwester auf. Eine kleine Plakette wies aus, daß dieses Modell, MN/RT/39, siebzehn Qualitätsauszeichnungen von medizinischen Institutionen erhalten hatte, seit es vor elf Jahren von

Mechanix International auf den Markt gebracht worden war.

Auf einem Sockel gegenüber stand der beliebte Haushaltsandroide der Firma. Das Modell HK/LN-232 war einer dicken, matronenhaften Frau nachempfunden und schon in mehr als einer Million Exemplaren verkauft worden, seit Owen Bower es vor fünf Jahren entwickelt hatte.

Nachdem Jake etwa zehn Minuten lang zwischen den Maschinen gesessen hatte, stand er auf und streckte sich. Er ging zum Panoramafenster hinüber, um in den grauen Nachmittag hinauszublicken. Jetzt kreisten nur noch zehn Möwen am Himmel.

»Mr. Cardigan?«

Er drehte sich um und stand einer sehr hübschen Blondine gegenüber. »Ja«, antwortete er.

»Es tut uns leid, daß Sie warten mußten«, sagte sie zu ihm. »Wenn Sie mir bitte folgen würden, bringe ich Sie zu Myra Ettingers Büro.«

»Vielen Dank.« Sie führte ihn durch die große Empfangshalle und einen gekrümmten leeren Korridor entlang.

»Ich bin eine Androidin«, erklärte seine Führerin. »Nur für den Fall, daß Sie sich diese Frage gestellt haben. Sie finden mich im neuesten Mechanix-Katalog unter Empfang/Begleitung. Mein Name ist Maxine/2140V/ELS. Ich wurde erst letztes Jahr in unser Angebot aufgenommen und habe mich schon sehr gut verkauft.«

»Daran habe ich keinen Zweifel.«

»Hier ist Myra Ettingers Büro«, verkündete Maxine und blieb vor einer wuchtigen Eingangstür aus Kunstholz stehen. »Es war nett, Sie zu treffen, Mr. Cardigan. Vielleicht sehen wir uns ja einmal wieder. Ich bin für 246 000 Dollar zu haben.«

»Sicherlich eine lohnende Investition.« Die Kunstholztür glitt langsam zur Seite, und Jake betrat das Büro.

Der Raum war fast so groß wie die Empfangshalle und bis auf einen Metallstuhl, ein Videophon und eine kleine, pummelige Frau von sechsundvierzig Jahren völlig leer. Sie trug ihr silbriges Haar kurzgeschnitten und hatte gebräunte, ledrige Haut. Sie saß mit übergeschlagenen Beinen auf dem Stuhl und rauchte eine Zigarette.

»Es ist echter Tabak, illegales Zeug«, erklärte sie, als Jake den dicken roten Teppich überquerte. »Ich kaufe ab und an eine Stange von einem Schwarzhändler im Grenzgebiet.«

»Ich würde Ihnen gerne ein paar Fragen stellen.«

Sie stieß den Rauch aus. »Bitte!« forderte sie ihn auf.

Jake hockte sich auf den Fußboden. »Was ist Ihrer Meinung nach mit Alicia Bower geschehen?«

Myra nahm einen langen Zug von ihrer illegalen Zigarette. »Sind Sie der lieben kleinen Alicia jemals begegnet?« fragte sie schließlich.

»Nein.«

»Bilder gesehen?«

»Ja.«

»Sie sieht auf den meisten Bildern richtig süß und harmlos aus. Kameras lassen sie – wie soll ich sagen? – so verletzlich erscheinen.«

»Sie mögen sie nicht?«

»Überhaupt nicht«, gab Myra zu. »Sie ist eine verzogene kleine Hure.«

»Eine sehr subjektive Feststellung.«

»Cardigan, ich kenne persönlich sieben Männer, die noch für uns arbeiten und mit der unschuldigen kleinen Alicia ins Bett gegangen sind.«

»In letzter Zeit?«

»Nein.« Sie stieß eine Rauchwolke aus. »Ich muß gestehen, daß sie sich entweder gebessert hat, seit sie mit Rogers Bruder zusammengezogen ist – oder daß sie gelernt hat, sich wesentlich diskreter zu verhalten.«

»Niemand in dieser Firma scheint sich Sorgen über die Möglichkeit zu machen, daß sie vielleicht tot sein könnte«, sagte Jake.

»Sie ist nicht tot.«

»Habe Sie dafür einen Beweis?«

»Nur meine subjektive Einschätzung ihres Charakters. Wenn unser kleiner Liebling in der Vergangenheit verschwunden war, wurde er immer wieder heil in irgendeinem Bett wiedergefunden.«

»Mechanix hat einige ernsthafte Geschäftskonkurrenten«, stellte Jake fest. »Sie haben keine Angst, einer von ihnen könnte ihr etwas angetan haben?«

Als Myra lachte, drangen ihr Rauchwirbel aus der Nase. »Wir verfügen hier über einen sehr guten Erkundigungsdienst«, versicherte sie ihm. »Wir wissen über fast alles Bescheid, was unsere Konkurrenten im Schilde führen.«

»Einschließlich Entführungsplänen?«

»Ja, sogar darüber.«

»Sie haben die Polizei überredet, an die Theorie zu glauben, nach der sie lediglich mit einem Kerl . . .«

»Nein, das sehen Sie falsch. Ich habe nur die Theorie bestätigt, die die Polizei ohnehin favorisierte. Leutnant Verbeck ist schon sehr lange bei der südkalifornischen . . .«

»Ich kenne Verbeck. Ja, er ist schon eine Ewigkeit dabei.«

»Er besitzt bereits eine dicke Akte über ihre Eskapaden. Er ist der Ansicht, daß es sich hierbei um einen weiteren dieser Fälle handelt.«

»Aber er hat keine Ahnung, wo sie sich diesmal herumtreiben könnte?«

»Noch nicht, aber ich bin sicher, daß er sie bald finden wird.«

Jake stand auf. »Ich würde gern mit Owen Bower sprechen und seine Meinung zu . . .«

»Unmöglich, Cardigan.« Sie nahm einen weiteren ausgiebigen Zug. »Owen ist sehr krank, er liegt im Krankenhaus. Er darf im Augenblick nicht einmal auf wichtige Geschäftsvorgänge angesprochen werden.«

»Was natürlich viel wichtiger als seine Tochter wäre.«

»Für uns verhält es sich so, um ehrlich zu sein.« Auch sie erhob sich von ihrem Stuhl. »Um uns beiden Zeit zu sparen, lassen Sie mich noch erwähnen, daß wir neben unseren eigenen Sicherheitsleuten eine Privatdetektiv-Agentur beauftragt haben, sich um das Problem Alicia zu kümmern«, verriet Myra. »Daß ich Sie heute empfangen habe, ist lediglich ein Gefallen für Roger und Bernard Zangerly. Aber in unserem Interesse werden wir von jetzt an diese Angelegenheit nur noch mit Vertretern der von uns beauftragten Agentur besprechen.«

»Um welche Agentur handelt es sich?«

Sie lachte. »Da Sie ein exzellenter Detektiv sind, Cardigan, werden Sie das früher oder später von selbst herausfinden.«

Siebeneinhalb Minuten nachdem Jake ihr Büro verlassen hatte, summte Myras Videophon.

Sie hob das tragbare Gerät vom Boden auf und drückte den Antwortknopf. »Ja, bitte?«

»Hat er mit dir gesprochen?« fragte der hagere Sechzigjährige, der auf dem kleinen Bildschirm erschienen war.

»Falls du den Privatschnüffler meinst, Bernard, ja.«

»Ich glaube, ich komme besser rüber und rede mit dir über diese Sache.«

»Ich habe keine Zeit.«

»Zum Teufel, Myra!« sagte Bernard Zangerly, »das ist wichtig.«

»Nicht so wichtig, wie die anderen Mechanix-Geschäfte, um die ich mich sofort kümmern muß.«

»Was hast du Cardigan erzählt?«

»Recht wenig.«

»Hat er irgendeine Ahnung, daß . . .«

»Bernard, bitte! Ich habe jetzt wirklich keine Zeit, um mit dir . . .«

»Barry wurde letzte Nacht fast getötet«, gab er Myra zu bedenken. »Das hätte eigentlich nicht passieren sollen.«

»Wir waren uns doch einig, daß der nette Junge entmutigt werden sollte, noch weiter nach der kleinen Schlampe zu suchen«, sagte sie. »Die Leute, die für diese Aufgabe angeheuert wurden, haben es mit ihrem Auftrag lediglich etwas zu genau genommen.«

»Sie hätten beinahe meinen Sohn umgebracht! Jetzt liegt er im Krankenhaus, Myra!«

»Wir wollen nur verhindern, daß Alicia zumindest in den nächsten drei Wochen gefunden wird«, sagte sie ruhig.

»Das ist sehr wichtig für mich und für Mechanix. Und es sollte auch für dich sehr wichtig sein.«

»Natürlich ist es das, Myra, sonst hätte ich niemals zugestimmt, daß . . .«

»Ich muß jetzt wirklich wieder an die Arbeit.«

»Ich warne dich, daß Barry auf keinen Fall noch etwas zustoßen darf!« sagte Bernard.

Myra nahm einen langen Zug von ihrer Zigarette und lachte. »Ich bin erstaunt, wie wählerisch du in deiner Sorge um das Leben anderer bist.«

»Du und alle anderen, ihr werdet von jetzt ab die Finger von ihm lassen, Myra!«

»Wir haben ihn hinter die sichere Seitenlinie geschickt.«

»Aber er hat noch nicht aufgegeben, die Prügel haben ihn keineswegs entmutigt. Barry ist immer noch entschlossen, das Mädchen zu suchen.«

Myra lachte erneut. »Von jetzt an werden wir uns darauf konzentrieren, Jake Cardigan und seine Freunde zu entmutigen.«

7

Ein Roboter versuchte Gomez ein Souvenir zu verkaufen.

Der Detektiv spazierte an der Oceanfront-Esplanade im Bezirk Venice entlang, als der regenbogenfarbene Roboter ihm in den Weg trat.

»Holokarten von Venice, Kumpel?« fragte er und ließ begeistert seine Plastikaugen im metallenen Schädel rotieren. Der Kopf war weiß gestrichen und dann mit violetten Sternchen, roten Et-Zeichen und goldenen Ausrufezeichen versehen worden. »Kannst du deinen Bekannten schicken. Zwo Bucks das Stück.«

»Sehe ich, mein werter Herr, vielleicht wie jemand aus, der seine Freunde damit beleidigt, daß er ihnen Ansichten von dieser knallbunten Anhäufung gewerblich genutzte Grundstücke schickt?«

Zwei Androidenboten kamen auf Düsenskateboards vorbeigerauscht. Beide balancierten große Moonfood-Kartons auf den ausgestreckten Händen.

»Kumpel«, sagte der Robotverkäufer. »Du siehst eher wie ein Klugscheißer aus, der vermutlich überhaupt keine Freunde hat.«

»Du hast ins Schwarze getroffen.« Gomez wich ihm aus und setzte seinen Weg fort.

Auf der schäbigen Straße links von ihm versuchte ein bärtiger Künstler ein abstraktes Bild des Nachmittags mit bunten Lichtbändern zu kreieren, eine Zauberin jonglierte mit einem halben Dutzend glitzernder Silberbälle, und zwei sonnengegerbte Männer um die siebzig stritten sich um eine Plastliterflasche Sonoma Winepop.

Die meisten der Gebäude an der Küste waren aus Naturholz und Echtglas erbaut. Die Materialien hatte man vor längerer Zeit aus anderen Teilen des Bezirks herbeigeschafft. Auf dem schrägen Schindeldach der Oceanfront-Klinik hockten drei

Möwen. Jemand hatte die in der Mitte blau und golden eingefärbt.

Im Eingangsraum saß eine mütterlich wirkende Roboterin in geblümter Schürze strickend in einem Schaukelstuhl. »Es ist längst nicht so schlimm, wie es aussieht«, versicherte sie ihm, als er eintrat.

»Das ist gut zu wissen. Ich komme jedoch in der Absicht . . .«

»Selbst Menschen, die so offensichtliche Probleme wie Sie haben, junger Mann, kann geholfen werden.«

»Ich habe keine Probleme«, widersprach Gomez. »Und ich bin leider auch kein junger Mann.«

»Ich bin Moms-1A.« Sie stand auf und legte ihr Strickzeug auf der geflochtenen Sitzfläche ihres Schaukelstuhls ab. »Machen Sie sich nicht die Mühe, ihre Sorgen zu verhehlen, mein Lieber. Ich sehe Ihnen schon auf den ersten Blick an, daß Sie jede Menge Probleme und Sorgen mit sich herumschleppen. Diese Schatten unter Ihren trüben Augen zum Beispiel und die Sorgenfalten, die in Ihre bleiche Stirn gegraben sind . . .«

»Wenn es etwas gibt, das ich auf keinen Fall bin, *mamacita*, dann ist es bleich. Also könnten wir jetzt . . .«

»Setz dich wieder hin, Moms.« Ein großer Mann mit einem struppigen Vollbart kam durch eine Seitentür in den Eingangsraum geschlurft. »Sind Sie Gomez?«

»*Si*, berühmt für meine laxe Moral.«

»Nun, junger Mann, auf mich wirken Sie ziemlich trübselig.«

»Moms wurde mit einem mütterlichen Charakter konstruiert, wie Sie bereits bemerkt haben dürften«, erklärte Dr. Moreno. »Manchmal übertreibt sie ein wenig.«

Moms-1A wandte sich wieder ihrer Strickarbeit zu. »Lassen Sie sich durch mich nicht stören.«

»Kommen Sie in mein Büro!« lud Moreno ihn ein.

»*Gracias*.«

»Wenn Sie eine Tasse Tee oder Kekse möchten, rufen Sie einfach, Doc.«

Moreno führte den Detektiv durch einen schmalen, holzvertäfelten Korridor in ein kleines Büro mit Ausblick auf den trostlosen Strand.

Gomez ließ sich in den dicken Sessel fallen, auf den der Arzt gezeigt hatte. »Ich bin Ihnen sehr dankbar, daß Sie sich die Zeit genommen haben, mit mir zu reden.«

»Ich mache mir große Sorgen um Alicia.« Der bärtige Therapeut nahm hinter seinem Schreibtisch Platz. »Ihre Agentur hat einen sehr guten Ruf, und ich hoffe, daß Sie sie wiederfinden. Das ist ehrlich gesagt der Grund, warum ich mit diesem Treffen einverstanden war.«

»Glauben Sie, daß sie noch am Leben ist?«

Moreno rieb sich das bärtige Kinn. »Das hoffe ich sehr«, sagte er schließlich.

»Haben Sie eine Ahnung, wo sie sein könnte?«

»Was haben Sie denn bislang herausgefunden?«

»Die Gesetzeshüter sowie die Mechanix-Leute scheinen die Ansicht zu teilen, daß sie sich einfach nur mit einem lüsternen Herrn aus dem Staub gemacht hat.«

»Aber Sie glauben nicht daran?«

»Wenn sie sich nur versteckt hat, warum sollte sich dann jemand die Mühe machen, Schläger anzuheuern, um Barry Zangerly zusammenzuschlagen?« sagte Gomez, während er eine nackte junge Frau bemerkte, die draußen über den Strand in die kühle Brandung lief.

»Davon ist mir nichts bekannt.«

»Gestern abend. Zum Schluß erhielt er die Warnung, daß er die Suche nach ihr einstellen sollte«, sagte der Detektiv. »Heute morgen hat jemand versucht, meinen Partner umzubringen, was etwas übertrieben erscheint, wenn man uns lediglich davon abhalten will, das Liebesnest der *señorita* zu suchen.«

Moreno rieb sich erneut den Bart. »Nein, bei dieser Sache handelt es sich um mehr als nur eine heimliche Romanze.«

»Apropos Romanze – kennen Sie Barry?«

»Ich habe ihn einmal getroffen.« Der Arzt lächelte. »Ein sehr ernster Mann. Er war überhaupt nicht von der Idee begeistert, daß Alicia in unsere Klinik kam.«

»Könnte er ihr etwas antun?«

»Ich bezweifle es. Ich glaube nicht, daß er der Typ ist, der sie ermorden und die Leiche verstecken würde, um dann Ihre Agentur zu bitten, ihm bei der Suche nach ihr zu helfen.«

»Wie steht es mit anderen Liebhabern aus vergangenen oder gegenwärtigen Romanzen?«

»Soweit ich weiß, ist Barry augenblicklich der einzige Mann in ihrem Leben. Was die Vergangenheit betrifft . . .« Er hob vielsagend die Schultern. »Es gibt jemanden in Alicias Vergangenheit, vor dem sie große Angst hat. Aber wir konnten nicht herausfinden, wer es ist.«

»Könnte es ein ehemaliger Kavalier sein, ein *hombre,* der zurückgekehrt ist, um sich an ihr zu rächen?«

»Es gab eine Zeit, in der sie sehr promiskuitiv war«, sagte Moreno. »Es bestünde sicherlich die Möglichkeit, daß einer der Männer, mit denen sie intim verkehrte, jetzt . . . aber das sind reine Spekulationen, Gomez. In unserer Gruppentherapie hat sich nichts Derartiges ergeben.«

»Was hat sich dann ergeben? – Im besonderen bezüglich Tin Lizzie?«

Der Therapeut zuckte erneut die Schultern. »Wenn überhaupt, dann weiß nur Alicia, was Tin Lizzie für sie bedeutet«, antwortete er. »Aber sie scheint nicht in der Lage zu sein, sich daran zu erinnern. Allerdings ist es jemand – oder etwas –, vor dem sie große Angst hat.«

»Tauchte dieser Name erstmals in Ihren Sitzungen auf oder in ihren Alpträumen?«

Moreno lehnte sich in seinem Schreibtischsessel zurück. »Es war hier«, sagte er und kratzte sich den Bart. »Moms war in unsere Gruppe hereingeplatzt, um Kekse zu verteilen. Alicia saß mit geschlossenen Augen da, und als sie sie öffnete, sah sie Moms auf sich zukommen. Sie sprang auf, hielt sich beide

Arme vor das Gesicht und schrie: ›Tin Lizzie! Geh weg von mir!‹«

Gomez runzelte die Stirn. »Aber sie hat Ihren Roboter doch schon vorher gesehen?«

»Natürlich. Alicia hat in Moms Gegenwart die Formulare ausgefüllt, als sie uns zum ersten Mal aufsuchte. Sie ist immer hier.«

»Sie haben Alicia sicher gefragt, was Tin Lizzie bedeutet?«

»Ja, natürlich. Aber sie konnte mir bislang noch keine Antwort geben.«

»Was denken Sie darüber?«

»Nur daß es mit etwas Wichtigem zu tun hat, an das sie sich nicht erinnern kann oder will.«

»Gibt es noch etwas anderes«, fragte der Detektiv, »was sich im Laufe der Sitzungen herausgestellt hat, vielleicht eine scheinbare Nebensächlichkeit, die einen Hinweis auf ihren Verbleib geben könnte?«

»Ich mache Ihnen einen Vorschlag, Gomez.« Er stand auf. »Ich stelle Ihnen die drei Videobänder zur Verfügung, die wir von Sitzungen mit Alicia aufgezeichnet haben. Aufgrund unseres Budgets können wir leider nicht alles mitschneiden.« Er schob sich um seinen Schreibtisch herum und ging zu einem kleinen, vollgestopften Bücherregal. »Ich bin noch nicht dazu gekommen, mir das Material noch einmal anzusehen, seit sie verschwunden ist, aber Sie sind herzlich eingeladen.« Er nahm drei Videokassetten heraus und reichte sie Gomez. »Ich weiß, daß ich Ihnen vertrauen kann, keine Geheimnisse der anderen Beteiligten weiterzugeben.«

»Ich werde nichts weitergeben.«

Dr. Moreno schlurfte zur Tür. »Kommen Sie mit! Ich stelle Ihnen unseren Videoraum zur Verfügung und werde dann wieder an die Arbeit gehen.«

Der Raum war klein, holzvertäfelt und schlecht gelüftet. Leise pfeifend schob Gomez die erste der drei Kassetten in den Wandschlitz, ging zurück zu seinem Stuhl und setzte sich.

Auf dem metergroßen Bildschirm erschien das Bild eines Therapieraums. Auf den Stühlen saßen Moreno, Alicia und drei weitere Teilnehmer. Es waren ein schmaler, grauhaariger Mann Mitte Siebzig, eine äußerst magere schwarze Frau um die siebzehn und ein sonnengebräunter blonder Mann in den Dreißigern.

Mit einem Stirnrunzeln beugte Gomez sich in seinem wackeligen Stuhl vor, um sich das Bild genauer anzusehen.

»Da wir das hier aufzeichnen«, begann Dr. Moreno, »sollten wir uns der Reihe nach vorstellen. Ich bin Harry Moreno.«

»Alicia Bower«, sagte sie, ohne in die Kamera zu blicken. Ihre Stimme war sanft und leise.

»Ford Jaspers.« Das war der grauhaarige Mann. Er hatte die tiefe, trainierte Stimme eines Schauspielers.

»Jeder nennt mich einfach nur Bohnenstange«, sagte das schwarze Mädchen und verschränkte die Arme.

»Das ist kein Grund, daß auch du dich so nennen mußt, Jimalla«, sagte der Arzt zu ihr.

Sie hob die schmalen Schultern. »Schon gut, Doc.«

»Guy Woodruff«, sagte der braungebrannte junge Mann. Dann lächelte er seiner Nachbarin zu. »Auch mir gefällt Jimalla viel besser.«

»Mir gefällt Guy Woodruff als Name für diesen *hombre* überhaupt nicht«, sagte Gomez, der immer noch die Stirn gerunzelt hatte. »Er kommt mir bekannt vor – wer zum Teufel ist das?«

Hinter dem Detektiv knarrte der Fußboden.

Er begann aufzustehen und sich umzudrehen.

Doch dann traf ihn der knisternde Strahl einer Betäubungswaffe in die Seite. Gomez schnappte nach Luft, gab ein würgendes Geräusch von sich und stürzte dann zu Boden.

8

Jake ging zielstrebig über den Landeplatz für Versorgungsfahrzeuge, der hinter dem mehrstöckigen Metall- und Plastglas-Gebäude des Salkin-Privathospitals lag.

Auf einem Hocker neben einer Tür mit der Aufschrift LEBENSMITTELLAGER war ein stählerner Roboter postiert. Er trug einen weißen Kittel, und in seine linke Hand, die in seinem Schoß lag, war eine Betäubungswaffe eingebaut. »Wer sind Sie?« fragt er Jake. »Was wollen Sie hier?«

»Soyteen Nahrungsprodukte.« Jake reichte dem Wachroboter einen kodierten Ausweis.

»Neu?«

»Ja, zumindest in diesem Verkaufsbezirk.«

Der Roboter schob die Ausweiskarte in einen Schlitz in seiner Metallstirn. Sein rechtes Augen blitzte kurz grün auf, dann kam die Karte wieder zum Vorschein. »Sie finden Mr. Maxwell Arnold im zweiten Stock. Er ist heute für die Soyteen-Abrechnung zuständig.«

»Das ist direkt neben dem Kontrollzentrum, nicht wahr?«

»Zwei Türen weiter«, antwortete der Roboter und gab Jake die Karte zurück, für die er vor knapp einer Stunde einhundert Dollar an einen seiner Kontaktleute bezahlt hatte.

Er betrat das Krankenhaus, in dem Alicia Bowers Vater lag, und ging einen leeren grauen Korridor entlang bis zu einer aufwärts führenden Rampe.

Er verließ das Laufband auf der zweiten Etage, marschierte am Büro von Maxwell Arnold vorbei und trat in das Kontrollzentrum. In dem großen Raum befanden sich Computerterminals, Bildschirmreihen und mindestens ein Dutzend Robotangestellter, die an verschiedenen Überwachungseinheiten saßen.

An einem silbrigen Metallarbeitstisch neben dem Eingang saß eine menschliche junge Frau. »Wer sind Sie?« fragte sie und musterte ihn. »Was wollen Sie?«

Jake lächelte freundlich und reichte ihr eine weitere Ausweiskarte. Diese hatte ihn zweihundertfünfzig Dollar gekostet. »Ich arbeite für Security Teletronics.«

»Was ist mit Arnie passiert?«

»Krank. Ich bin seine Vertretung.«

»Arnie ist krank? Was fehlt ihm?«

Jake tippte sich mit dem Daumen auf die Brust. »Irgendwas Inneres.«

»Armer Kerl.« Sie steckte den Ausweis in einen Schlitz auf ihrem Arbeitstisch, worauf die Elektronik ein zufriedenes *Ping* produzierte. »Worum geht es? Arnie hat doch erst letzten Monat die jährliche Kontrolle durchgeführt.«

Jake steckte die Ausweiskarte wieder ein. »Einige Ihrer Leute bei Mechanix International haben sich beschwert, sie könnten keine Aufnahmen aus Owen Bowers Zimmer empfangen.«

Die junge Frau runzelte die Stirn und zog ihre Nase in Falten. »Die Zimmerüberwachung ist abgeschaltet.«

»Meine Firma hat mir soeben mitgeteilt, daß die Überwachungssperre wieder aufgehoben wurde«, sagte er in überzeugendem Tonfall. »Das Problem ist nur, daß die Bilder immer noch nicht ankommen. Bevor ich ins Zimmer hinaufgehe, dachte ich, daß ich lieber erst einmal hier nachsehe.«

»Das ist mal wieder typisch!« Sie stand auf und strich ihren kurzen roten Plastrock glatt. »Ich erfahre immer als letzte, was eigentlich los ist. Wir wollen uns die Sache mal anschauen.«

Er folgte ihr zu einer Reihe quadratischer Sechs-Zoll-Monitore. Auf jedem war das Innere eines Krankenzimmers mit verschiedenen Patienten zu sehen. Der Bildschirm, der Bowers Name anzeigte, war schwarz.

Die junge Frau drückte ein paar Tasten unter den Bildschirmen.

Die dunkle Mattscheibe erhellte sich, leuchtete ein paar Sekunden lang grünlich, bis das Bild eines Krankenzimmers sichtbar wurde. Der Raum war jedoch völlig leer, nicht einmal ein Bett stand darin.

»Sind Sie sicher«, fragte Jake, »daß das hier Bowers Zimmer ist?«

»Absolut.« Sie ging zu einer Reihe von Terminals hinüber und blieb am fünften stehen. Sie beugte sich vor und tippte eine Zahlenfolge in die Tastatur. »Gleich haben wir . . . Verdammt noch mal, warum erfahre ich nichts davon?«

»Was ist los?«

»Mr. Bower wurde vor ungefähr zwei Stunden entlassen.«

»Heißt das, er ist wieder gesund?«

»Das kann ich auch nicht feststellen, nur, daß er im Salkin nicht mehr als Patient geführt wird.«

»Komisch, daß seine eigene Firma nichts davon weiß«, sagte Jake und täuschte Verwirrung vor. »Wohin wurde Bower gebracht?«

»Darüber gibt es keine Informationen.«

»Mit solchen Aufträgen muß ich mich in letzter Zeit ständig herumschlagen. Niemand hält es für nötig, mich ausreichend zu informieren.« Er zuckte enttäuscht mit den Schultern. »Auf jeden Fall vielen Dank für Ihre Hilfe.«

»Sagen Sie Arnie, er soll besser auf sich aufpassen.«

»Mache ich, wenn ich ihn sehe«, versprach Jake.

Er verließ den Raum und ging durch den leeren grauen Korridor zurück. »Es scheint schwieriger zu werden, als ich dachte«, murmelte er vor sich hin, »Bower über seine Tochter zu befragen.«

Ganz allmählich wurde sich Gomez des Geruchs nach Apfelkuchen bewußt. Dann auch seiner Knochen. Jeder einzelne, vom kleinsten bis zum größten, schien zu schmerzen.

Mit immer noch fest geschlossenen Augen versuchte der Detektiv zu sprechen. Doch alles, was über seine tauben, trockenen Lippen kam, war ein Ächzen.

»Machen Sie sich keine Sorgen, junger Mann«, beruhigte ihn eine mütterliche Stimme.

Zögernd gestattete Gomez seinen Augen, sich zu öffnen. Zuerst sah er nur Blümchen. Sie waren auf Moms-1As Schürze gedruckt.

Gomez stellte fest, daß er auf dem Holzfußboden lag und sein Kopf im Schoß des Roboters ruhte.

»Wie häufig haben Sie solche Anfälle?«

»Das war kein Anfall, *mamacita*«, informierte er die Roboterin mit rostig klingender Stimme. »Ich wurde mit einer Waffe betäubt.«

»Du meine Güte! Warum tut man Ihnen etwas so Schreckliches an?«

Gomez fuhr mit der Zunge über seine trockenen Lippen. »Ich hatte gehofft, Sie könnten es mir verraten«, sagte er. »Haben Sie jemanden hier hereinschneien sehen?«

»Aber nein!«

»Wie haben Sie mich dann gefunden?«

»Das ist ganz einfach zu erklären, mein Guter. Ich habe gerade einen Apfelkuchen gebacken, und da habe ich mir gedacht, da Sie ja nun schon seit geschlagenen drei Stunden hier drinnen stecken, daß Sie vielleicht Appetit auf ein Stück hätten.«

»*Caramba.*« Er versuchte sich aufzusetzen. »Ich bin drei Stunden außer Gefecht gewesen.«

Moms half ihm auf die Beine. »Gehen Sie es ganz ruhig an, mein Junge. Ich finde, Sie sehen immer noch sehr benommen aus.«

»Ich bin benommen«, bestätigte er. »Das ist eine der allgemein bekannten Nachwirkungen eines Betäubungsschusses.«

»Sie sind immer noch von dieser Geschichte überzeugt?«

»Ich habe hier gesessen«, sagte Gomez, »und wollte gerade die erste Videokassette . . .«

»Von welchen Videokassetten reden Sie, junger Mann?«

Obwohl es schmerzte, den Kopf zu drehen, schaffte er es. Er

brachte sogar ein paar wacklige Schritte zustande. Es gab keine Spur von den drei Kassetten mit Alicias Gruppensitzungen.

»Okay, jetzt weiß ich, warum ich ausgenockt wurde«, sagte er niedergeschlagen. »Als nächstes muß ich herausfinden, wer es war.«

9

Das Videophon summte. Jake war etwa fünfzehn Minuten von den Türmen der Agentur entfernt und lenkte seinen Gleiter durch die heranbrechenden Dämmerung. »Ja?«

Der Bildschirm blieb dunkel. »Jake Cardigan?«

»Richtig.«

Der Bildschirm erhellte sich. Ein glänzender, verchromter Roboter in weißem Kittel lächelte ihn an. »Sind Sie für Mr. Owen Bower zu sprechen?«

Jake grinste. »Aber sicher doch.«

Der Roboter lächelte erneut und verschwand dann von der Bildfläche. Dann erschien eine weiß emaillierte Robotkrankenschwester.

»Mr. Bower war sehr darauf erpicht, Kontakt mit Ihnen aufzunehmen«, sagte sie. »Ich freue mich, daß es uns gelungen ist . . .«

»Laß das Gequatsche, Bertha«, wurde sie von einer schroffen, krächzenden Stimme unterbrochen. »Rolle mir endlich dieses verdammte Videophon rüber, damit ich mit ihm sprechen kann.«

»Sie sollen doch nicht brüllen, Mr. Bower!«

»Ich brülle nicht, Bertha. Wenn ich brülle, dann wackeln die Wände!«

»Außerdem ist mein Name Babs/CGL-W75 und nicht Bertha.«

»Babs ist ein bescheuerter Name. Wer hat ihn sich ausgedacht?«

»Ich war immer davon ausgegangen, Sir, daß ich von Ihnen entworfen und getauft wurde.«

»He, Cardigan, sind Sie noch da?« Alicias Vater, ein großer Mann um die Sechzig, der viel Gewicht verloren hatte, saß aufgerichtet im Bett. Seine Wangen waren hohl, seine Augen eingefallen. »Ich weiß, daß ich fürchterlich aussehe. Irgendein unbekannter Virus – würde mich nicht wundern, wenn diese heimtückischen Intriganten von Robotics etwas ausgeheckt und mir untergejubelt haben.«

»Mr. Bower, Sie wissen ganz genau, daß es nicht . . .«

»Verschwinde, Bertha!«

»Wo befinden Sie sich?« fragte Jake.

»Ich habe persönlich veranlaßt, daß ich in mein Strandhaus in Palisades verlegt werde.« Ein Pfeifen drang aus seiner Brust. »Konnte diese Idioten im Salkin nicht mehr ertragen.«

»Ich möchte mit Ihnen sprechen – über Ihre Tochter.«

»Was glauben Sie wohl, warum ich Sie schon den ganzen Nachmittag lang zu erreichen versuche?« fragte er. »Ich will mit Ihnen reden, Cardigan. Ich sage Ihnen, die meisten Leute, die mit der Suche nach ihr zu tun haben, einschließlich der verdammten Polizei, sind Trottel. Sie wären nicht einmal in der Lage, ihren eigenen Hintern ohne fremde Hilfe zu finden. Könnten Sie sofort rüberkommen?«

»Klar doch.«

»Geben Sie mir die Registrationsnummer Ihres Gleiters, und ich werde mit meinen Sicherheitsleuten abklären, daß Sie auf dem Grundstück landen dürfen. Wissen Sie, wo das ist?«

»Wer weiß das nicht? Die Nummer des Gleiters ist HF/5532/HJM.«

»Ich habe das Gefühl, Cardigan«, sagte Bower, »daß wir beide meine kleine Tochter sehr schnell finden werden.«

»Mit Ihnen ist alles in Ordnung.« Moreno trat von Gomez' Stuhl zurück. »Es wäre allerdings eine gute Idee, wenn Sie sich hier noch eine Stunde ausruhen würden.«

»Ich habe bereits drei Stunden verloren«, sagte Gomez und versuchte eine bequemere Sitzposition zu finden.

»Ich habe auch niemanden bemerkt, der sich in den Raum geschlichen hätte«, sagte der Arzt. »Ich war die ganze Zeit mit einem Patienten im Therapiezimmer. Vielleicht habe ich den Eindringling deshalb nicht bemerkt. Warum sollte man an diesen Kassetten interessiert sein?«

Gomez richtete sich plötzlich auf, als er sich an etwas erinnerte. »Dieser *hombre* auf dem Videoband!«

»Sind Sie dazu gekommen, sich die Kassetten anzusehen?«

Er hielt seinen Daumen und Zeigefinger im Abstand von etwa fünf Zentimetern hoch. »Nur ein *poco* Stückchen des ersten. Allerdings erregte dieser Herr, der sich Guy Woodruff nannte, sofort meine Aufmerksamkeit.«

»Das ist nicht sein richtiger Name?«

»Soweit ich weiß, lautet sein richtiger Name Sheldon Gates«, antwortete der Detektiv. »Ich hatte kurz mit ihm zu tun, als ich meinen ersten Auftrag für Cosmos übernahm. Er verdient seinen Lebensunterhalt gewöhnlich als freiberuflicher Industriespion.«

Moreno kratzte sich sein bärtiges Kinn. »Was könnte ein Industriespion in meiner Klinik wollen?«

»Wahrscheinlich hat er Alicia Bower beobachtet. Mechanix International ist eine große, erfolgreiche Firma mit einer ganzen Riege von Konkurrenten.«

»Sie meinen, ein Konkurrent von Alicias Vater im Robotik-Geschäft hat hier einen Spion eingeschleust?«

Gomez lächelte. »Das ist nur eine der Möglichkeiten«, sagte er. »Es gibt noch jede Menge anderer, bis ich mit Shel geplaudert habe.«

Moreno schüttelte traurig den Kopf. »Er hat mich getäuscht.«

»Darin sind die meisten Spione sehr gut. Haben Sie eine Adresse von ihm?«

Der Therapeut schüttelte erneut traurig den Kopf. »Woodruff oder Gates wohnt nicht weit von hier«, sagte er. »In einem heruntergekommenen Hausboot, das im alten Jachthafen liegt. Kaum zu verfehlen, da es mit Neonleuchten verziert ist.«

Obwohl als Nachwirkung des Betäubungsschusses immer noch alle seine Zähne schmerzten, aß Gomez noch den Apfelkuchen, den Moms-1A ihm aufgedrängt hatte, bevor er die Klinik verließ. Er hatte im mexikanischen Café nicht viel gegessen.

An den meisten der Gebäude, die er passierte, wurde gerade die Beleuchtung eingeschaltet. Die Bistros, Läden und Galerien, die mit kunstvollen Neonröhren und Lichtstreifen dekoriert waren, funkelten ihre vielfarbenen Botschaften in die hereinbrechende Dunkelheit hinaus. An der Ecke führte ein phosphoreszierender Roboter eine Pantomime vor, obwohl er noch keinerlei Publikum hatte.

Gomez hatte gerade den Kuchen aufgegessen, als er die Überreste des Jachtclubs von Venice entdeckte. Ein magerer Mann in der zerfetzten Uniform eines Soldaten der Brasilianischen Kriege hockte neben dem Zugang zum Pier.

»Wie wär's mit ein bißchen Kohle?« fragte er.

Gomez fand eine Dollarnote in einer Hosentasche und ließ sie dem Mann in die Hände fallen. »Bitte schön, *amigo*.«

»Gott segne dich, Kumpel.«

»Das kann nie schaden.«

Das Hausboot war die einzige Lichtquelle am wackeligen Pier. Einige andere Boote schaukelten in der Dunkelheit an der Anlegestelle, doch die Umrisse von Sheldon Gates' Residenz leuchteten in langen roten, grünen und gelben Neonröhren. Aus dem hellen Wohnzimmer drang Musik – ein Quartett von Mozart, schätzte Gomez.

Er lief über die Gangway, die mit orangefarbenen und grünen Lichtstreifen besetzt war. Die Tür zum Wohnzimmer stand offen.

Gomez blieb auf der Fußmatte mit einem Willkommensgruß stehen. »Ist Mr. Woodruff zu Hause?« rief er. Keine Antwort.

Die Musik – es war Mozart – spielte weiter.

»Guy Woodruff? Wir haben eine wichtige Nachricht für Sie.«

Nach einer weiteren halben Minute trat Gomez ein. Am anderen Ende des Raumes spielte ein lebensgroßes holographisches Quartett.

Mitten auf dem ovalen Teppich lag ein Mann. Ihm fehlte ein beträchtliches Stück seines Hinterkopfes.

10

Es war Nacht geworden, und das Bower-Anwesen in den Hügeln lag in tiefer Dunkelheit. Lichter umrahmten den Landeplatz, einen weißen Kreis inmitten einer Mischung aus gepflanzten und simulierten Dschungelgewächsen.

Jake umkreiste das Gebiet einmal, erhielt aber keine Warnung vom Sicherheitssystem. Er zuckte mit den Schultern und setzte zur Landung an.

Das Haus bestand aus fünfzehn miteinander verbundenen Plastglasröhren von verschiedener Größe. Sämtliche Wände waren verdunkelt worden, so daß kein Licht nach außen drang.

Jake zwängte sich aus dem Gleiter. Nebel trieb vom Meer heran und wirbelte um ihn herum, als er den Landeplatz überquerte. Der Weg durch das Gebüsch und die Palmen waren unbeleuchtet. Bald umschloß ihn die nebelige Nacht.

Vor sich hörte er etwas rascheln. Drei Gestalten, eine davon mit einem Leuchtstab, traten aus dem dunklen Dschungel auf den Weg. Sie waren etwa dreißig Meter von Jake entfernt, zwei stämmige Männer und ein verkupferter Roboter in einem dunklen Mantel.

Jake blieb stehen. »Guten Abend, Leute«, sagte er.

»Wer zum Teufel sind Sie?« Der Mann mit dem Leuchtstab richtete den Strahl auf Jake.

»Ich habe eine Verabredung mit Owen Bower.«

»Der alte Knacker ist im Krankenhaus, er ist seit Wochen nicht mehr hiergewesen.«

»Dann habe ich mich wohl geirrt«, sagte Jake. »Ich melde mich noch einmal, wenn er wieder gesund ist.«

Dann rief der andere Mann: »Wir haben einen Eindringling entdeckt!«

Alle drei kamen auf Jake zu.

Bei der Leiche handelte es sich nicht um Sheldon Gates alias Guy Woodruff. Nach dem zu urteilen, was noch von seinem Gesicht übrig war, mußte der tote Mann auf dem Fußboden des Wohnzimmers im Hausboot Ford Jaspers sein.

Gomez hielt seine Betäubungspistole in der Hand und hatte sich bereits gründlich in diesem und den übrigen Räumen der schwimmenden Behausung umgesehen, bevor er die Leiche untersuchte.

Es befand sich sonst niemand an Bord. Im Schlafzimmer gab es Anzeichen, daß jemand in aller Eile Kleidung zusammengepackt hatte und dann verschwunden war. Das Wohnzimmer selbst enthielt – außer der Leiche – nichts Ungewöhnliches. Es waren keine Spuren eines Kampfes zu erkennen, und die Waffe, mit der das Leben des älteren Mannes ausgelöscht worden war, hatte man nicht zurückgelassen.

»Aber was hat dieses Mitglied von Alicias Therapiegruppe hier zu suchen gehabt?« fragte sich Gomez, als er neben ihm niederkniete. »Und die nächste Frage lautet: Wer hat ihn getötet?«

Jaspers Brieftasche war noch da. Sie enthielt nichts außer ein paar Ausweisen, einer Banx-Karte und neunzig Dollar in Geldscheinen. In seinen Taschen befand sich nur noch ein kleines 3-D-Foto der Gruppe aus der Oceanfront-Klinik einschließlich Moms. Gomez steckte es ein.

Plötzlich ertönte hinter ihm eine Trompete. Gomez sprang auf, wirbelte herum und riß den Waffenarm hoch.

Louis Armstrong und seine Hot Five hatten das Mozart-Quartett ersetzt.

Er steckte seine Pistole ins Holster zurück. Während er zur Tür ging, stellte er fest, daß er sich im Rhythmus der Musik bewegte.

Oben auf dem Deck stand er einen Augenblick lang still da und lauschte in die Nacht hinaus. Es schien sich niemand in der Nähe aufzuhalten.

»Vielleicht hat der *hombre*, dem ich etwas gespendet habe, gesehen, wer hiergewesen ist, bevor ich eintraf.«

Er ging vorsichtig, aber schnell die Gangway hinunter.

Als er den Zugang zum Pier erreichte, war der Bettler verschwunden.

Der größte der zwei Männer schlug zu, bevor Jake seine Betäubungspistole ziehen konnte.

Jake fiel nach hinten und landete auf dem harten Weg.

Als der Schläger nach ihm greifen wollte, drehte sich Jake nach links und entging seinen Händen.

Dann streckte er sein Bein aus und traf den angreifenden Mann mit dem Stiefel an dessen hervorstehendem Kinn.

»Unk!« machte der Schläger. Sein Kopf wurde nach hinten gerissen, seine Augenlider flatterten und schlossen sich.

Sicherheitshalber versetzte Jake ihm noch einen zweiten Tritt.

Bevor der Mann sich flach auf dem dunklen Weg ausgestreckt hatte, war Jake wieder auf den Beinen und griff nach seiner Waffe.

Doch dann legten sich kräftige Metallarme von hinten um seinen Brustkorb und klemmten seine Arme ein. Mit einem hämischen Lachen trat der zweite Mann näher. Ohne ein weiteres Wort rammte er Jake seine Faust in den Magen.

Jake stöhnte auf und wankte im metallischen Griff des kupfernen Roboters.

»Paß gut auf!« riet ihm der Roboter.

Der Schläger versetzte Jake einen weiteren Hieb, diesmal sogar stärker.

Von rechts kam der knisternde Strahl einer Betäubungswaffe aus dem Dschungel. Er berührte den Kopf des Schlägers, worauf dieser ein ersticktes Geräusch von sich gab, als wollte er erneut lachen, hätte es sich dann jedoch anders überlegt.

Er schwankte und ging in die Knie. Mit einem keuchenden Atemstoß fiel er auf die Seite gegen einen holographischen Strauch und stürzte durch das Blattwerk. Dort blieb er bewußtlos liegen, während die großen grünen Blätter scheinbar aus seinem Körper wuchsen.

»Verdammter Mist!« stellte der Roboter im Mantel fest.

Als nächstes traf der Strahl der unsichtbaren Betäubungswaffe den Roboter.

11

Der Teddybär griff mit pelziger Tatze nach Gomez' Hosenbein. »Warum kaufste mich nicht, du Geizknochen?«

»Verschwinde, *osito*«, warnte er ihn, löste den Spielzeugroboter von seinem Bein und stellte ihn wieder auf den niedrigen Sockel, von dem er bei seiner Ankunft gehüpft war.

»Er ist nichts für dich«, lispelte eine Puppe mit goldenem Haar auf dem nächsten Ausstellungssockel. »Du willst sicher jemanden wie mich, der so süß wie Zuckerwatte ist.«

»Eigentlich, *chiquita*«, sagte er, hockte sich hin und streckte seine Handfläche aus, um den kleinen blonden Roboter daran zu hindern, ihn anzuspringen. »Eigentlich bin ich nur deshalb zu Wondersmith gekommen, weil ich . . .«

»Gomez, Liebster!« Eine große, rundliche Frau mit blendend

silbrigem Haar war aus dem Hinterzimmer des Spielzeugladens getreten. »Laß den Jungen in Ruhe, Lisa!«

»Ich will ihn doch nur knuddeln, Corky!«

»Schluß jetzt!« warnte Corky Keepnews.

»Du bist eine mutige Frau«, stellte Gomez fest, »daß du es in all dieser Nettigkeit aushältst.«

»Es ist längst nicht so schlimm wie mein ehemaliges Bordell drüben in Pasadena.« Corky nahm ihn am Arm. »Komm doch in mein Büro, Schatz.«

»Hättest du Lust auf eine Partie Dame?« bot ein Robotclown an, als Gomez an dessen Sockel vorbeikam.

»Danke, vielleicht später einmal.«

»Ich bin noch die ganze Woche im Sonderangebot.«

Als er im Büro des Spielzeugladens in einem Sessel Platz nahm, stellte Gomez fest: »Diese Robotpuppen haben einige Charakterzüge mit deinen ehemaligen Angestellten gemeinsam, Cork.«

»Geschäft ist Geschäft, da spielt es keine Rolle, was man verkauft.«

Wondersmith befand sich auf der siebzehnten Etage des großen Einkaufszentrums im Bezirk Westwood. Das kleine Aussichtsfenster erlaubte einen Blick hinunter auf den hellerleuchteten Campus 26 des Südkalifornischen Technologie-Instituts.

Als Corky sich gegenüber von Gomez in einen Sessel fallen ließ, gab dieser ein zischendes Geräusch von sich. »Ich habe einige diskrete elektronische Erkundigungen eingezogen, seitdem du angerufen hast, Gomez.«

»Du bist und bleibst eine meiner besten freiberuflichen Informationsquellen.«

Sie lächelte zufrieden. »Es waren Honorare von Kunden wie dir, Schatz, mit denen ich mir mein eigenes Spielzeuggeschäft finanzieren konnte.«

»Was ist also mit Sheldon Gates?«

»Nach meine Quellen arbeitet Sheldon gerade an einem sehr lukrativen Auftrag für Mechanix International.«

»*Caramba!*« Gomez richtete sich auf. »Das ist allerdings eine interessante Neuigkeit!«

»Deshalb wird sie dich auch fünfhundert Bucks kosten.«

»Erzähle mir, worin Shels Auftrag im einzelnen bestand.«

»Diesbezüglich ziehe ich noch Erkundigungen ein«, sagte sie. »Es hat allerdings mit dem alten Bower höchstpersönlich und seiner verrückten Tochter zu tun.«

»Irgendwas über Harry Moreno?«

»Er ist sauber.«

»Kein Hinweis, daß er und Shel gemeinsame Sache machen?«

»Keiner.«

Gomez nickte. »Was ist mit Ford Japsers?«

»Daran arbeite ich noch, Schatz. Bis jetzt war noch nichts herauszufinden«, antwortete Corky. »Er war mit Sheldon in dieser Verrücktengruppe in Morenos Klinik, aber das scheint bislang das einzige zu sein, was sie miteinander gemeinsam haben.«

Gomez strich sich über seinen Schnurrbart. »Und wo steckt Shel?«

»War ebenfalls noch nicht in Erfahrung zu bringen. Allerdings kann ich dir einen guten Tip geben. Den gibt's übrigens umsonst.«

»Spuck's aus, *cara*!«

»Falls Sheldon etwas mit dem Mord an Japsers zu tun hat, dürfte er für eine Weile von der Bildfläche verschwinden«, sagte sie. »Kaum jemand weiß, daß seine Mama, die eine langjährige Betrügerin ist, oben im New-Hollywood-Satelliten einen Schönheitssalon führt. Zur Zeit nennt sie sich Madame Sonja.«

»Mit New Hollywood meinst du diese Kombination von Filmstudio und Touristenfalle, nicht wahr?«

»Ja. Madame Sonja hat dort in den vergangenen drei Monaten die Bauerntrampel über den Tisch gezogen.«

»Vielleicht«, überlegte Gomez, »sollte ich der netten Dame einen Besuch abstatten.«

Die schlanke blonde Frau kam hinter einer gepflanzten Palme hervor und trat auf den Weg. Sie trug einen dunklen Pullover und dunkle Freizeithosen und hielt eine Betäubungspistole in der linken Hand. »Gut, daß ich zufällig gerade in der Nähe war, Jake«, sagte sie und lächelte schwach.

»Hallo, Bev.« Er rieb sich die Stelle am Arm, wo der umgestürzte Roboter ihn gepackt hatte. »Ich habe nicht bemerkt, daß du mir gefolgt bist.«

»Weil ich darin gut bin«, erwiderte Bev Kendricks und kam näher.

»Hast meine Fährte am Salkin-Hospital aufgenommen, was?«

»Ich war dort, als ich bemerkte, wie du dich davongestohlen hast«, sagte die blonde Privatdetektivin. »Ich wurde neugierig und beschloß, dir für eine Weile zu folgen.«

»Also ist es deine Agentur, die von Bower und Mechanix mit der Suche nach seiner Tochter beauftragt wurde?«

»So ist es.« Sie kniete sich neben den Schläger, den sie betäubt hatte und begann ihn zu filzen. »Hast du eine Ahnung, wer diese Jungs sind?«

»Angeheuerte Schläger. Du kennst sie nicht?«

»Dieser hier hat nicht einmal einen Ausweis dabei.« Sie stand wieder auf. »Sieht ganz danach aus, als wären es jene drei, die gestern nacht euren Klienten aufgemischt haben, nicht wahr? Ich habe sie allerdings noch nie gesehen und auch keine Ahnung, in wessen Auftrag sie arbeiten.«

Jake wies mit dem Daumen in Richtung des Hauses. »Bower ist gar nicht hier, stimmt's?«

»Ja, da ist niemand. Bower wurde heute nachmittag aus dem Salkin zu seinem Anwesen in Bel Air verlegt.«

»Heißt das, es geht ihm besser?«

»Ich weiß nicht, was das heißt«, gab sie zu und bückte sich, um den zweiten bewußtlosen Schläger zu durchsuchen. »Ich habe erst im Krankenhaus von der Verlegung erfahren.«

»Hast du persönlich mit Bower gesprochen?« fragte er.

»Nur am Videophon und sehr kurz. Ich sollte mich heute mit ihm im Krankenhaus treffen.«

»Keine Ausweise?« Jake tippte mit der Fußspitze gegen den Mann am Boden.

»Ebenfalls Fehlanzeige.« Bev erhob sich und rieb die Handflächen gegeneinander. »Wir sollten diese Raufbolde lieber der hiesigen Polizei übergeben. Und dann . . .«

»Was dann?«

»Hat Cosmos etwas dagegen, wenn ihr mit Vertretern von Konkurrenzdetekteien sprecht?«

»Nein, überhaupt nicht. Und erst recht nicht, wenn diese Agenturen von ehemaligen Polizeikollegen geleitet werden, die außerdem gute alte Freunde sind.«

»Wir standen uns nicht sehr nahe«, sagte Bev, »aber ich war damals tatsächlich eine gute Freundin von dir.«

»Also hast du nicht gejubelt, als ich für eine Weile in der Frostkammer auf Eis gelegt wurde?«

Sie trat einen Schritt zurück und musterte ihn von oben bis unten. »Früher hast du nicht so vor Selbstmitleid getrieft.«

»Laß uns irgendwo hingehen und reden«, schlug er vor.

12

Die Fly-Inn-Kneipe lag auf einem Hügel im Bezirk Beverly Glen. Der Landeplatz nahm fast einen Hektar ein, und das Restaurant selbst war eine große, mit Neonröhren verzierte Plastglaskuppel, die im Zentrum des weiß gepflasterten Geländes stand.

Die silberglänzenden Bedienungsroboter bewegten sich auf Düsenskateboards vom Gebäude zu den Fahrzeugen.

Jake und Bev saßen fast am Rand des Landeplatzes in ihrem Gleiter.

Bev rührte gerade ihre zweite Tasse Kaffeeimitat um. »Meine Agentur ist wesentlich kleiner als Cosmos, aber wir arbeiten ebenso effizient«, meinte sie. »Bei diesem Fall werde ich die Nase vorn haben.«

»Wolltest du darüber mit mir reden? Über einen Wettbewerb zwischen unseren Detekteien?«

»Es ist eben kein Wettbewerb, Jake! Das versuche ich dir die ganze Zeit klarzumachen.« Sie nippte an ihrem Getränk. »Ich habe einen erheblichen Vorsprung im Fall Bower. Du und Gomez, ihr werdet ihn niemals aufholen können.«

Jake grinste. »Vielleicht sollten wir Barry Zangerly das Honorar zurückzahlen und die Füße auf den Tisch legen.«

»Das wäre keine schlechte Idee. Ich weiß, daß du vermutlich nicht aufgeben wirst – ich wollte dich nur warnen, nicht enttäuscht zu sein, wenn ich den Fall abschließe, bevor ihr richtig in die Gänge gekommen seid.«

»Ich werde die Warnung an Sid weitergeben.«

»Wie geht es ihm übrigens?«

»Als ich ihn heute morgen sah, nicht schlecht. Wenn er allerdings hört, daß du uns aus dem Rennen werfen wirst, wird er vielleicht zusammenbrechen und heulen.«

»Ich mag Gomez.«

»Das tun fast alle Frauen. Er hat eben einen unwiderstehlichen Charme.« Jake tippte mit dem Zeigefinger gegen seine Tasse. »Wo ist Alicia Bower?«

Bev lachte. »Das ist eine Information, die ich dir nicht anvertrauen kann.«

»Weißt du es?«

»Ich habe da so eine Ahnung.«

»Du glaubst also nicht, daß sie tot ist?«

»Nein, überhaupt nicht.«

»Oder daß sie entführt wurde?«

»Ich bin schon ein paar Tage länger als du an der Sache dran. Außerdem weiß ich viel mehr über ihre Vergangenheit und ihren Charakter.«

»Ist vielleicht Myra Ettinger deine wichtigste Informationsquelle?«

»Sie ist eine der wichtigsten. Immerhin war sie es, die mich engagiert hat, da Bower wegen Krankheit ausfällt.«

»Wurde das, was sie dir über Alicias Charakter erzählt hat, durch deine Ermittlungen bestätigt?«

»Im großen und ganzen.« Bev trank einen weiteren Schluck Kaffeeimitat. »Alicia ist eine sehr labile junge Frau. Sie hatte seit langem psychische Probleme – und dies ist nicht das erste Mal, daß sie verschwunden ist. Fast immer mit einem Mann.«

»Hast du einen Beweis, daß sie diesmal dasselbe getan hat?«

Bev sah in die Nacht hinaus. »Darüber kann ich nichts sagen.«

»Na gut, dann laß uns einfach davon ausgehen, daß sie ein paar Tage allein mit jemandem verbringen wollte. Warum wurde Barry dann von diesem Schlägertrio überfallen?«

»Um ihn davon abzuhalten, weiter nach ihr zu suchen und sie zu stören.«

»Und wer hat sie angeheuert?«

»Es könnte der Mann gewesen sein, der nicht möchte, daß die romantische Affäre von seinem eifersüchtigen Vorgänger gestört wird«, vermutete die Privatdetektivin. »Alicia könnte sie auch selbst geschickt haben, damit Barry sie nicht mehr belästigt.«

Jake grinste erneut. »Hat sie schon einmal Schläger angeheuert?«

»Das nicht gerade, obwohl sie angeblich sehr unangenehm werden kann.«

»Nachdem sie Barry einen Schrecken eingejagt hat, wurde dieselbe Bande losgeschickt, um mich zu bearbeiten, oder? Damit auch ich ihre Romanze nicht störe.«

»Das erscheint mir völlig plausibel, Jake.«

»Wurdest du von irgend jemandem bedroht oder angegriffen?«

Ihre Stirn zog sich in Falten. »Noch nicht, aber das muß nicht heißen, daß . . .«

»Du beschäftigst dich schon viel länger als wir mit diesem Fall, aber niemand scheint sich dadurch beunruhigt zu fühlen«, sagte er. »Noch bevor ich selbst wußte, daß ich an der Sache arbeiten würde, ging man bereits gegen mich vor.«

»Wovon redest du?«

Er erzählte ihr von dem Robotpriester auf dem Friedhof. »Heute abend«, beendete er seinen Bericht, »hat man entweder den echten Bower oder eine Nachbildung benutzt, um mich in diese neueste Falle zu locken.«

»Owen Bower würde sich niemals an so etwas beteiligen.«

»Gut, dann war es eben ein Androiden-Doppelgänger oder ein sehr überzeugendes Hologramm«, sagte er. »Ich will damit sagen, Bev, daß diese Sache überhaupt nicht nach den Aktionen eines verliebten Ausreißers aussieht.«

»Warum nicht? Alicia verfügt über sehr viel Geld, also würde ihr die Finanzierung keine großen Probleme bereiten. Außerdem ist sie schon häufiger mit älteren Männern davongelaufen – reichen älteren Männern.«

»Hast du Hinweise entdeckt, daß sie ihr Bankkonto angerührt hat, seit sie verschwand?«

»Das ist wieder ein Punkt, über den ich nichts sagen werde.«

»Eigentlich sagst du überhaupt nicht viel«, stellte er fest. »Ehrlich gesagt, Bev, ich glaube, daß man dich aufs Glatteis geführt hat.«

»Warum sollte mich mein eigener Klient irreführen?« fragte sie.

»Das ist eine der Sachen, die ich herausfinden werde«, sagte er.

Dan saß mit einem tragbaren Lesegerät im Wohnzimmer, als Jake nach Hause kam.

»Keine Verabredung heute abend?« fragte er seinen Sohn.

»Hausaufgaben. Wie steht's mit dir?«

Jake grinste und setzte sich auf die Sofalehne. »Meine Verabredungen waren eher geschäftlicher Natur«, antwortete er, als er einen seiner Stiefel auszog. »Allerdings habe ich tatsächlich Bev Kendricks getroffen.«

Dan schaltete das Lesegerät aus. »Ich habe dir doch gesagt, daß du dich bei ihr melden solltest.«

»Eigentlich hat sie sich bei mir gemeldet.«

»Mensch, das klingt sogar noch besser. Es zeigt, daß sie an dir interessiert ist.«

»Es zeigt nur, daß sie zufällig am selben Fall arbeitet, mit dem auch Sid und ich beauftragt wurden, Dan.«

»Du hast mir noch gar nichts von deinem neuen Fall erzählt.«

Nachdem er seinen zweiten Stiefel ausgezogen hatte, nahm Jake auf dem Sofa Platz. Er erzählte Dan von Alicia Bowers Verschwinden und dem, was ihm heute zugestoßen war.

»Weißt du«, sagte sein Sohn, als er fertig war, »Molly kennt jemanden, der in diese Oceanfront-Klinik geht. Ich wette, wir könnten . . .«

»Hausaufgaben«, wurde er von Jake unterbrochen. »Das ist dein Job. Du und Molly, ihr seid, das muß ich zugeben, erstklassige Detektive, aber du wirst auf keinen Fall . . .«

»Dad, an einem Tag . . .« Er hielt einen Zeigefinger hoch. »An einem einzigen Tag hat man zweimal versucht, dich umzubringen. Mir gefällt es überhaupt nicht, wenn irgendwelche Gauner versuchen . . .«

»Ich bin von dieser Vorstellung auch nicht gerade angetan. Aber ich will nicht, daß du in diese Sache hineingezogen wirst«, warnte Jake ihn. »Und möglicherweise war der zweite Angriff nur eine Lektion und kein Mordversuch.«

»Was du nicht sagst! Dann mache ich mir über den zweiten also keine Sorgen mehr.« Er warf das Lesegerät zu Boden. »Hat man die drei schon identifiziert?«

»Noch nicht, aber morgen früh werden wir es wissen«, antwortete sein Vater. »Es wird sich nicht mehr herausstellen, als daß es angeheuerte Schläger sind.«

»Was Bev Kendricks Theorien betrifft, bin ich mit dir einer

Meinung. Entweder läßt sie sich in die Irre führen oder . . . nun, du kennst sie besser als ich. Könnte es sein, daß sie dich anlügt, daß sie dich auf eine falsche Fährte locken will?«

Jake stand auf und ging barfuß zum Balkonfenster hinüber. »Sie war eine ehrliche Polizistin«, sagte er, als er in die Nacht hinausblickte. »Zumindest vor mehreren Jahren.«

»Dann vermutest du, sie . . .«

»Es spielt keine Rolle, ob sie etwas im Schilde führt, Dan. Gomez und ich werden an der Sache dranbleiben.«

»Mir scheint es, daß ihr es mit einer Gruppe zu tun habt, mit irgendeiner Organisation.« Er stand auf und ging zu seinem Vater hinüber. »Sie verfügen über Schläger, Roboter und Androiden. Sie wußten fast im selben Augenblick, als Barry Zangerlys Bruder gestern mit Gomez sprach, daß du mit diesem Fall beauftragt würdest.«

»Ja, darüber habe ich auch schon nachgedacht.«

Dan legte seinem Vater eine Hand auf die Schulter. »Wirst du morgen wieder auf den Friedhof gehen?«

»Morgen nicht.«

Mitternacht war schon lange vorbei, als Jakes Videophon im Schlafzimmer summte. Er fuhr auf und war plötzlich hellwach. »Ja?«

Auf dem Bildschirm war ein Gemälde mit einem Strauß roter Blumen zu sehen. »Ich bin's, Jake – Rozko –, direkt aus dem Infocenter von Cosmos«, sagte die Stimme des Computers. »Ich hoffe, ich habe dich nicht aus tiefem Schlaf geweckt.«

»Nein. Was ist passiert?«

»Ach, ich hatte nur etwas Langeweile und . . . ja, ich weiß, Doc Olan kümmert sich um die Aufnahmen aus dem Krankenhaus, aber ich beschloß, mir die Bilder selbst noch einmal genauer anzusehen.«

»Hast du was entdeckt?«

Die Zeichnung eines lächelnden Mundes erschien auf dem

Videophonschirm. »Nicht, ob an den Aufzeichnungen herummanipuliert wurde«, sagte der Computer. »Dafür ist Olan zuständig. Ich habe jedoch etwas Interessantes festgestellt. Schau mal!«

Eine Aufnahme aus der Haupteingangshalle des Salkin-Privathospitals wurde sichtbar. Mehr als zwanzig Gestalten bewegten sich durchs Bild – Besucher, Ärzte, Robot-Krankenschwestern.

»Ich werde es anhalten«, sagte Rozko, »und den Schurken auf der Rolltreppe ranzoomen. Ich hätte ihn fast übersehen, aber dann fiel mir sein rotes Haar auf.«

Der rothaarige Mann war klein, kaum größer als ein Meter fünfundsechzig, breitschultrig und um die Vierzig. Er trug einen blaßblauen Arztkittel.

Jake richtete sich in seinem Bett auf und beugte sich näher zum Bildschirm herunter. »Das ist Sam Trinity.«

»Genau das habe ich mir auch gesagt, als er mir ins Auge stach«, sagte Rozko. »Als nächstes fragte ich mich, warum Sam Trinity wohl Doktor gespielt hat, und zwar um vierzehn Uhr am selben Nachmittag, als Alicia Bower angeblich niemals in selbiger Institution eingetroffen ist.«

Jakes Stirn überzog sich mit tiefen Runzeln. »Sam war früher Außenagent des Büros für Geheime Angelegenheiten in Washington«, sagte er. »Das war vor vier Jahren, noch bevor ich in die Frostkammer geschickt wurde.«

»Er ist immer noch dabei. Heute ist Sam der führende Mann des BGA an der Westküste. Ein sehr nützlicher Herr nach Ansicht vieler durchtriebener Typen aus Washington.«

»Was zum Teufel hat er mit der Sache zu tun?« Jake schüttelte den Kopf. »Gibt es noch mehr Aufzeichnungen, in denen Sam auftaucht?«

»Nur diese eine Sequenz. Insgesamt ist Sam nicht einmal ganze drei Minuten zu sehen, Jake.«

»Spul es bis zum ersten Bild zurück, in dem er zu sehen ist, und zeig mir die ganze Sequenz.«

»Schon geschehen.«

Der rothaarige Sam Trinity kam aus einer Bürotür mit der Aufschrift ZUTRITT NUR FÜR KRANKENHAUSPERSONAL und trat in die große, ovale Eingangshalle. Zielstrebig schritt er über den Plastfußboden zur Fußgängerrampe, die zur fünften Etage führte. Das Laufband trug ihn hinaus und aus dem Bild.

»Willst du's noch mal sehen?«

»Nein«, sagte Jake. »Im fünften Stock war Owen Bowers Zimmer. Bist du sicher, daß Sam nirgendwo auf dieser Etage zu sehen ist?«

»*Nada*, wie Gomez sagen würde. Ich habe alle Aufzeichnungen aus dem Krankenhaus genau unter die Lupe genommen.«

»Was hat das BGA mit der Sache zu tun?« Jake rieb sich langsam mit dem Daumen über seine Wange. »Gibt es irgendeine Möglichkeit herauszufinden, worin Sams gegenwärtiger Auftrag besteht?«

»Das habe ich bereits versucht. Die Datenbänke des BGA haben sich bislang jedoch als unzugänglich erwiesen.«

»Befindet er sich immer noch in Groß-L.A.?«

Das gezeichnete Lächeln erschien wieder auf dem Bildschirm. »In der Beziehung hatte ich etwas mehr Glück«, teilte der Computer ihm mit. »Ich konnte nämlich feststellen, wann Sam die Gegend verlassen hat – und wohin er unterwegs war.«

»Dann sag's mir!«

»Samuel Trinity verließ GLA am selben Tag, als Alicia Bower verschwand«, antwortete Rozko. »Er flog mit einem Lastengleiter der Amerikanischen Streitkräfte ab. Das Fahrzeug startete von einem Hochsicherheitsbereich des Raumhafens von GLA.«

»Was war sein Ziel?«

»Topeka in Kansas.«

»Zufällig befindet sich dort das Psychiatriezentrum der Mentor-Stiftung«, sagte Jake langsam.

»Meinst du, das hat etwas zu bedeuten?«

»Zumindest animiert es mich dazu, umgehend zu verreisen«, sagte Jake.

13

Bascom ging von seinem Schreibtisch geradeaus zur nächsten Projektionsbühne. »Habt ihr bemerkt, daß ich mein Büro aufgeräumt habe?«

»Du hast eine enge Schneise durch das Gerümpel geschlagen«, stellte Gomez fest, der in einem Sessel saß. »Bis zur Aufgeräumtheit ist es noch ein weiter Weg, *jefe*.«

»Aber es ist ein Hoffnungsschimmer«, fügte Jake hinzu.

»Ich habe fast zwei Stunden dazu gebraucht!« Der Chef der Detektivagentur schaltete den Holographie-Projektor ein. »Die Identifikation der zwei Schläger, die Jake anzufallen versucht haben, kam vor etwa einer Stunde herein, gegen neun Uhr.« Ein großer, breitschultriger Mann erschien in Lebensgröße. »Ihr seht eine erkennungsdienstliche Aufnahme von Leonard Rodney, letzte bekannte Adresse im Bezirk Topanga. Er hat eine lange, abwechslungsreiche Vorgeschichte als Schläger und gelegentlicher Erpresser. Der Polizei sagte er, daß er keine Ahnung hat, wer ihn angeheuert haben könnte, dich zu verprügeln, Jake. Angeblich wurde alles über verdunkelte Videophone arrangiert.«

»Hat er auch zugegeben, unserem Klienten eine Abreibung verpaßt zu haben?« fragte Jake.

»Nein, aber Barry hat die drei zögernd als die Bande identifiziert, die ihn in der Arcade angegriffen hat.«

»Barrys Aussage wird keinen großen Eindruck machen«, sagte Gomez. »Er ist zu verwirrt.«

»Ich bin nicht verwirrt«, warf Jake ein.

»Wir können immer noch versuchen, sie für den Angriff auf mich zu belangen.«

»Der nächste auf der Bühne ist Henry Weiner, Alter sechsunddreißig, stammt aus Berkeley, Nordkalifornien.« Das Bild des zweiten Schlägers erschien. »Er ist ebenfalls Auftragsarbeiter und hat nicht die leiseste Ahnung, wer ihn bezahlt haben könnte.« Dann nahm der kupferne Roboter, jetzt ohne Mantel, den Platz auf der Bühne ein. »Das ist Alex/762-AT. Hergestellt von Mechanix International, in den Bereichen Sicherheit und Wachdienst einsetzbar und bisher vierhunderttausendmal verkauft. Unser Alex hier wurde von privater Hand als Schläger umgerüstet. Er gehört Weiner, und jemand – Hank behauptet, nicht zu wissen, wer – löschte den gesamten Erinnerungsspeicher an die Zeit vor dem Treffen mit Jake aus.«

»Hat Weiner die Umrüstung des Roboters vorgenommen?« fragte Gomez.

»Das behauptet er.«

»Dann ist er auch imstande, Alex' Erinnerungsvermögen auszuradieren.« Gomez versank tiefer in seinem Sessel. »Natürlich wäre auch jeder Angestellte von Mechanix dazu in der Lage.«

»Versuchst du, Bowers Firma hier hineinzuziehen?«

»Sie hängt schon mittendrin«, sagte er. »Immerhin wurde Sheldon Gates von Mechanix beauftragt, einige schmutzige Arbeiten für sie zu erledigen.«

»Erzähl mir mehr über diesen Gates«, sagte Jake.

Nachdem sein Partner mit dem Bericht zum Schluß gekommen war, sagte er: »Aus diesem Grund möchte ich einen Ausflug zum New-Hollywood-Satelliten machen.«

»Ja, tu das«, stimmte der Chef zu. »Aber halte deine Ausgaben niedrig.«

»Ich werde fasten, solange ich da oben bin.«

Bascom ging auf geradem Weg zu seinem Schreibtisch zurück. Er nahm ein Bündel blaßblauer Blätter auf. »Doc Olan hat seinen Bericht über die Aufnahmen aus dem Krankenhaus eingereicht.«

»Wurden sie getürkt?« fragte Jake.

Bascom nickte. »Doc ist zu dieser Überzeugung gelangt. Es war außergewöhnlich gut gemacht, aber seiner Meinung nach wurden etwa elf Minuten aus verschiedenen Bändern herausgeschnitten. Diese Stellen wurden dann geschickt durch Simulationen ersetzt.«

»Natürlich beweist das noch nicht, daß Alicia doch im Krankenhaus war«, sagte Jake und stand auf.

»Nein, nur daß an jenem Tag dort etwas vorgefallen ist, das man vertuschen möchte.«

Jake ging zum Panoramafenster hinüber und betrachtete den Morgenhimmel. »Ich habe herausgefunden, daß Sam Trinity am jenem Tag ebenfalls im Krankenhaus war«, sagte er und berichtete, was er von Rozko erfahren hatte.

»Sam ist ein rücksichtsloser *hombre*«, bemerkte Gomez. »Wenn es eine Auszeichnung für den unangenehmsten Regierungsbeamten gäbe, wäre Sam der Top-Favorit.«

»Am nächsten Tag machte machte er sich auf den Weg nach Topeka«, sagte Jake. »Dorthin wurde auch Alicia gebracht, als sie ihren Zusammenbruch hatte.«

Bascom nahm sein Saxophon und spielte gedankenverloren auf den Tasten. »Willst du damit behaupten, daß die Regierung der Vereinigten Staaten selbst einen Agenten losgeschickt hat, um der jungen Frau habhaft zu werden und sie in das Mentor-Institut zurückzuschicken?«

»Ich will damit nur andeuten, daß hier eine großangelegte Sache abläuft, bei der es um mehr als nur ein ausgerissenes Mädchen geht.« Jake drehte sich zu seinem Chef um. »Und ich habe das Gefühl, ich könnte mehr darüber erfahren, wenn ich herausfinden kann, was Sam Trinity drüben in Farmland vorhat.«

»Auf Jakes Gefühle kann man sich gewöhnlich verlassen«, sagte Gomez.

Bascom warf sein Saxophon mitten ins Gerümpel auf seinem Schreibtisch und ging zur Videowand hinüber. »Okay, Jake, wir werden dir für heute nachmittag einen Flug buchen«, sagte er. »Jetzt seht euch mal das hier an, Jungs. Ein Bekannter bei der Polizei hat mir diese Kopie organisiert.« Er schaltete den Videorecorder ein.

Alicia Bower erschien auf dem Bildschirm. Die rotbraunhaarige Frau stand an einem Robot-Geldautomaten am Straßenrand, sah sich etwas nervös um und steckte ihre Banx-Karte in die Brust des kugelköpfigen Robotkassierers.

Der Roboter machte ein metallisch glucksendes Geräusch und reichte ihr mehrere dicke Bündel Geldscheine.

Dann erlosch der Bildschirm.

»Das hat die Überwachungskamera um fünfzehn Uhr an jenem Nachmittag aufgenommen, an dem sie verschwand.« Bascom kehrte der Wand den Rücken zu.

»Wieviel hat die *señorita* abgehoben?« fragte Gomez.

»Hunderttausend Dollar.«

»*Caramba,* das ist kein Taschengeld, nicht einmal für eine Firmenerbin.« Gomez richtete sich auf.

»Damit soll vermutlich die Theorie gestützt werden, nach der sie mit einem Liebhaber auf und davon ist – daß sie sich eine Menge Geld besorgt hat, um ihre romantische Eskapade zu finanzieren.«

»Es beweist, daß sie noch unterwegs war, nachdem sie angeblich das Krankenhaus besucht hat«, sagte der Agenturchef. »Und es erweckt den Anschein, daß sie sich aus freien Stücken an einen unbekannten Ort begeben hat.«

»Ist das überhaupt Alicia?« fragte Jake.

Bascom blinzelte. »Wie bitte?«

»Gestern habe ich über Videophon ein Gespräch mit Owen Bower geführt«, rief er ihm in Erinnerung. »Nur daß es offensichtlich gar nicht Bower war. Mechanix stellt unter anderem auch Androiden her. Also, war das wirklich Alicia, die wir gerade gesehen haben?«

»Okay«, lenkte Bascom ein. »Ich werde Doc Olan die Aufnahme zur Untersuchung geben.«

»Trotzdem«, sagte Jake, »werde ich nach Kansas fliegen.«

14

Das Videophon summte erneut. Myra Ettinger zündete sich eine neue Zigarette am Stummel der vorigen an, inhalierte den Rauch und stieß ihn seufzend wieder aus.

Sie ließ das Videophon noch zweimal summen, bevor sie sich bückte, um das Gespräch anzunehmen. »Was gibt es?«

Ein kleiner, zierlicher Mann Mitte Fünfzig mit bleichem Gesicht und grauem Anzug, den er gekauft hatte, als er noch wesentlich mehr gewogen hatte, sah sie wütend vom Bildschirm ab. »Ich verstehe nicht, Myra, warum du niemals umgehend antwortest«, sagte er zur Geschäftsführerin von Mechanix International. »Es kommt einer beleidigenden Mißachtung nahe.«

»Es könnte sogar darüber hinausgehen und tatsächlich so gemeint sein, Jiri«, erwiderte sie und stieß eine Rauchwolke aus.

»Mußt du ständig dieses Zeug paffen? Ekelerregend!«

»Kannst du den Rauch etwa bis Washington riechen?«

Jiri Treska nahm an seinem Metallschreibtisch eine straffere Haltung an. Sein Büro hatte keine Fenster. »Muß ich dir immer wieder in Erinnerung rufen, daß ich im Büro für Geheime Angelegenheiten eine recht hohe Position innehabe? Du benimmst dich, als wärst du . . .«

»Wenn du wirklich eine hohe Position hättest, mein Lieber, dann wärst du in der Lage, einen Lakaien mit den Anrufen zu beauftragen.«

Treska drückte seine Hände fest zusammen. »Ich werde dir nicht gestatten, mich wieder mit Beleidigungen abzulenken.«

»Ich gebe mir ehrliche Mühe, das nicht zu tun.«

»Hier gibt es viele Leute – im BGA und auch anderswo, Myra –, die wegen der Entwicklung der Dinge sehr beunruhigt sind«, teilte er ihr mit. »Vergiß nicht, daß noch vier Namen auf der Liste stehen.«

»Ich weiß, wie viele Namen noch übrig sind.«

»Trotzdem hast du zugelassen, daß nicht nur eine, sondern zwei Detektivagenturen sich mit der Angelegenheit befassen.«

»Eine dieser beiden Agenturen«, gab sie dem Regierungsbeamten zu bedenken, »wurde von mir beauftragt. Die nette Dame, die sie leitet, hat nicht die Spur einer Ahnung, was vor sich geht.«

»Was ist mit der anderen, Myra? Wir hatten schon früher Schwierigkeiten mit Cosmos-Leuten«, sagte der zerbrechlich wirkende Mann zu ihr.

»Walt Bascom ist ein Schurke, doch unglücklicherweise steht er nicht auf unserer Seite. Diesen Mann kann man nicht bestechen oder abschrecken.«

»Aber seine Agenten lassen sich zweifellos aus dem Weg schaffen.«

»Wirklich? Wie ich gehört habe, ist es euch auch beim zweiten Versuch noch nicht gelungen, Jake Cardigan kaltzustellen.« Er löste seine Hände voneinander und spielte mit seinen knorrigen Fingern. »Eine Agentin von eurer Agentur hat sogar eingegriffen, um ihn . . .«

»Jiri, mein Lieber, ich bin gerade furchtbar beschäftigt«, unterbrach sie ihn. »Ich mache mir eine Notiz, daß du sauer bist und gehe dann wieder . . .«

»Das hier ist viel wichtiger als irgend etwas anderes, an dem du arbeitest.«

»Ja, das ist es«, stimmte sie zu und blies Rauch aus. »Aber alles läuft wirklich wie am Schnürchen, Jiri, und es gibt keinen Grund für dich, mich anzurufen.«

»Wenn einige Leute in eurem Laden nicht so verdammt sentimental wären, hätten wir wesentlich weniger Schwierigkeiten gehabt.«

»Es ist ihr Vater, der diese sentimentalen Anwandlungen hat«, sagte Myra ungerührt. »Und dieser arme Mann wird nicht mehr lange unter uns weilen.«

»Ich habe ihm von Anfang an gesagt, es wäre viel einfacher gewesen, wenn sie getötet worden wäre.«

»Obwohl sie Ihren Verein verraten hat, liebt Owen seine kleine Alicia immer noch.«

»Wenn man sich sofort richtig um sie gekümmert hätte . . .«

»Man kümmert sich jetzt um sie«, beschwichtigte Myra ihn. »Bitte, laß mich diese Sache auf meine Weise erledigen.« Sie unterbrach die Verbindung und stellte das Videophon wieder auf den Fußboden.

Gomez betrat den Informationspavillon inmitten der Haupthalle des Raumhafens von Groß-L. A. »Mein Name ist Gomez«, teilte er der hübschen blonden Androidin hinter dem Tresen mit.

»Und?«

Er zeigte auf einen der schwebenden Lautsprecher. »Eine Stimme von oben verkündete mir, daß mich hier eine Botschaft erwarten würde.«

»Ach, Sie müssen *Sid* Gomez sein!«

»Genau.«

»Spazieren Sie einfach zu Nische drei auf der anderen Seite des Pavillons, Mr. Gomez.«

»*Gracias.*« Gomez nahm sein einziges Gepäckstück, einen kleinen, ramponierten braunen Koffer, in die andere Hand und ging zur bezeichneten Nische hinüber. Nachdem er sich vergewissert hatte, daß ihn dort keine Falle oder eine sonstige Gefahr erwartete, trat er ein und aktivierte das Videophon. »Sid Gomez hier.«

»Eine Sekunde, bitte.«

»Hallo, Sid.« Es war die stämmige Corky Keepnews.

»Was veranlaßt dich zu dieser dringenden Kontaktaufnahme, *chiquita*?«

»Hast du noch dreihundert Dollar übrig, Schatz?«

»Das ist aber eine sehr unfeine Abschiedsbotschaft!«

»Ich habe was über den verschiedenen Ford Jaspers«, verriet sie ihm.

»Maximal zweihundert Dollar.«

»Zweihundertfünfzig.«

»Verkauft. Spuck's aus.«

»Die Polizei hat heute morgen die Leiche gefunden.«

»Weiter, *por favor.*«

»Sie wissen nicht, daß du auf dem Hausboot warst.«

»Was wissen sie denn?«

»Sie wissen nicht, wer Jaspers getötet hat«, erzählte Corky und strich sich über ihr silbriges Haar. »Sie wissen nicht, wo Sheldon Gates alias Guy Woodruff ist. Sie wissen noch nicht einmal, daß Woodruff und Gates ein und derselbe sind.«

»Für dieses Gequatsche soll ich dir die unerhörte Summe von zweihundert Dollar bezahlen, *cara*? Mein Shuttle ist startbereit, und wenn du nicht . . .«

»Du bezahlst mir die unerhörte Summe von zweihundertfünfzig Dollar«, korrigierte sie ihn.

»Schon gut, aber komm jetzt zur Sache.«

»Es scheint, daß die Polizei eine Menge Informationen über Ford Jaspers hat«, teilte sie ihm mit. »Er war Video-Schauspieler, hat aber seit mehr als fünf Jahren nicht mehr gearbeitet. Weil er einen kleinen Trick entwickelt hat, ist das Gesetz überhaupt erst auf ihn aufmerksam geworden – obwohl sie ihn bislang noch nicht festnageln konnten. Ford ist zu verschiedenen Therapiegruppen gegangen und hat dort den aufmerksamen und mitfühlenden Zuhörer gespielt. Nach einigen Sitzungen hat dann mit ziemlicher Sicherheit jemand etwas ausgeplaudert, das er lieber für sich behalten hätte. Diese peinlichen Informationen hat Ford dann benutzt, um seine ehemaligen Therapiekollegen zu erpressen. Es war ein recht mieser Trick, aber der alte Kerl konnte davon leben.«

»Wer hätte gedacht, daß Ford einmal so tief sinken würde«, sagte Gomez seufzend. »Dann muß er also etwas über Shel erfahren und ihn zu erpressen versucht haben.«

»Davon geht die Polizei aus. Und es klingt doch recht plausibel, nicht wahr?«

»*Si*, das tut es.«

»Okay, dann gute Reise. Und vergiß nicht, daß du mir zweihundertfünfzig Dollar schuldest, Schatz.«

15

Bev Kendricks sah sich in seinem Wohnzimmer um. »Deine alte Wohnung war größer.«

»Damals hatte ich noch eine Frau.«

Sie deutete mit einem Kopfnicken zum Koffer neben der Tür. »Ich hoffe, ich bin noch rechtzeitig gekommen, um dich vor einer nutzlosen Reise zu bewahren«, sagte sie. »Aus diesem Grund bin ich vorbeigekommen.«

»Dieser Geist der Zusammenarbeit zwischen unseren Detektivagenturen wärmt mir das Herz«, sagte Jake.

Sie trat zu ihm und tippte ihn mit zwei Fingern auf die Brust. »Verdammt noch mal, das hier geht nur uns beide etwas an«, sagte sie unwillig. »Wenn meine Partner erfahren, daß ich . . .«

»Bev, ich weiß, daß ich nicht mehr der Jüngste bin.« Er wich einen Schritt vor ihr zurück. »Aber ich bin wirklich der Meinung, ich brauche keine Hilfe und Führung mehr von dir, was diesen Fall betrifft.«

Bev zog eine Videokassette aus ihrer Jackentasche. »Eigentlich darf ich dir das hier gar nicht zeigen.«

»Dann laß es.«

Sie schüttelte ungeduldig den Kopf. »Ich möchte, daß du es dir ansiehst«, sagte sie und hielt ihm die Kassette hin.

»Na gut, wenn du meinst.« Er nahm sie, ging zur Videowand hinüber und schob sie in den Schlitz.

Alicia Bower erschien auf dem großen Wandschirm. Sie

lächelte und hatte sich bei einem schwarzen Mann untergehakt, der etwa fünfzehn Jahre älter als sie war.

Jeder von ihnen trug einen großen Koffer, und sie fuhren gerade eine Fußgängerrampe hinauf.

»Das ist der Flughafen im Bezirk Burbank«, sagte Bev.

»Hab's schon erkannt.«

Das Laufband trug das Pärchen zu einem Gate mit dem Schild MEXLINES. Dann wurde der Bildschirm dunkel.

»Ich habe gestern durch ein Gerücht von dieser Aufzeichnung erfahren«, sagte Bev. »Es ist ein zufälliger Schnappschuß durch eine der Überwachungskameras des Flughafens. Ich habe die Kopie erst heute morgen bekommen.«

»Hast du diese Spur weiter verfolgt?«

»Ja, ich werde in einer Stunde nach Mexiko abreisen«, antwortete sie. »Ich weiß, daß ich dir vertrauen kann und du mir dabei nicht in die Quere kommst.«

»Ich werde nicht nach Mexiko fliegen«, versprach er. »Aber ich hätte gerne eine Kopie davon.«

»Behalt das Band, ich habe noch eine Kopie. Zeig sie Bascom, aber laß mich aus dem Spiel.«

»Weißt du, wer dieser Kerl ist?« fragte Jake.

»In die Passagierlisten hat er sich als Rob Stinson eingetragen«, sagte sie. »Es gibt einen Rob Stinson, der in der Mechanix-Fabrik im Bezirk Oxnard arbeitet. Einer meiner Agenten hat ihn sich vorgeknöpft.«

»Ich bin dir sehr verbunden, daß du mir das Band gezeigt hast.«

Sie streckte ihm die Hand hin. »Ich habe dir doch gesagt, daß ihr nur eure Zeit verschwendet«, sagte sie. »Es gibt keinen Grund, damit weiterzumachen.«

»Nein.« Er schüttelte ihr die Hand und begleitete sie zur Tür.

Dann nahm er die Videokassette aus dem Wandschlitz und ging damit zur Videophon-Nische. Er rief die Agentur an und verlangte Doc Olan.

Olan, ein langer, dürrer Mann mit schütterem Haar, trug

einen weißen Laborkittel. »Ich wollte dich gerade anrufen, Jake«, sagte er. »Wegen dieser Aufnahme, wo Alicia Bower Geld abhebt.«

»War es Alicia?«

Olan schüttelte den Kopf. »Ich habe mir aus unserem Archiv einige Aufzeichnungen mit der echten Alicia besorgt«, erklärte er. »Von einem Bankett, an dem sie letztes Jahr teilgenommen hat. Als ich ihre Körperbewegungen mit denen auf diesem Band verglich, mußte ich – nicht ohne eine gewisse Genugtuung – feststellen, daß es sich bei der Dame in der Banx-Aufzeichnung nicht um Alicia handelt. Es handelt sich nicht einmal um eine Dame.«

»Ein Androiden-Doppelgänger, also?«

»Genau. Eine sehr raffinierte Arbeit, aber trotzdem ein Androide.« Ein zufriedenes Lächeln zeigte sich auf Olans langem, schmalem Gesicht. »Wenn man die Bewegungen sorgfältig studiert . . . nun, bis jetzt hat noch niemand einen Androiden bauen können, der sich *exakt* wie ein Mensch bewegt.«

Jake nickte. »Ich werde dir jetzt eine weitere Aufnahme überspielen. Ich bräuchte allerdings ganz dringend eine Analyse.«

»Geht es wieder einmal um Alicia?«

»Ja. Diesmal befindet sie sich in Gegenwart eines Herrn, mit dem sie angeblich befreundet ist. Ich würde gerne wissen, ob es die Nachbildung oder die echte Alicia ist«, bat er den Cosmos-Experten. »Und wenn es geht, sag mir bitte auch, ob der Kerl echt oder eine Maschine ist.«

»Was meinst du genau mit dringend?«

»Eine Stunde?«

»In der Zeit schaffe ich keine gründliche Analyse, aber ich kann dir einen vorläufigen Bericht abgeben. Bist du dann immer noch . . .?«

»Ich bin unterwegs zum Flughafen«, sagte Jake. »Ich werde dich von dort aus anrufen, Doc.«

Während er einen Fuß auf seinen Koffer gestellt hatte, führte Jake vom Flughafen aus ein Videophongespräch. »Gibt es eine Möglichkeit, das herauszufinden?« fragte er Barry Zangerly.

Ihr Klient saß in einem Korbstuhl neben seinem Krankenbett und sah schon etwas besser aus. »Alicia hat niemals etwas Derartiges erwähnt«, sagte er. »Warum sollte man einen Androiden-Doppelgänger von ihr bauen?«

»Es gäbe viele Gründe – Sicherheit, Publicity«, sagte Jake, »oder Intrigen.«

»Soll das heißen, daß Mechanix damit zu tun hat – womöglich ihr Vater?«

»Ja, aber es ist möglich, daß Alicia nie von der Nachbildung erfahren hat. Ihr Vater und andere führende Leute bei Mechanix jedoch haben mit Sicherheit davon gewußt.«

»Wie kommen Sie darauf, daß ein solcher Androide existiert?«

»Ich habe zwei Videoaufzeichnungen davon«, antwortete er. »Können Sie mir sagen, ob ...«

»Was für Aufzeichnungen meinen Sie? Sind Sie sicher, daß es nicht vielleicht Alicia selbst war, die Sie gesehen haben.«

»Ich bin mir sicher.«

»Was haben Sie vor? Sie scheinen von einem Flughafen aus anzurufen. Wissen Sie, wo sie ist, Cardigan?«

»Lassen Sie mich zur Abwechslung die Fragen stellen«, schlug Jake vor. »Könnten Sie feststellen, ob Mechanix einen solchen Doppelgänger gebaut hat? Und wenn ja, bei welchen Gelegenheiten er in letzter Zeit eingesetzt wurde?«

»Ich schätze, Roger könnte da weiterhelfen. Würden Sie mir bitte trotzdem erklären, was genau ...«

»Im Augenblick noch nicht.« Jake unterbrach die Verbindung und nahm seinen Koffer. Der Flug nach Topeka war in sieben Minuten startbereit.

Roger Zangerly saß am Schreibtisch seines Büros im Gebäude von Mechanix International. »Ja doch, vertrau mir!« sagte er ins Videophon. »Ich habe dich über meine abhörsichere Leitung zurückgerufen. Könntest du mir jetzt bitte sagen, wozu ich diese ganze Aktion veranstalten mußte?«

»Ich möchte dich etwas fragen«, sagte Barry auf dem Bildschirm.

»Wenn es um deine Freundin geht – ich habe dir bereits alles erzählt, was ich ...«

»Gibt es einen Androiden-Doppelgänger von Alicia?«

Sein Bruder neigte den Kopf zur Seite und begann zu lachen. »Sag mir jetzt nicht, du hegst den Verdacht, daß du die ganzen Monate mit einer Androidin zusammengelebt hast!«

»Ich meine es ernst, Rog. Auch wenn du anderer Meinung bist, ich bin nicht übergeschnappt.«

»Ein Androiden-Doppelgänger?«

»Genau. Wurde so etwas bei Mechanix gebaut?«

»Teufel, das kann ich mir nicht vorstellen«, sagte Roger. »Mechanix hat ab und an Spezialanfertigungen gebaut, das ist richtig. Für Prominente, weißt du, Politiker und so. Ich erinnere mich, daß es sogar einen von Owen Bower gibt, der die Reden auf Verkaufsveranstaltungen in der Provinz gehalten hat. Aber der ist schon vor Jahren eingemottet worden.«

»Und Alicia?«

»Erzähl mir bitte genau, was dich auf diese Idee gebracht hat.«

»Cardigan wollte von mir wissen, ob es so etwas gibt.«

»Warum? Was hat er für einen Verdacht?«

»Er hat es mir nicht gesagt, aber ich vermute ...«

»Du bist ziemlich aufgeregt, obwohl du nicht einmal sicher weißt, was eigentlich vor sich geht.«

»Ich habe mir Gedanken gemacht, seit Cardigan angerufen hat«, sagte er. »Wenn jemand den Anschein erwecken möchte, daß Alicia sich einfach nur aus dem Staub gemacht hat, könnte man dafür sehr gut einen Doppelgänger benutzen. Es wäre eine ausgezeichnete Methode, um eine falsche Spur zu legen.«

»Unwahrscheinlich. Denn warum sollte sich jemand die Mühe machen ...«

»Hör zu, Rog, könntest du mir einen Gefallen tun und die Sache einmal nachprüfen? Ich hätte auch Dad fragen können, aber er ist mit Herz und Seele der Firma verschrieben. Er würde dies als Verrat an seiner Loyalität zu Mechanix ansehen.«

»Ach, und da ich sowieso der Verräter und Betrüger bin, kann ich also problemlos . . .«

»Du bist nicht so verbohrt wie Vater.«

Roger lehnte sich zurück. »Na, das war ja fast ein Kompliment.«

»Es ist sehr wichtig.«

»Okay«, sagte Roger. »Obwohl du meiner Ansicht nach im Fieberwahn sprichst, werde ich für dich ein wenig herumschnüffeln.«

»Am besten sofort.«

»So schnell ich kann, ohne meinen Hintern in die Schußlinie zu bringen.«

»Ich danke dir sehr, Rog.«

»Wozu sind Brüder da?«

16

Der rothaarige Sam Trinity hob den zweiten Metallkoffer auf das große, ovale Bett. Er trug nur seine Unterwäsche und lächelte dünn. »Du siehst gelangweilt aus, Süße. Bist du gelangweilt? Du siehst definitiv so aus.«

Das nackte Mädchen, das ihm gegenüber auf dem ovalen Bett hockte, schüttelte den Kopf.

»Du kannst doch auch sprechen, oder?« fragte Trinity, während er den zweiten Koffer mit seiner verchromten rechten Hand öffnete. »Ich weiß doch, daß du sprechen kannst. Wenn ich dich also etwas frage, möchte ich, daß du antwortest. Bist du gelangweilt? Ich habe gefragt, ob du gelangweilt bist, Süße?«

»Nein, Sir.«
»Nein, Sir, was?«
»Ich bin nicht gelangweilt.«
Er lächelte erneut. »Erinnerst du dich noch an meinen Namen? Ich habe dir doch meinen Namen genannt, Süße. Erinnerst du dich daran.«
»Sam«, antwortete sie sehr leise.
»Sam. Das ist richtig. Mein Name ist Sam.« Er griff in den offenen Koffer, holte eine weitere künstliche Hand heraus und zeigte sie ihr. »Gefällt dir das hier?«
»Ja, Sam.«
»Sag mir deine Meinung.«
»Sie ist nett.«
»Sie ist nett«, bestätigte der Agent des BGA und strich leicht mit dem Zeigefinger seiner rechten Hand darüber. »Diese spezielle Prothese lege ich nur an, wenn ich eine Vernehmung durchführe. Du weißt doch, was eine Vernehmung ist, oder?«
Das nackte Mädchen nickte. »Ja, Sam.«
»Dann sag's mir, Süße, plaudere etwas mit mir. Was ist eine Vernehmung?«
»Wenn man jemandem Fragen stellt.«
»Das ist richtig, sehr gut«, sagte er. »Diese spezielle Handprothese kann sehr überzeugende Elektroschocks austeilen. Wenn ich also meine gegenwärtige Hand gegen diese hier austausche und dich dann an bestimmten Stellen berühre, würde dir das große Schmerzen verursachen. So große Schmerzen, meine Süße, daß du schreien und heulen würdest. Dann würdest du mich anflehen, ich solle mir alles anhören, was du weißt. Soll ich dir einmal vorführen, wie das funktioniert?«
»Nein, Sam.«
»Nein?« Er legte die Hand sorgfältig auf das Bett neben die acht weiteren elektronischen Hände, die er dort bereits aufgereiht hatte. »Was bist du nur für eine Nutte? Man hat mir gesagt, du wärst eine Nutte, die alles tun würde. Stimmt das etwa nicht, Süße? Wenn ich dich nun mit dieser speziellen

Hand streicheln möchte, würdest du dich dann etwa weigern? Würdest du mich zwingen, deinen Zuhälter anzurufen und mein Geld zurückzuverlangen?«

»Ich würde mich nicht weigern, Sam.«

»Das klingt schon besser.« Er griff in den zweiten Koffer, um ihr noch eine seiner Hände zu zeigen. »Im Augenblick möchte ich allerdings nur, daß du dir das hier ansiehst, Süße. Gefällt dir diese Vorführung?«

»Ja, Sam.«

»Ja, Sam, was?«

»Ja, Sam, sie gefällt mir.«

»Sehr?«

»Ja, sehr.«

»Gut, denn es reicht mir nicht, wenn ich Spaß mit einer Nutte habe, die ich für die ganze Nacht bezahlt habe. Nein, ich möchte, daß auch die Nutte Spaß hat.«

»Das habe ich.«

»Was hast du?«

»Ich habe Spaß.«

»Warum zitterst du dann?«

»Also, es ist etwas kühl hier in deinem Schlafzimmer.«

»Ist es das? Zufällig mag ich es aber so. Du etwa nicht?«

»Doch, Sam.«

»Also diese Hand hier hat eine eingebaute Laserwaffe«, erklärte er und hielt sie hoch. »Dabei sieht sie wie eine ganz normale Hand aus. Sie ähnelt sogar jener Hand, die ich in Erfüllung meiner Pflichten vor sieben Jahren verlor. Aber in diesen Finger ist ein Laser eingebaut. Ich kann mit dieser Hand jeden töten, den ich will. Die Leute sind immer wieder überrascht, sie hätten niemals damit gerechnet. Weil sie einer echten Hand so ähnlich sieht. Es würde auch dich überraschen, nicht wahr?«

»Nein, Sam.«

»Es würde dich nicht überraschen, Süße? Warum würde es dich nicht überraschen?«

»Weil du sie mir gerade gezeigt hast und ich damit rechnen würde«, antwortete das nackte Mädchen.

»Du hast völlig recht. Ich habe die Überraschung verdorben, als ich . . .«

Das Videophon in der Nische summte.

»Das ist mein Anschluß, der nur für Notfälle reserviert ist«, sagte Trinity und legte die Hand aufs Bett. »Würdest du mich einen Moment entschuldigen?«

»Ja, ich entschuldige dich.«

»Das ist sehr nett von dir, vielen Dank.« Er eilte barfuß zum Videophon. »Ja?«

»Mein Gott, Sam, zieh dir etwas an!« entfuhr es Myra Ettinger. »Dieser üppige rote Pelz, der deinen gedrungenen Körper bedeckt, macht einen ja richtig . . .«

»Liebste, du bist auch nicht gerade ein Unschuldslamm, selbst in voller Bekleidung. Warum störst du mich?«

»Ich muß dir etwas mitteilen.«

»Zufällig störst du mich gerade in meiner dringend benötigten Freizeit«, sagte der rothaarige Regierungsbeamte.

»Hör mir trotzdem zu«, sagte die Geschäftsführerin von Mechanix. »Jake Cardigan hat GLA vor einer Stunde verlassen, und nach meinen Informationen ist er auf dem Weg nach Tobeka.«

»Er kommt hierher?« Trinity pfiff leise durch die Zähne. »Dieser Hurensohn ist schlauer, als ich dachte.«

»Oder du bist dümmer.«

»Danke, daß du mich alarmiert hast, meine Liebe«, sagte Trinity.

»Es wäre vielleicht eine gute Idee, ihn abzuholen, wenn er landet, und dann . . .«

»Nein, ich arbeite nicht so offenkundig. Du solltest inzwischen bemerkt haben, daß ich eine Neigung zu Subtilitäten habe.«

»Als ich dich in Unterhosen sah, habe ich es glatt vergessen.«

Trinity lächelte. »Cardigan wird seine Kontaktleute in Farmland aufsuchen, die Leute, die ihn mit Informationen und Hilfe dienlich sein könnten. Also muß ich nur ein paar Überraschungen für Cardigan arrangieren, vielleicht mit Hilfe von seinen Freunden und Informanten.«

»Warum schnappst du ihn dir nicht einfach und ...?«

»Auf Wiedersehen, Myra.« Der Agent unterbrach die Verbindung und ging langsam zum Bett zurück. »Geh nach Hause, Süße!«

»In Ordnung, Sam.«

»Das sollte dich traurig machen. Macht es dich traurig, daß du die Nacht nicht mit mir verbringen wirst?«

»Ja, Sam«, antwortete das nackte Mädchen und stieg vom Bett, »es macht mich traurig.«

Jake rückte sich in seinem Stuhl in der Videophon-Nische seiner Hotelsuite zurecht und wählte eine weitere Nummer auf seinem abhörsicheren Videophon. Es war kurz nach dreiundzwanzig Uhr, und er war bereits seit über einer Stunde in Topeka. Dies war sein fünfter Anruf.

»Hallo?« Der Bildschirm blieb dunkel.

»Ich versuche, Joe Chatman zu erreichen.«

»Jake! Was zum Teufel machst du in Farmland?« Ein stämmiger Schwarzer erschien auf der Mattscheibe. Er hatte keine Beine und saß in einem verchromten Rollstuhl.

Jake stieß keuchend den Atem aus. »Joe, ich hatte keine Ahnung, daß du ...«

»Ist passiert, während du weg warst.«

»Wie?«

»Du weißt, ich mache immer noch meine Video-Sendung auf dem Untergrund-Kanal«, sagte Chatman. »Vor einem Jahr – vor dreizehn Monaten, um genau zu sein – veranstaltete ich wieder eine meiner Skandal-Shows. Es ging um mögliche Beziehungen zwischen hiesigen Tek-Kartellen und der größten Firma in der Gegend, den hochgeschätzten Farmboy-Werken. Die

Bastarde haben einen Kamikaze-Androiden benutzt, eine Nachbildung meiner Schwester. Ich war so naiv und ... ach, Scheiße! Tut mir leid, Jake.«

»Schon gut.« Er wandte sich kurz vom Bildschirm ab. »In gewisser Weise war auch Beth naiv. Erstens, weil sie sich in mich verliebt hat, und zweitens, weil sie diesen Androiden-Doppelgänger von mir ernstgenommen hat ...«

»Nein, das stimmt nicht«, sagte Chatman. »Sie können einen wirklich unvorbereitet treffen. Meine Schwester war tatsächlich ernsthaft krank, und als ich sie im Einkaufszentrum auf mich zukommen sah und sie so hilflos wirkte, bin ich einfach losgerannt und habe sie in die Arme genommen.«

»Aber du hast es überlebt.«

»Zumindest ein Teil von mir. Aber nur, weil dieser Kamikaze nicht richtig funktionierte und nicht die ganze Sprengladung losging.«

»Ich wollte dich eigentlich um Hilfe bei einem bestimmten Fall bitten, aber vielleicht bist du ...«

»Von mir ist noch genug übrig, um dir einen Gefallen zu erweisen«, versicherte Chatman ihm. »Du hast mir damals oft geholfen, als ich meine Show noch in GLA gemacht habe. Ich höre, du arbeitest jetzt für Bascom bei Cosmos. Hast du den Auftrag von ihm bekommen?«

»Ja, wir sollen Alicia Bower finden. Sie ist die Mechanix-Erbin und wird seit ...«

»Ich habe schon davon gehört«, unterbrach ihn sein Freund. »Glaubst du, daß sie sich in dieser Gegend aufhält?«

»Angeblich hatte sie vor einem Jahr einen Zusammenbruch und wurde ins Mentor-Psychiatriezentrum eingeliefert«, sagte Jake. »Ich weiß nicht, ob sie jetzt wieder hier ist, aber ich weiß, daß Sam Trinity vom BGA am Tag ihres Verschwindens in GLA war, am selben Ort, wo auch sie angeblich sein sollte. Es könnte durchaus sein, daß er sie aus irgendeinem Grund hierher gebracht hat.«

»Trinity ist ein waschechter Schurke«, warnte Chatman.

»Wenn du etwas gegen ihn unternehmen willst, solltest du wissen, daß du verdammt vorsichtig sein mußt.«

»Im Augenblick suche ich nach einer Möglichkeit, wie ich herausfinden kann, was im Zentrum vor sich geht, Joe.«

Chatman lehnte sich zurück und schloß einige Sekunden lang die Augen, während er mit den Fingerspitzen auf die Armstützen des Rollstuhls trommelte. »Ich plane eine Sendung über die Einrichtung.«

»Ist dort irgendwas faul?«

»Das wäre möglich«, antwortete Chatman. »Ich habe eine Kontaktperson. Ich bin mir nicht sicher, aber unter Umständen könnte ich arrangieren, daß ihr beide euch einmal trefft. Vielleicht könntest du dadurch mehr herausfinden – und mir dann ein paar Sensationen für meine Sendung überlassen.«

»Könntest du ein Treffen vereinbaren?«

»Weißt du, diese Person muß äußerst vorsichtig sein«, sagte sein Freund. »Vielleicht kann ich trotzdem etwas für morgen arrangieren. Du hältst dich am besten zur Verfügung, und ich werde mich wieder melden.«

Jake grinste. »Vielen Dank für deine Hilfe.«

»Ich ruf dich also morgen an. Und, weißt du, ich wollte wirklich nicht andeuten, daß deine Freundin . . .«

»Ich weiß. Gute Nacht, Joe.« Jake erledigte drei weitere Anrufe, bevor er zu Bett ging.

17

Kurz vor sechs Uhr morgens wurde Jake vom Videophon geweckt. Er wälzte sich aus dem Bett, griff sich seine Hosen und hastete hinüber, um die Antworttaste zu drücken. »Ja?«

»Ist dort Jake Cardigan?« fragte die blonde, sommersprossige Frau auf dem Bildschirm.

»Ich bin Cardigan.«

»Schalten Sie das Bild ein, damit ich Sie mir ansehen kann!«

»Sobald ich in meine Hosen gestiegen bin.«

»Man sagte mir, Ihr Anschluß wäre abhörsicher.«

»Das ist er.«

»Meiner ebenfalls. Ich bin Dr. Sharon Harker«, sagte sie. »Sind Sie an Informationen über das Mentor-Zentrum interessiert?«

Als er seine Hosen angezogen hatte, schaltete er die Bildübertragung ein. »Ja, das bin ich.«

»Sie sehen fast genauso aus wie auf den Fotos, die man mir gezeigt hat«, stellte Dr. Harker nach ein paar Sekunden fest. »Nur älter.«

Er grinste. »Wenn Sie mit Ihren Reflexionen über die Spuren der Zeit fertig sind«, schlug er vor, »sagen Sie mir bitte, wer mit Ihnen über mich gesprochen hat.«

Sie schüttelte den Kopf. »Jemand, der ... Nein, Sean, Mama ruft gerade an. Spiel mit deinem Gleiter.«

Ein strohblonder Junge von etwa drei Jahren tauchte neben ihr auf. Er trug einen knallroten Schlafanzug, hielt einen Spielzeuggleiter in der Hand und hatte die Stirn gerunzelt. »Will Frühstück!« sagte er zu seiner Mutter.

»Noch ein paar Minuten, mein Schatz«, versprach sie. »Sobald ich mit dem Anruf fertig bin.«

»Ist das Opa?« fragte er und starrte Jake an.

»Nein, das ist ein Bekannter von mir.«

»Kann ich Opa sprechen?«

»Wir rufen Großvater später an. Geh jetzt in dein Zimmer spielen!«

»Tschüß, Opa!« Der kleine Junge verschwand aus dem Erfassungsbereich der Kamera. »Entschuldigen Sie«, sagte sie lächelnd zu Jake. »Ich habe ein paar Informationen, die Ihnen vielleicht nützlich sein könnten.«

»Verkaufen Sie?«

»Nein!« Ein entrüsteter Zug erschien auf ihrem sommersprossigen Gesicht. »Ich bin nur daran interessiert, daß – also, ich hoffe, das klingt für Sie nicht zu naiv und idealistisch. Ich glaube, daß dort irgendeine faule Sache abläuft und man etwas dagegen unternehmen sollte. Vielleicht können Sie dafür sorgen.«

»Arbeiten Sie für Mentor?«

»Laß das liegen, Sean!« rief sie. »Nein, ich bin leitende Angestellte bei Sunnyland-Medizinbedarf. In dieser Funktion statte ich Mentor jedoch des öfteren Besuche ab. Könnten wir uns vielleicht noch heute vormittag treffen? Ich würde gern irgendwo mit Ihnen reden, wo uns niemand stört.«

»Hat es etwas mit Alicia Bower zu tun?«

»Ja, natürlich, Mr. Cardigan, sonst hätte ich Sie wohl nicht belästigt«, sagte Dr. Harker. »Wissen Sie, wo die ›Prärie‹ ist?«

»Das ist doch die größte Einrichtung von Farmboy in dieser Gegend, nicht wahr?«

»Richtig, fast ein Quadratkilometer Gebäude, die der Herstellung von synthetischer Nahrung dienen.« Sie verzog die Nase. »Auch mit ihnen muß ich Geschäfte machen, und ich bin dort für heute früh angemeldet. Einen Block südlich der Prärie gibt es ein nettes kleines Plätzchen namens Grange Café. Wenn Sie mich dort in einer Stunde treffen könnten, werde ich Ihnen einige Dinge verraten, die Ihnen bei Ihren Ermittlungen in diesem Fall helfen dürften.«

»Befindet sich Alicia im Mentor-Zentrum?«

»In einer Stunde.« Der Bildschirm wurde dunkel.

»Okay, in einer Stunde.« Jake zog sich auch seine restliche Kleidung an.

Das Grange Café lag in einer Reihe von kleinen Geschäften. Der kalte, graue Block war menschenleer, als Jake sich dem Treffpunkt zu Fuß näherte.

Dann sah er, daß die Plastglas-Front des kleinen Restaurants verdunkelt war. Eine Anzeige an der Tür teilte mit: VORÜBERGEHEND GESCHLOSSEN. BALDIGE WIEDERERÖFFUNG.

Stirnrunzelnd sah sich Jake auf der morgendlichen Straße um. Sharon Harker war nirgendwo zu sehen.

Von seinem Standort aus konnte er die Spitzen der Türme und Kuppeln der Prärie erkennen. Dieser landwirtschaftliche Komplex stellte fast die Hälfte von Farmboys Gesamtproduktion an synthetischem Getreide her. Dünne bläuliche Rauchfäden schlängelten sich aus den Filtern der vielen Schornsteine.

Jake steckte seine Fäuste in die Jackentasche und ging zur nächsten Ecke. Alle Läden waren dunkel, und viele Leuchtschriften verkündeten, daß sie heute geschlossen waren.

»Sie da, Sir!«

Um die Ecke kam ein großer Roboter auf ihn zu, auf dessen Brust das Wort STRASSENPATROUILLE stand.

»Ja?«

»Ihren Ausweis, bitte!«

»Warum?«

»Routine, Sir.«

»Das stellt noch keinen ausreichenden Grund dar.«

»Wir würden gerne wissen, was Sie in dieser Gegend treiben«, sagte der große Roboter.

Mit einem Kopfnicken deutete Jake zum Restaurant. »Ich hatte die Absicht, in der Grange zu frühstücken, aber der Laden scheint geschlossen zu haben. Könnten Sie mir ein anderes Café empfehlen, wo . . .«

»Es wäre für Sie das beste, wenn Sie sofort von hier verschwinden . . . Moment mal. Ich glaube, es ist schon zu spät.«

In der Ferne wurde ein Dröhnen hörbar. Es klang, als wären mehrere schwere Fahrzeuge unterwegs.

Über dem Gelände der Prärie öffneten sich riesige Tore in den Kuppeln. Aus dem Komplex erhoben sich silberglänzende Lastgleiter mit dem bekannten Farmboy-Emblem auf der Unterseite – einem Strohhut mit gekreuzter Messer und Gabel darunter. Als ganze zwei Dutzend Fluggleiter in der Luft waren, kamen schwere Landfahrzeuge über die Straße gerumpelt.

Es waren mindestens zehn große Laster, neben denen Hunderte von Männern und Frauen marschierten. Alle trugen braune Arbeitskittel. Viele Leuchttransparente waren zu sehen, die von den Demonstranten gehalten wurden: *Farmboy ist UNGERECHT! Arbeitsunfälle MÜSSEN aufhören! Schändliche Ausbeutung!*

»Das ist der Streik, Sir«, warnte ihn der Roboter. »Sie gehen ihnen besser aus dem Weg, bevor . . .«

»Komm schon, mach mit!« Ein großer Schwarzer packte Jake am Arm, als er vorbeigestapft kam.

»Es ist zweifellos eine gute Sache«, sagte Jake, als er von der Menge mitgerissen und von ihr aufgenommen wurde. »Aber es ist nicht meine Sache.«

»Hier, nimm das!« Eine stämmige Blondine drückte ihm den Haltegriff eines Leuchttransparents in die Hände.

Das Schild verkündete blitzend die Botschaft: *UNMENSCHLICHE Arbeitsbedingungen! Wir sind KEINE Roboter!*

Die Prärie-Lastgleiter schwebten über ihnen. Aus Lautsprechern neben dem Firmenemblem kam eine schallende metallische Stimme: »Das ist ein wilder Streik. Ihre Aktionen sind nicht vom Vorstand der Farmarbeiter-Gewerkschaft, Sektion 1343, sanktioniert. Zerstreuen Sie sich, oder wir werden eingreifen!«

»Wir kommen rein!« rief einer der Streikenden.

»Stellen Sie den Streik ein, und lösen Sie die Demonstration auf! Sofort!«

Dreißig Sekunden später drangen die Läufe von Betäubungswaffen aus den Unterseiten der schwebenden Lastengleiter hervor. Es wurden wahllose Schüsse abgegeben. Ein dünner bärtiger Mann direkt vor Jake wurde von einem der knisternden Strahlen getroffen. Er machte einen Satz nach vorn, ballte die Fäuste und fiel auf die Knie. Langsam kippte er nach links, direkt in den Weg eines rollendes Lasters.

Jake ließ sein Transparent fallen, hetzte los und packte den Mann am Kragen seines Arbeitskittels. Er zog ihn zur Seite, bevor die Räder des Fahrzeugs vorbeirollten.

Nachdem er sich den bewußtlosen Arbeiter über die Schulter gelegt hatte, begann Jake sich einen Weg durch die Menge zu bahnen. »Laßt mich durch, ich will ihn zum Straßenrand bringen!«

Ein weiterer ungezielter Schuß traf ein Mädchen neben Jake. Keuchend versuchte sie sich an die Kehle zu fassen. Dann brach sie zusammen und stürzte Jake genau vor die Füße.

Er hatte keine Zeit zum Ausweichen mehr und stolperte über sie. Zusammen mit dem Mann, den er in Sicherheit tragen wollte, ging er zu Boden.

Er landete mit Ellbogen und Knien auf der Straße. Jemand trat ihm auf den Rücken, ein anderer stieß ihn gegen die Schultern.

Jake war noch etwas benommen, als er aufzustehen versuchte, und jemand schrie: »Gas!«

Jake sah es nicht, aber während der nächsten dreißig Sekunden nahm er einen stechenden Geruch nach Pfeffer wahr.

Dann fiel er plötzlich in einen tiefen Schlaf.

18

Auf New Hollywood schien immer die Sonne. Die Straßen des Satelliten in der Erdumlaufbahn waren breit und von großen, simulierten Palmen gesäumt, die Gebäude waren größtenteils weiß und hatten hellrote Ziegeldächer. Jenseits der Stadt schienen niedrige grüne Hügel zu liegen und im Westen ein Streifen blauen Meeres.

Der Robotfahrer des Landbusses trug eine gelb und grün karierte Sportjacke. »Und zu unserer Linken, meine Damen und Herren, befindet sich das Holographische Star-Museum von Hollywood mit den lebensechten Abbildungen von mehr als einhundert Film- und Videostars aus den vergangenen drei Jahrhunderten.«

»Das müssen wir uns auch ansehen, Inez!« sagte der dicke Mann hinter Gomez begeistert zu seiner Frau.

»Das habe ich befürchtet, Lloyd.«

»Zu unserer Rechten«, fuhr der Robotfahrer fort, »werden Sie gleich den Stunt-Palast mit dem FX-Anbau sehen, meine Damen und Herren. Zu jeder vollen Stunde des Tages können Sie dort mit eigenen Augen atemberaubende und nervenaufreibende Stunts und Spezialeffekte erleben.«

»Nicht mit *meinen* Augen!« konstatierte Inez.

»Na, wenn wir schon einmal hier sind, sollten wir uns auch alles ansehen!« bettelte Lloyd.

»Als nächstes, meine Damen und Herren, kommt das Cowboy-Nostalgie-Museum. Dann – für die etwas reiferen Besucher von New Hollywood – das Sunset Stripper. Es ist, wie die meisten von Ihnen sicherlich wissen, eines der beliebtesten Bordelle auf und über der Erde. Hier können Sie den Androiden-Nachbildungen all Ihrer Lieblingsschauspieler und -schauspielerinnen begegnen und sich für ein überraschend preiswertes Honorar ganz nach Ihren Wünschen verwöhnen lassen.«

»Dort gehen wir auf keinen Fall hin, Lloyd!«

Der Bus blieb vor einem fünfstöckigen Gebäude aus Stuck und roten Ziegeln stehen. »Hier ist das Hotel New Hollywood, meine Damen und Herren«, verkündete der Fahrer. »Allen, die hier aussteigen, wünsche ich einen angenehmen Urlaub und bedanke mich, daß Sie mit Tinsel Town Tours gefahren sind.«

Gomez zerrte seinen einzigen Koffer unter dem Sitz hervor und schob sich durch den Mittelgang. Fünf weitere Fahrgäste stiegen an dieser Haltestelle aus.

Der ewige Mittag war angenehm warm. Gomez überquerte pfeifend den kunstvoll gepflasterten Platz und betrat die Lobby.

Sie war kühl und schattig und schien mit einem zierlich gemusterten Mosaikfußboden, einem sprudelnden Marmorbrunnen und stämmigen Deckenbalken aus Redwood geschmückt zu sein.

»Gomez«, teilte er dem polierten silbrigen Empfangsroboter mit. »Ich habe eine Reservierung.«

Der Empfangsroboter trug ein Hemd, das mit animierten Dschungellandschaften verziert war. »Ich habe bemerkt, wie Sie unsere Lobby bewunderten, Sir«, sagte er, während er seinen Computer konsultierte. »Es wird Sie interessieren, daß es eine einzige Illusion ist, die durch eine geschickte Kombination von Hologrammen und Spezialeffekten geschaffen wurde. Sozusagen eine hundertprozentige Fälschung.«

»*Bueno*«, sagte der Detektiv lächelnd, »genau so habe ich es mir gewünscht.«

Wolfe Bosco winkte mit einer ausholenden Geste zum riesigen Swimmingpool. »Mein Stern ist aufgegangen, Gomez. Ich bin nicht mehr der armselige Niemand, dem du noch vor vier Wochen unten im anderen Hollywood begegnet bist.«

»Meine Güte, du hast ja sogar neue Haare!«

Der kleine Talentscout strich sich an der Schläfe über den Haaransatz. »Blond sehe ich furchtbar aus«, erklärte er. »Wenn man in einem exklusiven Laden wie der Poolside Lounge diniert, ist man verpflichtet, einen guten Eindruck zu machen.«

»Du hast auch viel weniger Falten als damals«, stellte Gomez fest.

»Genau. Je höher das Gehalt, desto weniger Falten.« Er stützte seinen Ellbogen auf den kleinen weißen Tisch. »Also, Gomez, wie kann ich dir zu Diensten sein?«

Gomez überblickte die etwa vierzig vollbesetzten Tische, die den sonnenbeschienenen Pool umgaben. Im Hintergrund befanden sich noch ein Dutzend kleiner Holzhütten für die Leute, die während der Mahlzeit unter sich sein wollten. »Schon als ich meine erste Kontaktperson nach der Ankunft in diesem sonnenüberfluteten Paradies aufsuchte, hörte ich, daß du dich immer noch dazu herabläßt, mit Informationen zu handeln, Wolfe.«

Der Talentscout stellte auch seinen zweiten Ellbogen auf die Tischplatte. »Seit ich für meinen Top-Klienten Jacko Fuller einen erstklassigen Film-Deal landen konnte, habe ich meine sonstigen Aktivitäten etwas eingeschränkt«, vertraute er ihm an. »Doch aus alter Freundschaft und für ein nettes Sümmchen wäre ich natürlich bereit, dir weiterzuhelfen.« Er hielt inne, um einer vorbeigehenden Blondine zuzuwinken. »Hallöchen, Linda. Das ist Linda Turner, Jackos Partnerin in *Eine Liebe für immer und ewig*. Der Film wird gerade drüben in den Galactic-Studios abgedreht.«

»Ich bin wahrlich beeindruckt, Wolfe, wie du es geschafft hast, diese heruntergekommene Androiden-Nachbildung eines abgehalfterten, zweitklassigen Sängers ins Geschäft . . .«

»Schluß jetzt, Gomez!« Er schlug Gomez auf die Finger, schüttelte warnend seinen Blondschopf und sah bedeutungsvoll zu den anderen Tischen hinüber. »Fang nicht an, solche gemeine Gerüchte über meinen Top-Klienten zu verbreiten.« Seine Stimme hatte sich fast zu einem Flüstern gesenkt.

Gomez lachte. »Aha«, sagte er, »also hast du keinen dieser Filmbosse davon informiert, daß dein Jacko gar kein menschliches Wesen ist.«

»Jeder im Filmgeschäft ist jung, sehr jung, Gomez«, erklärte Wolfe. »Nicht einer von ihnen erinnert sich an den originalen Jacko Fuller. Sie glauben, mein Junge wäre der wahre Jakob. Verdammt, ich könnte niemals so viel Geld für ihn kriegen, wenn sie wüßten, daß er ein Androiden-Doppelgänger ist. Also lassen wir den Jungs ihren Glauben, er wäre das Originalprodukt.«

»Geschieht ihnen recht«, stimmte Gomez zu. »Jetzt zum Geschäftlichen.«

»Ich war ein Trottel, daß ich meinen kleinen Betrug zugegeben habe«, seufzte der Agent bedauernd. »Du wirst diese Tatsache jetzt vermutlich gegen mich verwenden, wenn wir über den Preis reden.«

»Nein, Wolfe. Ich werde außergewöhnlich großzügig sein –

trotz der Tatsache, daß ich dir deine Karriere vermasseln kann. Zweihundert Dollar.«

»Zweihundert? Habe ich richtig gehört? Nein, das kann nicht sein.« Er rieb sich über seine faltenlosen Wangen. »Das ist ja geradezu eine Beleidi... Doch eigentlich ist es gar nicht so schlecht. Ich nehme es an, Gomez, vor allem in Anbetracht des Umstands, daß du mich am Kragen hast.«

»Du kennst doch Sheldon Gates, nicht wahr?«

»Diesen Ganoven? Ja, leider kenne ich ihn«, sagte Wolfe. »Bin ihm ein paarmal auf der Erde begegnet.«

»Ist er hier?«

»Du meinst in der Poolside Lounge? Nein, in diesen höheren Kreisen treibt sich...«

»Ich meine hier in New Hollywood.«

Wolfe drehte sich in seinem Stuhl, um eine schlanke, sonnengebräunte Blondine zu beobachten, die einen perfekten Kopfsprung in den Pool machte. »Zu schade, daß ihre Titten zu klein für eine Starkarriere sind«, stellte er fest. »Ja, Gomez, ich glaube gehört zu haben, daß Sheldon recht hastig von GLA aufgebrochen ist und sich gegenwärtig auf unserem Satelliten verkrochen hat.«

»Wohnt er bei seiner lieben alten Mama?«

»Ich vermute, daß er sich bei dieser alten Klatschtante eingenistet hat.«

»Heißt das, er wäre in ihrem Geschäft zu finden, in Madame Sonjas Salon der Ewigen Jugend?«

»Ja, genau dort. Ein sehr erfolgreicher Laden, habe ich gehört«, antwortete der Agent. »Er befindet sich drüben am Rodeo Drive in einem Gebäude, dessen äußere Gestaltung mich immer wieder an den Hintern meiner Tante Dorothy erinnert.«

»Was ich brauche, Wolfe«, sagte Gomez, »ist eine sichere und erfolgversprechende Methode, um dort hinein- und wieder herauszukommen. Außerdem möchte ich wissen, wo sich Shel genau in diesem Etablissement befindet.«

»Das kostet dich vierhundert Dollar extra.«

»Zweihundert.«

»Dreihundertfünfzig.«

»Dreihundert.«

»Na gut. Es ist Ausbeutung, aber was soll ich machen?« Er hob seinen Blick zum klaren, sonnigen Mittagshimmel. »Ich werde alles, was du wissen möchtest, spätestens bis zum Abendessen in Erfahrung gebracht haben.«

Um die Poolside Lounge zu verlassen, mußte Gomez an einigen der privaten Hütten des Restaurants vorbeigehen.

Er suchte sich einen Weg über die Mosaikfliesen und um die gedrungenen eingetopften Palmen herum, als er einen Tumult in einem der kleinen Holzgebäude bemerkte. Geschirr ging zu Bruch, dann schlug etwas mit voller Wucht gegen eins der undurchsichtigen Fenster.

Gomez verlangsamte seine Schritte und beobachtete die Hütte im Vorbeigehen.

Ein weiteres Stück Geschirr zerschellte. Dann schrie eine junge Frau: »Sie sollten sich was schämen! Dazu bin ich nicht hergekommen!«

Das hämische Kichern eines Mannes war zu hören. Dann fiel mit lauten Geschepper der Tisch um.

Gomez blieb stehen und sah die rote Tür an.

Keiner der Anwesenden an den nächsten Tischen schenkte dem geräuschvollen Streit die geringste Aufmerksamkeit.

In der Hütte schrie die Frau auf.

Seufzend lief Gomez zur Tür und griff nach der Klinke. Er drückte sie herunter, riß die Tür auf und stürmte hinein.

19

Der Tag hatte gerade erst begonnen, und das Morgenlicht war noch dünn und gräulich. Roger Zangerly gähnte zweimal, während er die Verbindungsröhre aus Plastglas entlanghastete, die die Lagerhäuser von Mechanix International im Bezirk Oxnard von Groß-Los-Angeles miteinander verband.

Draußen hinter einem Streifen eingezäunten Strandes war der unruhige Pazifik mit Schaumkronen auf der Brandung in der Dämmerung zu erkennen. Ein paar Möwen flogen niedrig über dem Wasser. Das Geräusch ihrer Schreie wurde durch die Wände der Röhre verschluckt.

Roger gähnte erneut. »Ich bin ein verdammter Idiot, daß ich das Risiko eingehe, hier herumzuschnüffeln«, sagte er im Selbstgespräch.

Am Eingang zum Lagerhaus Drei stand ein Wachroboter im Khakianzug mit über der Brust verschränkten Armen. Als Roger noch drei Meter entfernt war, gab die Maschine ein lautes klickendes Geräusch von sich. Der Kugelkopf drehte sich, und er starrte den näherkommenden Mann an. Seine Augen leuchteten für einen kurzen Moment grün auf. »Guten Morgen, Mr. Zangerly«, sagte der Roboter. »Sie sind früh auf den Beinen, wie ich feststelle. Was führt Sie in diesen Bezirk von GLA?«

»Reine Routine.« Roger reichte dem Roboter eine blaue Plastkarte. »Ich muß ein paar eingemottete Androiden in Abteilung zweiundzwanzig überprüfen. Hier ist meine Berechtigung.«

Der Roboter nahm die Karte und steckte sie in den Schlitz in seiner Stirn. Nach neun Sekunden sagte er: »Okay, Sie können hineingehen, Sir. Die Kantine öffnet übrigens um halb sieben, falls Sie nach der Erfüllung Ihrer Aufgaben hungrig sind und frühstücken möchten.«

»Danke, das ist eine gute Idee.« Er lächelte dem Wachroboter zu, während er das ausgedehnte Lagerhaus Drei betrat.

Roger hatte sehr geschickt die Inventurdateien von Mechanix durchstöbert, nachdem sein Bruder ihn gestern angerufen hatte. Er verfügte über eine sehr hohe Zugangsberechtigung und hatte im Lauf der Jahre einige Methoden gelernt, die Firmencomputer auszutricksen. Dadurch war er an einige Informationen gelangt, zu denen er eigentlich gar keinen Zugang hatte. So hatte er herausgefunden, daß Mechanix vor etwa zwei Jahren ein Projekt namens *Doppelgänger* gestartet hatte. Roger hatte keine weiteren Einzelheiten in Erfahrung bringen können, nur daß offenbar einige Androiden-Nachbildungen gebaut worden waren, deren Existenz geheimgehalten werden sollte.

Auf der Basis von Fakten und Vermutungen war er zu der Überzeugung gelangt, daß einige von ihnen im Lagerhaus Drei in Abteilung sechsundzwanzig aufbewahrt wurden. Roger hatte daraufhin beschlossen, sich persönlich dort umzusehen. Er ging an der Abteilung zweiundzwanzig vorbei und weiter zur sechsundzwanzig.

Der Elektroschlüssel, den er sich gestern abend ausgeborgt hatte, sollte für alle Türen dieser Sektion des Lagerhauses passen.

Er steckte den Schlüssel in den Türschlitz, worauf sie geräuschlos zur Seite glitt. Als Roger die Schwelle überschritt, erfüllte ein blendendes gelbes Licht den großen Raum mit den Metallwänden.

»Verdammt«, entfuhr es ihm.

Links von ihm in einem Stuhl saß Alicia Bower.

Obwohl Gomez die Stimme der jungen Frau erkannt hatte, stürmte er trotzdem in die private Hütte des Restaurants. In der Ausübung ritterlicher Pflichten, dachte er sich, durfte man nicht wählerisch sein.

Die schlanke rothaarige Frau stand breitbeinig neben dem umgestürzten Tisch. Sie hielt eine Weinflasche am Hals und funkelte wütend den attraktiven braungebrannten Mann an, der verstört auf dem Boden saß und sich eine frische Beule auf seiner ansonsten makellosen Stirn rieb.

»Ich nahm an, Mr. Meech«, sagte sie, »ich hätte bereits klargestellt, daß ich trotz der bedauernswerten Tatsache, daß ich zur Zeit gezwungen bin, in den Niederungen des Showjournalismus zu arbeiten, keineswegs an irgendwelchen billigen romantischen Abenteuern interessiert bin... Ach! Hallo, Gomez!«

Er deutete eine Verbeugung an. »Sei gegrüßt, Natalie.«

Natalie Dent sah auf die Flasche in ihrer Hand hinab und ließ sie dann auf den mit Scherben übersäten Boden fallen. »Ich glaube, ich muß Mr. Meech keinen weiteren Dämpfer verpassen, um ihn zu beruhigen, Gomez, aber es ist nett, dich zur Seite zu haben, obwohl du viel älter und schwammiger als bei unserer letzten Begegnung aussiehst, da du sehr gut darin bist, Schurken und Lüstlingen einen Tritt in den Hintern zu verpassen.«

»*Si*, darin bin ich sehr gut.«

»Kennen Sie diese Höllenbraut?« fragte Desmond Meech, der immer noch auf dem Boden saß.

»Ich muß gestehen, ja«, antwortete der Detektiv. »Wir sind langjährige Freunde.«

»Sie redet wie ein Wasserfall«, bemerkte der Schauspieler.

»Das ist kein Grund, tätlich zu werden.«

»Diese jähzornige junge Dame scheint die elementaren Regeln eines Interviews im Showbusiness noch nicht verstanden zu haben, Mr.... Gomez?«

»Das ist Sid Gomez, wenn ich vorstellen darf.« Natalie strich sich den Rock ihres zweiteiligen Kleides glatt. »Zufällig ist er, falls man dort nicht endlich zu Verstand gekommen ist und ihn gefeuert hat, ein Mitarbeiter der angesehenen Detektivagentur Cosmos.«

»Moment mal, wir müssen nicht gleich einen Detektiv in die Sache hineinziehen«, sagte Meech. »Ich wollte lediglich, wie ich

Ihnen schon zu erklären versuchte, seit Sie diesen Tisch umgeworfen haben, in der ehrwürdigen Tradition des Showbusiness etwas nett zu Ihnen sein. Ich versichere Ihnen, Gomez, daß ich meine Hand nur als Geste jovialer Freundschaft auf Miss Dents Knie gelegt habe.«

»Für einen Schauspieler, der seit drei Jahren in einer Video-Serie die Rolle eines Arztes spielt«, stellte Natalie verächtlich fest, »verfügen Sie zweifellos über miserable Anatomiekenntnisse. Das war eindeutig nicht mein Knie, was sie zu berühren versuchten.«

»Ist das deine Videokamera, Nat, die dort auf dem Boden liegt?« fragte Gomez.

»Ja, ich ließ sie fallen, als Meech seinen zweiten Vorstoß startete.«

»Interviews laufen immer so ab«, verteidigte sich der gestürzte Schauspieler. »Es gibt Fragen . . . und Vorstöße . . .«

»Pack deine Sachen zusammen, *querida*«, schlug Gomez vor. »Dann werde ich dich in Sicherheit bringen.«

»Jede Dame ist bei mir in völliger Sicherheit«, beteuerte Meech. »Haben Sie mich jemals in der Serie *Chirurg Dr. Stone* gesehen, Gomez?«

»Einmal.«

Natalie hob ihre Kamera auf. »Vielen Dank, daß du hereingeplatzt bist, Gomez«, sagte sie. »Es ist nett, wenn man in Situationen wie dieser etwas Rückendeckung hat, obwohl ich mich durchaus in der Lage fühle, mich allein gegen diesen alternden Schwerenöter zur Wehr zu setzen. Schließlich ist ein Mann, der auf die Fünfzig zugeht, keine große . . .«

»Ich bin dreiundvierzig!« korrigierte Meech, der immer noch auf dem Boden saß. »Haben Sie meinen Lebenslauf nicht gelesen, den Ihnen das Studio geschickt hat?«

»Sie können sich unmöglich, wenn Sie mir die Bemerkung gestatten, in nur dreiundvierzig Jahren so zugerichtet haben, Meech.« Damit trat sie in den unaufhörlichen Sonnenschein hinaus.

»Ach, übrigens«, rief der Schauspieler ihr nach, »wann wird das Interview gesendet?«

»*Adiós.*« Gomez folgte der rothaarigen Reporterin nach draußen. Während sie die Kamera gegen die Brust gedrückt hielt, ging sie langsam zum Ausgang der Poolside Lounge. »Das war sehr deprimierend.«

»Du mußt dich mit der Tatsache abfinden, daß einige *hombres*, besonders solche mit geringen Ansprüchen, dich einigermaßen attraktiv finden«, tröstete er sie. »In deinem Beruf bedeutet das, du solltest . . .«

»Ach, hör auf, mir einen größeren Schwachkopf vorzuspielen, als du bist«, sagte sie schniefend. »Ich rege mich nicht wegen dieses flegelhaften Schauspielers auf. Es bekümmert mich, daß du mich in dieser bedauernswerten und peinlichen Lage angetroffen hast.«

»Du wirkst keineswegs bedauernswerter oder peinlicher als gewöhnlich, Nat.«

Sie schluchzte kurz auf, als sie die Straße erreichten. »Wo sind wir?«

»Ist diese Frage geographisch oder metaphysisch gemeint?«

Sie zeigte verzweifelt auf die nächste Palme. »New Hollywood! Verdammt – entschuldige bitte meine Ausdrucksweise –, aber hier stehe ich, einstmals eine der bedeutendsten Reporterinnen, die Newz jemals hatte. Meine Berichte haben eine neue Dimension des Skandalfernsehens eröffnet. Mir wurde bisher zweimal der Lemac Award verliehen, was für eine Reporterin von siebenundzwanzig Jahren ganz beachtlich ist.«

»Bist du nicht mehr bei Newz?«

»Doch, ich arbeite schon noch für sie«, sagte sie schluchzend. »Aber im Augenblick stehe ich auf der Schwarzen Liste, ich wurde in die Hundehütte verbannt und dazu verdammt, die Ställe auszumisten. Es ist wirklich . . .«

»Ich bin sicher, es ist eine mitreißende Geschichte, wie du in Ungnade gefallen bist, Nat«, unterbrach er sie. »Aber ich habe noch jede Menge vor und . . .«

»Dann wußtest du noch gar nichts von meinem Abstieg?«

»Nein, nichts davon gehört.«

»Jetzt bin ich ein Niemand, und es schmerzt mich, es dir sagen zu müssen, Gomez.« Sie schwieg, um sich die Tränen aus den Augen zu reiben. »Weißt du, warum mich dieses grausame Schicksal heimsuchte? Nun, ich werde es dir in allen Einzelheiten . . .«

»Lieber nicht, du würdest dich nur zusätzlich aufregen, *cara*. Außerdem müssen wir unser trauriges Gespräch einstellen, damit ich mich wieder meinem Auftrag widmen kann.«

»Deinem Auftrag?« Sie schniefte noch einmal, richtete sich auf und sah ihm in die Augen. »Das ist es! Ja, du, Gomez, du untüchtiges Schiff in der Brandung, du wirst meine Rettung sein!«

»Nicht wenn es länger als fünf Minuten dauert.«

»Man hat mich vor viereinhalb langen und öden Monaten hierhin abgeschoben, weil ich in einer meiner mitreißenden Sendungen einem einflußreichen Kumpel eines ganz hohen Tieres bei Newz auf die Zehen getreten bin«, erklärte die Reporterin. »Aber wenn ich einen absolut heißen Knüller landen könnte, dann . . .«

»Natalie, mein Kätzchen, es schmerzt mich, dich enttäuschen zu müssen, aber ich recherchiere hier auf New Hollywood einen ganz langweiligen Routinefall. Es geht lediglich um einen unbedeutenden Schauspieler, dessen Frau wissen möchte, was er wirklich . . .«

»Welcher Schauspieler?«

»Elmo Hess.«

»Er ist nicht einmal hier. Er ist vor zwei Wochen zur Mondkolonie abgereist, um mit den Dreharbeiten zu *Der Höllenflug der Weltraumteufel* zu beginnen.«

»Nanu! Dann sollte ich mich aber beeilen und sofort einen Flug zum Mond buchen. Bis dann.«

Sie hielt ihn am Arm fest. »Bitte, Gomez, du weißt ganz genau, daß ich sonst nicht der Typ Mensch bin, der gerne um einen Gefallen bettelt, aber du mußt mir helfen«, sagte sie. »Wenn ich eine tolle Story an Land ziehe, kann ich zu diesem Idioten bei Newz gehen, der mich hierher verbannt hat, und meine Rehabilitierung verlangen, wenn sie die Rechte an der Story haben wollen.«

»Ich komme zu spät zu meiner Verabredung.« Mit einem unschuldigen Lächeln befreite er sich aus ihrem Griff. »Aber ich schwöre bei meiner Ehre, daß wir uns heute abend um acht in meinem Hotel zum Essen treffen. Dann teile ich dir all die aufregenden Einzelheiten des Falles mit, an dem ich wirklich arbeite.«

»In welchem Hotel wohnst du?«

»Im Wappen von LaBrea«, log er, machte auf dem Absatz kehrt und verschwand.

20

Als Jake vor zwei Stunden aufgewacht war, befand er sich in einem kleinen rechteckigen Raum. Drei der Wände waren grau und leer, an der vierten hing ein Animationsbild, das ein weites, wogendes Kornfeld darstellte. Alle zehn Minuten verkündete ein Lautsprecher in der Wand: »Diese Verwahrungszelle wurde von den Farmboy-Werken gestiftet – die Kornkammer Amerikas im Herzen von Farmland.«

Es gab eine Pritsche, einen Stuhl und eine Toilette in der Haftzelle. Jake ging auf und ab und musterte die Wand, in der er die Tür vermutete.

Drei Krähen, kleine schwarze Punkte am Himmel, flogen über das Meer reifen Getreides.

»Diese Verwahrungszelle wurde von den Farmboy-Werken gestiftet – die Kornkammer Amerikas im Herzen von Farmland.«

»Das ist mir bereits bekannt«, murmelte Jake.

Die Wand, die er ständig im Auge behielt, gab plötzlich ein surrendes Geräusch von sich. Eine Öffnung bildete sich, ließ einen großen, schwarz emaillierten Roboter herein und verschloß sich wieder.

Auf der polierten Brust des Roboters stand das Wort GEFÄNGNISPERSONAL. »Guten Tag, Mr. Cardigan.«

»Ist es noch Tag? Derselbe Tag?«

»Das Gas, mit dem Unruhestifter besänftigt werden, wirkt bei den Verbrechern gewöhnlich fünf bis sechs Stunden. Es ist völlig harmlos und verursacht in den meisten Fällen keinerlei Nebenwirkungen.«

»Ach!« bemerkte Jake. »Ich bin weder ein Unruhestifter noch ein Verbrecher. Wenn Sie mir jetzt gestatten würden, meinen Anwalt . . .«

»Dazu besteht kein Grund, Mr. Cardigan.« Der Roboter setzte sich auf die Pritsche und öffnete eine Klappe an seiner Seite. Daraus zog er ein Bündel Faxpapiere hervor. »Obwohl Sie über ein Vorstrafenregister verfügen, werden wir . . .«

»Falsch«, unterbrach ihn Jake. »Ich war zwar im Gefängnis, aber ich wurde anschließend vollständig rehabilitiert.«

»Ich sehe, daß Sie sehr gut über Ihre Rechte Bescheid wissen, Mr. Cardigan.« Der schwarze Roboter produzierte ein unterdrücktes Lachen in seiner hohlen Brust. »Ich muß mich etwas vorsichtiger als bei durchschnittlichen Kriminellen ausdrücken.«

Jake grinste dünn. »Aus welchen Gründen werde ich hier festgehalten?«

»Sie werden nicht festgehalten, Mr. Cardigan.«

»Dann eben inhaftiert.«

»Technisch gesehen sind Sie nicht inhaftiert.«

Jake deutete mit dem Daumen zur Wand. »Mir wurde in den vergangenen zwei Stunden immer wieder mitgeteilt, daß ich mich in Haft befinde.«

»Der einzige Grund dafür ist, daß unsere Krankenzimmer bis

auf den letzten Platz belegt sind«, erklärte der Gefängnisroboter. »Dies war das einzige Zimmer im Gefängniskomplex, in dem Sie sich von den Nachwirkungen erholen konnten.«

»Da ich inzwischen erholt bin – kann ich jetzt gehen?«

Der Roboter gab wieder sein unterdrücktes Lachen von sich. »Sobald wir den notwendigen Papierkram hinter uns haben«, sagte er. »Sie müssen lediglich ein paar einfache Fragen . . .«

»Wer zwingt mich dazu?«

»Das Gesetz in Farmland ist nicht so locker und nachlässig wie drüben in Groß-Los-Angeles, Mr. Cardigan«, teilte der Roboter ihm mit. »Sollten wir es nicht lieber hinter uns bringen? Was war also der wahre Grund ihres Besuchs in Topeka?«

»Urlaub«, antwortete Jake.

»Und warum macht ein Privatdetektiv einer der führenden Detektivagenturen des Landes ausgerechnet hier Urlaub?«

»Genau das habe ich mich auch schon gefragt«, gab Jake zu. »Aber bevor Farmboy mich vergast hat, bin ich noch davon ausgegangen, ich könnte hier ruhige und erholsame Ferien verbringen.«

»Sie weigern sich also, den wahren Grund für Ihre Anwesenheit zu nennen?«

»Ich habe ihn gerade genannt. Sie sollten etwas genauer zuhören.«

»Verweigert die Antwort.« Der Roboter berührte einen kleinen Kasten auf dem Papierbündel mit dem Elektrostift, der in seinen Zeigefinger eingebaut war. »In der nächsten Frage geht es darum, wie lange Sie in Topeka zu bleiben gedenken.«

»Nicht sehr lange.«

»Könnten Sie sich etwas detaillierter ausdrücken?«

»Nicht mehr als eine Woche.«

»Ich fürchte, Mr. Cardigan, daß Ihnen ein Aufenthalt von dieser Dauer nicht möglich ist.«

»Wie das?«

»Die örtliche Polizei von Topeka hat die Anweisung, alle

unerwünschten Personen und Unruhestifter, innerhalb von achtundvierzig Stunden . . .«

»Unter welche Gruppe falle ich?«

»Unter keine, Sie fallen unter die näheren Bestimmungen des Gesetzes.« Der Roboter legte die Papiere auf seine schwarzen Knie. »Ich fühle mich gezwungen, Sie zu warnen, daß Ihre Haftentlassung sich verzögern könnte, wenn Sie weiterhin auf diese unkooperative Weise antworten.«

»Dann steht es mir also nicht frei, jederzeit zu gehen?«

»Aber sicher, sobald Sie diese einfachen Fragen auf eine zufriedenstellende Weise beantwortet . . .«

Plötzlich begann etwas gegen die Tür zu schlagen. Nach einem halben Dutzend Schläge glitt sie erneut auf, und eine junge schwarze Frau kam herein. »Sagen Sie nichts mehr zu diesem Schrotthaufen, Cardigan«, riet sie ihm. »Ich bin Ihr Anwalt.«

Der Roboter war unvermittelt und geräuschvoll aufgestanden. »Miss Petway, Sie stören eine offizielle . . .«

»Wirf mal einen Blick auf das hier, Blechkopf.« Sie reichte ihm einen zerknitterten Zettel aus echtem Papier.

»Eine bedingungslose Entlassungsanweisung?«

»Sehr gut, du hast es außergewöhnlich schnell kapiert.« Sie nickte Jake zu. »Mein Name ist Georgia Petway. Wir können gehen.«

»Wer hat Sie beauftragt?«

»Joe Chatman natürlich. Die meisten Ihrer anderen Kumpel in Farmland haben viel zuviel Schiß, um gegen Farmboy vorzugehen. Sie trat durch die offene Tür. »Wir werden Ihre Sachen holen, nachsehen, wieviel man davon zu klauen versucht hat und dann dieses miefige Loch verlassen.«

Er folgte ihr in den grauen Korridor.

Die Wand sagte: »Diese Verwahrungszelle wurde von den Farmboy-Werken gestiftet – Die Kornkammer Amerikas im Herzen von Farmland.«

21

»Haben Sie die Kerle bemerkt?«

»Die uns in dem grauen Gleiter folgen?«

»Genau diese Kerle meine ich.«

Jake nickte. »Das Fahrzeug hat sich sofort hinter uns gesetzt, als wir den Knast verließen.«

»Vielleicht könnte ich ein paar Flugkunststückchen vorführen, um sie abzuhängen«, sagte Georgia.

»Wissen Sie, wer die Leute sind?«

»Es sind Bullen.« Sie saß leicht vornübergebeugt im Fahrersitz ihres roten Gleiters. »Sie sind an Ihnen interessiert – wollen sichergehen, daß Sie Topeka so schnell wie möglich verlassen.«

»Die Leute wissen vermutlich, daß es Joe Chatman war, der Sie in diese Sache hineingezogen hat.«

»Sie meinen, selbst wenn ich diesen Idioten entkomme, werden sie zu Joe rüberdüsen und dort auf uns warten?«

»Scheint mir logisch.«

»Sie wären wirklich von meinen Flugkünsten beeindruckt, aber gut, dann werden wir uns alle Zeit sparen und direkt zu Joe fliegen.«

Jake grinste. »Ich bin bereits zur Genüge von Ihnen beeindruckt«, versicherte er der Anwältin. »Sie haben mich sehr schnell aus der Haft herausgeholt.«

»Das war einfach. Ich habe jahrelang Erfahrung darin, die Polizei hier auszutricksen.«

»Ich habe langsam den Eindruck, die Stadt steht unter der Fuchtel dieser Firma«, stellte Jake fest.

»Klar, aber in Wirklichkeit ist es etwas komplizierter.« Sie flogen durch die Dämmerung über die Stadt, und sie lenkte den Gleiter auf der zugewiesenen Flughöhe geschickt durch den starken Verkehr. »Die Farmboy-Werke gehören – obwohl noch nicht einmal Joe es beweisen konnte – dem größten Tek-Kartell in Farmland. Bis vor ein paar Monaten wurde dieses Kartell von einem angeblich sauberen Geschäftsmann namens Bennett Sands kontrolliert. Dann flog er auf und . . .«

». . . wurde getötet«, ergänzte Jake. »Ja, ich weiß. Wer leitet das Kartell jetzt?«

Georgia schnippte mit den Fingern und warf ihm einen Blick zu. »Wußte ich's doch! Sie sind der Kerl, der Sands getötet hat, nicht wahr? Es war in den Nachrichten.«

»Moment«, wiegelte Jake ab. »Ich war nur dabei, als Sands umgelegt wurde. Als Zeuge, wohlgemerkt, nicht als Täter.«

»Aber er hat doch mit Ihrer Frau rumgemacht, oder habe ich das auch falsch mitgekriegt?«

»Ex-Frau«, sagte er. »Könnten wir uns jetzt wieder auf unsere gegenwärtigen Probleme konzentrieren?«

»Ich will Ihnen nicht auf die Nerven gehen, Jake, aber Joe hat eine Andeutung gemacht, Sie mögen es nicht, wenn man herumredet. Also dachte ich mir . . .«

»Schon gut, tut mir leid. Ich bin vermutlich noch etwas empfindlich, wenn es um dieses Thema geht«, gestand er ihr. »Wer leitet das Kartell jetzt?«

»Das ist nicht sicher, da sich immer noch verschiedene Gruppen um die Kontrolle streiten.«

Jake lehnte sich in seinem Beifahrersitz zurück und beobachtete die Gleiter, die durch den Abendhimmel kreuzten. »Was ist mit dem Mentor-Psychiatriezentrum? Hat es etwas mit . . .«

»Sie haben wirklich keine Ahnung von den hiesigen Verhältnissen.« Sie tippte die Landekoordinaten in das Armaturenbrett. »Hier weiß so ziemlich jeder, daß das Geld, mit dem Mentor vor etwa zwanzig Jahren errichtet wurde, von Farmboy kam. Der Laden wirft eine Menge Profit ab, vor allem wegen der fragwürdigen Dienste, die den Kunden angeboten werden.«

»Zum Beispiel?«

»Joe kann Ihnen viel mehr darüber erzählen als ich, weil er

intensive Nachforschungen über das Leben und Werk von Dr. Isaac Spearman angestellt hat.«

»Spearman ist der Leiter von Mentor?«

»Ja, und außerdem Vorstandsmitglied von Farmboy. Er ist eine sehr beliebte Gestalt und ein wahrer Gewinn für Topeka. Zumindest hört man ständig so etwas über die hiesigen, von Farmboy kontrollierten Medien«, sagte sie. »Da wären wir.«

Der Gleiter senkte sich auf den Dachlandeplatz eines sechsstöckigen Apartment-Gebäudes inmitten eines Blocks aus ähnlichen Gebäuden herab. Die Straßen machten selbst von oben aus einen heruntergekommenen Eindruck. Nur hinter wenigen Fenstern war Licht.

»Danke, daß Sie mich herausgeholt haben.« Jake stieg aus dem gelandeten Fahrzeug aus.

»Sie sind noch nicht absolut frei und unbescholten, aber daran arbeite ich noch«, sagte Georgia. »Unsere Verfolger landen gerade drüben auf dem Dach des geplünderten Hotels. Wollen Sie Ihnen zuwinken?«

»Nein, das würde ihnen den Spaß verderben. Danke für die Mitfluggelegenheit.«

»Sie finden Joe unten in 4C«, sagte sie. »Seine Wachroboter erwarten Sie, also ist es nicht sehr wahrscheinlich, daß sie auf Sie schießen.« Lächelnd schloß sie die Tür und flog mit ihrem Gleiter durch die zunehmende Dämmerung davon.

Eine große, weiß emaillierte Robotkrankenschwester half Barry Zangerly zurück in sein Bett, als sein Bruder in das Zimmer gestürmt kam.

»Mach einen Spaziergang!« sagte Roger zum Roboter.

»Sir, es gibt gewisse Anstandsregeln, die beachtet werden . . .«

»Schon gut.« Barry befreite sich aus dem Griff der Robotkrankenschwester und setzte sich auf die Bettkante. »Es ist mein Bruder.«

»Verwandtschaft entschuldigt keineswegs...«

»Raus mit dir!« scheuchte Roger sie. »Wir wollen unter vier Augen reden.«

»Ich werde in Rufweite bleiben, Mr. Barry, falls er gewalttätig wird.« Mit einem pikierten Schnaufen verließ die Robotkrankenschwester das große weiße Zimmer.

»Nun?« fragte Barry, als sein Bruder sich in den Korbstuhl setzte. »Hast du etwas über Alicia herausgefunden? Es scheint so, sonst wärst du nicht...«

»Moment!« Roger stand wieder auf und warf einen Blick zur Tür. Dann zog er einen kleinen Wanzen-Detektor aus der Tasche. »Ich möchte zunächst diesen Laden checken.«

»Komm schon, Roger, niemand belauscht uns!« Er beobachtete, wie sein Bruder das Zimmer auf Abhörvorrichtungen überprüfte. »Du machst dich lächerlich.«

»Könntest du bitte mal ein oder zwei Minuten die Klappe halten?«

»Weißt du, wo sie ist?«

Anstatt zu antworten, schlich sich Roger zur Tür und riß sie auf.

Draußen hatte sich die Robotkrankenschwester direkt davor postiert. »Werde ich gebraucht?«

»Nicht von uns, Schätzchen. Verschwinde jetzt!« Er schloß die Tür und kehrte zu seinem Stuhl zurück.

»Bist du jetzt zufrieden?«

»Ja, das Zimmer wird nicht abgehört«, sagte er. »Aber es geht eindeutig etwas sehr Merkwürdiges vor sich. Es ist nur so, mein lieber Bruder, daß ich keine Ahnung habe, was es ist.«

»Erzähl mir über Alicia! Weißt du, wo sie versteckt wird?«

»Nein.« Als er den Kopf schüttelte, knirschte der Korbstuhl. »Habe nicht den blassesten Schimmer. Aber ich kann dir verraten, wo der Androiden-Doppelgänger ist.«

Barry beugte sich vor und packte seinen Bruder am Arm. »Dann hatte Cardigan recht«, sagte er und atmete scharf ein. »Wofür haben sie das Ding benutzt?«

»Ganz ruhig«, sagte Roger. »Soweit ich herausgefunden habe, wurde dieser Doppelgänger – der ihr bis aufs feinste Härchen gleicht – vor etwa fünfzehn Monaten gebaut.«

»Das war etwa zu der Zeit, als sie im Mentor-Zentrum war.«

»Ja, in etwa, Barry. Der Androide wird in einem unserer Lagerhäuser in Oxnard aufbewahrt. Aber in der letzten Woche wurde er zweimal aktiviert und weggebracht.«

»Wer? Wer hat das getan?«

»Ein Kerl namens Rob Stinson, der für Mechanix als Vizepräsident im Oxnard-Werk arbeitet.«

»Was sagt Stinson zu diesen Vorgängen in . . .«

»Stinson ist gestern auf eine lange Urlaubsreise gegangen«, antwortete Roger. »Und das Merkwürdigste daran ist, daß offenbar niemand weiß, wohin er verschwunden ist.«

Barry runzelte die Stirn. »Sie müssen diesen Androiden-Doppelgänger benutzt haben, um eine falsche Spur zu legen, Rog«, sagte er. »Das würde bedeuten, daß . . .«

»Ich stimme dir zu, daß etwas sehr Seltsames vor sich geht.« Roger hüstelte in seine Faust. »Ich werde jetzt zurück in mein Büro gehen, um weitere Nachforschungen anzustellen. Ich wollte dir nur mitteilen, was ich bis jetzt herausgefunden habe.«

Barry griff erneut nach seinem Arm. »Warte – du klingst irgendwie komisch. Gibt es noch etwas, das du mir verheimlichst?«

»Nun, in gewisser Weise, ja.« Er stand langsam auf. »Ich habe einen Blick in Stinsons Videophonprotokoll werfen können. In der letzten Woche wurde er fünfmal von Vater angerufen.«

»Nein, Dad kann doch nichts mit Aktionen zu tun haben, die gegen Alicia gerichtet sind!« entrüstete sich Barry kopfschüttelnd.

»Vielleicht nicht.« Roger zuckte die Schultern. »Ich werde es herausfinden.«

»Dann komme ich lieber gleich mit.« Er begann sich zu erheben.

Roger drückte ihn sanft in eine sitzende Position zurück. »Du bist noch nicht bereit für eine Entlassung«, warnte er ihn. »Bleib im Bett und erhol dich erst mal. Ich werde mich um alles kümmern.«

»Aber du wirst auf keinen Fall auf deine übliche Tour bei Vater hereinplatzen und ihn anschuldigen, Alicia entführt zu haben!«

»Ich beabsichtige nur, auf diplomatische Weise herauszufinden, was eigentlich los ist«, versprach er. »Vertrau mir!«

22

»Nun?« fragte Joe Chatman.

Jake zögerte einige Sekunden mit der Antwort. »Ich bin nicht unbedingt derjenige, den man fragen sollte, wie man ein vorbildliches Leben führt.«

»Georgia sagt, es liegt daran, daß ich immer noch Mitleid erwarte«, sagte der Schwarze.

»Sie scheint immer sehr direkt zu sein.«

Sie saßen im kleinen, aufgeräumten Salon des Journalisten, Jake im einzigen Sessel des fensterlosen Zimmers, Chatman in seinem silbernen Rollstuhl.

»Ist schon eine Weile her«, gab Chatman zu. »Inzwischen könnte ich mir neue Beine machen lassen.«

»Tu es, wenn du dich dazu bereit fühlst.«

»Vielleicht fühle ich mich niemals dazu bereit.«

»Was hältst du davon«, sagte Jake, »wenn wir uns für eine Weile wieder meinen Problemen zuwenden.«

»Sicher doch, Entschuldigung.« Er drückte einen Knopf auf der Lehne und rollte näher an Jake heran. »Erster Punkt: Sharon Harker ist sauber. Ich hatte vorgeschlagen, daß sie Kontakt mit dir aufnimmt.«

»Also glaubst du nicht, daß sie mich reinlegen wollte?«

»Nein, aber im Augenblick können wir uns nicht sicher sein«, sagte er. »Sie und ihr kleiner Junge scheinen plötzlich verschwunden zu sein. Ich habe schon einige Leute auf ihre Spur angesetzt.«

»Wurde sie von jemandem geschnappt, oder versteckt sie sich?«

»Ich fürchte, sie wurde geschnappt, Jake.«

»Wer wußte noch davon, daß sie sich mit mir treffen wollte?«

»Nur sie und ich«, antwortete Chatman. »Ich habe mit niemandem darüber geredet.«

»Hat sie dir genauer erzählt, was für Informationen sie hat?«

»Nur, daß irgend etwas im Mentor-Zentrum nicht stimmt, daß sie sehr beunruhigt war«, sagte er. »Als du aufgekreuzt bist, schlug ich Sharon vor, mit dir zu sprechen. Sie hatte von dir gehört und war sehr beeindruckt, wie . . .«

»Das hat sie auch nicht vor Schaden bewahren können.«

»Jake, he! Es ist nicht jedesmal deine Schuld, wenn eine Frau in Schwierigkeiten gerät.«

»Wie lange ist es schon her, daß sie dir von ihren Sorgen erzählt hat?« fragte Jake.

»Ein paar Tage.«

»Also etwa seit Alicia Bowers Verschwinden. Somit könnte beides etwas miteinander zu tun haben.«

»Sharon ist nicht sofort zu mir gekommen, aber ich bin der gleichen Ansicht.«

Jake beugte sich vor. »Ich muß unbedingt in diesen Laden hineinkommen, Joe.«

»Eine schwierige Angelegenheit. Dr. Isaac Spearman hat sehr strenge Sicherheits. . .«

»Verdammt noch mal, ich muß zu Chatman!«

Jemand hatte begonnen, im Korridor herumzuschreien.

»Freundchen!« sagte ein Wachroboter warnend, »bleiben Sie stehen, oder wir werden Sie mit Gewalt . . .«

»Chatman, du Scheißkerl! Wo ist sie?«

»Ich warne Sie zum letzten Mal!«

»Wo ist Sharon Harker?« Eine Faust schlug gegen die Tür. »Wo ist sie, verdammte Scheiße!«

Chatman deutete mit einem Kopfnicken zur Tür. »Vielleicht ist das jemand, mit dem wir uns einmal unterhalten sollten.«

Jake stand auf und ging zur Tür. »Ja, klingt so«, sagte er.

Die zierliche, grauhaarige Frau griff sehr vorsichtig nach der Kante des großen, weißen Schreibtisches des Arztes. »Niemand hat ihm bisher helfen können«, gestand sie mit schwacher, versonnener Stimme.

Dr. Spearman lächelte. »Das liegt nur daran, daß es bisher noch niemand ernsthaft versucht hat, Mrs. Emers.« Er war ein dicker Mann, Anfang Fünfzig mit rosiger Haut, sein lockiges Haar und der Bart waren goldblond. »Aber hier im Mentor-Psychiatriezentrum werden wir es versuchen.« Er stand von seinem weißen Stuhl auf, ging um seinen großen Schreibtisch herum und blieb neben dem bleichen jungen Mann stehen, der zusammengekauert neben Mrs. Emers saß. »Und ich kann Ihnen versichern, daß auch Ihr Sohn uns unterstützen wird. Stimmt's, Norby?«

Der bleiche junge Mann blickte auf und lächelte schwach. »Geh zum Teufel, Doc!«

»Norby, bitte!« versuchte seine Mutter ihn zu beruhigen und legte ihm vorsichtig eine Hand auf den Arm.

»Schon gut«, beschwichtigte Spearman. »Wir haben hier Verständnis für Norby, und er wird noch feststellen, daß er uns nicht verletzen oder wütend machen kann, wenn er . . .«

»Geh zum Teufel, Doc!«

Norby nahm die silberne Tischuhr und warf sie zu Boden.

»Er kann uns mit seinem Verhalten nicht provozieren.« Ohne sich um die Uhr zu kümmern, kehrte der Arzt zu seinem Stuhl zurück.

Mrs. Emers begann leise zu weinen.

Norby stampfte fünfmal mit dem Fuß auf die Uhr.

Dr. Spearman lächelte. »Sie haben eine sehr weise Entscheidung getroffen, als Sie Ihren Sohn zu uns brachten.«

»Es ist recht teuer, aber wir . . .«

»Zeit für ein kleines Plauderstündchen, Isaac!« Sam Trinity, der in einen lässigen blauen Anzug gekleidet war und eine vergoldete Hand trug, war ins Büro geplatzt und näherte sich mit hochgezogenen Schultern und vorgestrecktem Kopf dem weißen Schreibtisch.

»Sobald ich dieses Einführungsgespräch mit Mrs. Emers und ihrem Sohn abgeschlossen habe, stehe ich vollständig . . .«

»Wirf sie sofort raus, Isaak!«

Norby sah den rothaarigen Regierungsbeamten an. »Auch du geh zum Teufel!« sagte er ruhig.

Trinity lachte und packte Norbys Ohr mit seinen Metallfingern. »Junge, es ist nicht sehr höflich, wenn du in diesem Ton mit Älteren sprichst«, warnte er ihn.

Seine goldenen Finger knackten. Der junge Mann schrie vor Schmerz auf.

Norby hielt sich die Hand ans Ohr, sobald Trinity ihn losgelassen hatte. Die Haut am Ohrläppchen hatte rote Blasen geworfen. »Du hast mir weh getan, Idiot!«

Mrs. Emers legte ihm einen Arm um die Schultern. »Dr. Spearman, wer ist dieser Mann? Warum haben Sie ihm erlaubt . . .?«

»Meine Dame, wenn Sie vermeiden möchten, daß ich Ihren dürren Hals auf dieselbe Weise bearbeite«, drohte Trinity, »dann nehmen Sie lieber Ihren Trottel von Sohn und verschwinden von hier. Und zwar ganz schnell!«

Spearman war aufgesprungen. »Es tut mir furchtbar leid, Mrs. Emers«, sagte er. »Das ist einer unserer Patienten – ich weiß auch nicht, wie er es geschafft hat, hier einzudringen. Wenn Sie bitte mit Ihrem Sohn ins Wartezimmer gehen würden, werde ich veranlassen, daß Dr. Weber sich weiter um ihn kümmert.«

»Sein armes Ohr ist völlig verbrannt . . .«

»Machen Sie endlich, daß Sie verschwinden!« sagte Trinity.

»Langsam hege ich meine Zweifel an dieser Einrichtung, Doktor.«

Nachdem er die Frau und ihren Sohn aus dem Büro geführt hatte, sagte Spearman: »Ich kann dieses Benehmen nicht dulden, es gefährdet die geschäftlichen Zwecke unseres . . .«

»Sei still und hör mir zu, Isaac!« unterbrach ihn der BGA-Agent. »Du hast mir versprochen, daß man sich um Jake Cardigan kümmern wird. Da du angeblich einen so großen Einfluß in dieser Hinsicht hast, nahm ich an, daß du es schaffen würdest, ihn aus dem Verkehr zu ziehen, zumindest so lange, bis ich . . .«

»Ich habe ihn aus dem Verkehr gezogen, Trinity. Er wurde ins örtliche Gefängnis . . .«

»Aber er ist schon wieder draußen, Isaac. Diese Schwarze hat ihn schon nach wenigen Stunden losgeeist. Hast du das nicht vorausgesehen?«

»Es hat sich herausgestellt, daß Joe Chatman bessere Beziehungen hatte, als ich dachte« gab der dicke Arzt zu. »Aber vergiß nicht, daß du jederzeit die Möglichkeit hattest, dich selbst dieser Sache anzunehmen. Ich verstehe nicht ganz, warum du Cardigan nicht einfach getötet hast, sobald er in der Gegend auftauchte.«

»Das wäre kein sehr kluger Schachzug, zumindest nicht im Augenblick«, sagte Trinity. »Ich will nur, daß der Kerl mir für ein paar Tage nicht in die Quere kommt. Ihn zu töten könnte zuviel Wirbel verursachen.«

»Willst du mir etwa erzählen, das Büro für Geheime Angelegenheiten hätte Angst vor einem kleinen Detektiv?«

»Cosmos ist keine kleine Detektei«, widersprach er. »Und im Augenblick möchte ich sie nicht verärgern, indem ich einen ihrer besten Mitarbeiter töte. Später werden wir dieses Risiko eventuell eingehen müssen.« Er ließ sich in den Stuhl sinken, in dem Norby gesessen hatte. »Wieviel Zeit brauchst du noch für Alicia?«

»Das habe ich dir doch schon gesagt, noch drei weitere Tage. Vier wären sogar noch besser.«

Trinity kratzte sich den roten Haarschopf mit seinen goldenen Fingern. »Okay«, sagte er. »In der Zwischenzeit muß ich mir etwas Neues überlegen, wie ich Cardigan ablenke.«

Der schlanke, kahlköpfige Mann ging immer noch auf und ab.

Jake setzte sich wieder in den Stuhl. »Wieviel hat sie Ihnen verraten, Hershberg?« fragte er.

Randy Hershberg drehte sich um und wandte sich Chatman zu. »Warum hast du überhaupt zugelassen, daß Sharon mit einem Tek-Dealer wie Cardigan zu tun bekommt? Sie ist in einer Position, in der sie nicht . . .«

»Moment mal!« Jake stand auf. »Ich bin kein Tek-Dealer, und ich bin auch nie einer gewesen.«

»Ach, hören Sie doch mit dem Quatsch auf, Cardigan.« Hershberg funkelte ihn wütend an. »Ich weiß alles über Sie — verdammt, Sie waren doch in der Frostkammer!«

»Jake wurde reingelegt«, gab Chatman zu bedenken. »Und er wurde von allen Anschuldigungen freigesprochen — anschließend.« Jake legte dem Mann eine Hand auf die Schulter. »Kommen wir zu Sharon zurück«, schlug er vor.

»Was gibt Ihnen das Recht, sie bei ihrem Vornamen zu nennen? Sie haben nicht einmal . . .«

»Hören Sie mir zu«, sagte Jake ruhig. »Wir alle wollen sie finden, aber wenn Sie Joe und mich beschuldigen . . .«

»Chatman hat ihr eingeredet, sie wäre hervorragend für eine solche Aktion geeignet. Sie hat ihm schon früher geholfen, sie hat Geld aufgetrieben und Unterschriften gesammelt. Dann erfuhr sie von dieser Mentor-Schweinerei, und statt sich um ihren eigenen Kram zu kümmern, hat er sie bequatscht . . .«

»Arbeiten Sie für Mentor?«

»Nein, für die Prärie. Dadurch haben wir uns kennengelernt, und nach ihrer Scheidung . . .«

»Wieviel hat sie Ihnen von den Vorgängen bei Mentor erzählt?« wollte Jake wissen.

Hershberg wand sich aus Jakes Berührung. Er ging um den Rollstuhl herum und blieb hinter Chatman stehen. »Sie wissen, daß es noch jemanden gibt, der sich besser um seinen eigenen Kram hätte kümmern sollen.«

Der Journalist sah überrascht zu ihm auf. »Von wem redest du?«

»Von ihrem zweiten guten Freund – Mel Winter. Dr. Mel Winter.«

Chatman hob die linke Augenbraue. »Winter arbeitet ebenfalls im Zentrum«, sagte er zu Jake.

»Und was hat er mit der Sache zu tun?«

Hershberg brummte ungeduldig. »Er war es, der Sharon auf den Skandal aufmerksam gemacht hat, der ihr von seinen Befürchtungen erzählt hat«, sagte er. »Ich glaube . . . ich glaube, Winter hat ihr dort sogar einige Dinge gezeigt. Das war es, was sie so sehr beunruhigt hat, daß sie sofort zu Chatman gerannt ist. Das war wirklich ein großer Fehler.«

»Sie und diese Dame scheinen nicht gerade dieselben Lebensauffassungen zu teilen«, sagte Jake.

»Wir haben schon viele schwierige Situationen gemeinsam durchgestanden«, beteuerte der schlanke Mann. »Doch im Gegensatz zu einem Unruhestifter wie Ihrem Kumpel Chatman sind meine Ansichten liberal und anständig. Die Sache ist nur die – was ich auch Sharon klarzumachen versucht habe –, daß man nicht an etwas glauben kann, ohne daran zugrunde zu gehen.«

»Ja, da Gegenteil wäre wesentlich sicherer«, sagte Chatman.

»Komm schon! Du weißt doch, daß dieser ganze Staat praktisch von Farmboy kontrolliert wird«, sagte Hershberg wütend. »Sharon war von der Firma abhängig, genauso wie ich. Also war es sehr unklug . . .«

»Glauben Sie, daß Ihre Bosse dafür verantwortlich sind, daß sie und ihr Sohn verschwanden?« fragte Jake.

Hershberg schnaufte aufgeregt. »Nein, verdammt noch mal!« sagte er. »Ich bin kein Arschkriecher, Cardigan. Wenn ich glauben würde, daß sie irgend etwas mit ihrem Verschwinden zu tun hätten, würde ich sofort zu ihnen hingehen und . . .«

»Aber Sie glauben, daß Mentor mit der Sache zu tun hat?«

»Ja, obwohl sie mir nie die Details verraten hat.«

»Was sagt die Polizei dazu?« fragte Chatman.

»Ich bin nicht zur Polizei gegangen, das kann ich nicht riskieren«, antwortete er. »Aber als ich von der Vermißtenanzeige hörte, bin ich sofort hergekommen. Immerhin hatten Sie . . .«

»Es wäre das beste für Sie, nach Hause zu gehen und zu warten.«

»Sie verlangen da sehr viel von mir, einfach nur herumzusitzen und zu . . .«

»Tun Sie's trotzdem«, riet Jake ihm. »Und erzählen Sie um Himmels willen niemandem, daß Sie mit uns geredet haben!«

23

»*Buenos días,* Alter.« Gomez rauschte am Robotpförtner vorbei, grüßte ihn nachlässig und stürmte in Richtung Garderobe von Fermans Filmpalast weiter.

»Augenblick mal, mein Junge!« rief ihm der verchromte Roboter hinterher.

»*Sí?*« Gomez blieb stehen, zuckte leicht mit den Schultern und drehte sich zum Türsteher des Kinos um.

»Wohin so eilig, junger Mann?«

»Oh, Entschuldigung, vielleicht hätte ich mich vorstellen sollen.« Der lockenköpfige Detektiv strich sich den Schnurrbart glatt und lächelte. »Ich gehöre zum Gefolge von Jacko Fuller.«

»Na also, warum haben Sie das denn nicht gleich gesagt?« Der Roboter schüttelte seinen silbernen Kopf. »Ihr Leute aus dem Showgeschäft denkt wohl, ihr könntet mir nichts, dir nichts überall reinschneien und . . .«

»Tut mir leid, Alter.« Gomez setzte seinen Weg fort. Als er den Garderobenraum 3A gefunden hatte, klopfte er an und trat ein.

Der Agent Bosco kniete auf dem Fußboden und massierte mit beiden sonnengebräunten Händen das Knie des Androiden mit dem blonden Wallehaar. »Komm schon, Junge, versuch's noch mal!«

»Du machst aus einer Mücke einen Elefanten, Wolfe«, sagte der attraktive Androiden-Doppelgänger. »Da ist Gomez – wir wollen ihn nach seiner Meinung fragen.«

»Gomez kann doch nicht mal seinen Hintern von einer Scheunentür unterscheiden.«

»Aber sicher kann ich das. Machen wir die Probe!«

»Beuge noch mal dein Knie, Jacko«, forderte der Agent den Androiden auf.

Jacko tat, wie befohlen. »Jetzt kannst du Gomez nach seiner geschätzten Meinung fragen.«

»Ohne ihn kränken zu wollen – Gomez ist viel zu ungehobelt für derartige Nuancen.« Stöhnend kam Bosco wieder auf die Beine. »Du hast es doch mit Sicherheit nicht gehört, Gomez.«

»Hilf mir mal weiter.«

»Das Quietschen«, sagte der Agent.

»Wie bitte?«

»Das verdammte Quietschen seines mechanischen Knies!«

»Ist mir nicht aufgefallen.« Gomez schüttelte den Kopf. »Könnten wir jetzt zu den Informationen kommen, die du für mich gesammelt hast?«

»Siehst du?« Jacko kicherte zufrieden. »Du machst aus einer Mücke einen Elefanten, Wolfe.«

Bosco drehte sich um und legte Gomez beide Hände auf die Schultern. »Du bist einfach von draußen hereinspaziert, stimmt's?«

»So ist es, *sí.*«

»Und was ist dir dort draußen aufgefallen?«

»Mehrere hundert Touristen, die hinter einer Absperrung warten.«

»Genau. Es sind alles Fans von Jacko«, erklärte Bosco unglücklich. »Ist dir vielleicht auch eine kleine rechteckige Fläche aus feuchtem Zement aufgefallen?«

»Nein, das ist mir entgangen. Könnten wir jetzt endlich . . .?«

»In einer Minute.« Er wandte sich vom Detektiv ab und stellte sich neben seinen Androiden. »In wenigen Augenblicken muß Jacko dort hinaus und sich der tobenden Menge stellen. Er soll nicht nur seine berühmten Fußstapfen, sondern auch seine Handabdrücke in jenem feuchten Zement hinterlassen.«

»Das ist wirklich eine Ehre für mich«, mischte sich Jacko ein, »da der Platz vor Fermans Filmpalast zu Recht dafür bekannt ist, die Hand- und Fußabdrücke aus der ganzen Welt der Unterhaltung . . .«

»Heb dir deine Rede für später auf«, unterbrach ihn sein Agent. »Das Problem, Gomez, besteht darin, daß mein Schützling quietscht – sein verdammtes Kniegelenk macht ein lautes und deutliches metallisches Quietschgeräusch. Wenn seine Fans das hören, werden einige von ihnen, obwohl sie sonst nicht sehr helle sind, ausrufen: ›Heilige Johanna, dieser Typ ist kein menschlicher Schauspieler – er ist nicht mehr als ein alter, heruntergekommener Androide!‹ Sobald das bekannt wird, sind wir ein für allemal erledigt.«

»Du machst wirklich zuviel Aufhebens um ein so kleines Geräusch«, sagte Gomez.

»Ach, dann hast du es also doch gehört?«

»Nein«, log Gomez. »Könntest du mir jetzt endlich verraten, was du herausgefunden hast?«

Bosco seufzte schulterzuckend und warf einen traurigen Blick auf das Knie seines Androiden. Aus einer Innentasche seiner extravaganten Sportjacke mit Karomuster zog er ein Päckchen. »Sheldon Gates hält sich tatsächlich im Etablissement seiner lieben Mama auf.« Er reichte Gomez das Material. »Ich habe dir unter anderem einen Grundriß des gesamten Ladens beschafft. Das Zimmer, in dem Shel sich verbirgt, ist mit einem X markiert. Ich muß dir hundert Dollar extra für den Plan berechnen.«

»Fünfzig.« Gomez entfaltete den Grundriß und betrachtete ihn aufmerksam. »Und was haben all die kleinen grünen Kreuze zu bedeuten, die du auf diesen Plan gemalt hast?«

»Ach ja, das sollte ich dir wohl erklären.«

»Dafür wäre ich dir sehr dankbar.«

»Es besteht eine gewisse Wahrscheinlichkeit, daß sich dort auch ein berühmter Schauspieler aufhält. Inkognito, versteht sich. Er möchte nicht, daß bekannt wird, daß er schon im zarten Alter von zweiundzwanzig eine dringende Verjüngungskur nötig hat«, erklärte der Agent. »Du . . .«

»Das Showgeschäft ist eine harte Schule.« Jacko schürzte verständnisvoll die Lippen.

»Halt die Klappe und lockere dein Knie!«

»Und was ist mit diesen netten kleinen Schnörkeln, Wolfe?«

»Also, Gomez, diese Kringel markieren die Extrawachen, die in Madame Sonjas Salon der Ewigen Jugend postiert sind. Sie sollen die Presse, Fans und ähnlichen Abschaum fernhalten.«

Gomez rollte den Plan zusammen und strich sich damit über den Schnurrbart. »Wer ist dieser jugendliche Star?«

»Carlos Taffy.«

»Nie gehört.«

Jacko kicherte. »Er ist lediglich der zur Zeit am höchsten gehandelte Teenie-Star«, erklärte er. »Hast du niemals *Die heißen Typen von der High-School* gesehen?«

»Ich nehme es mir immer wieder vor, aber leider wird es genau zu der Zeit gesendet, in der ich immer meine Hausarbeit mache.« Gomez steckte die Papiere ein und betrachtete dann ein paar Sekunden lang die Decke. »Mir fällt da gerade eine Methode ein, wie ich mir Zugang verschaffen könnte – aber sie erfordert einige drastische Maßnahmen.«

Der Agent hockte sich hin, um das Knie seines Androiden zu tätscheln. »Du meinst die Anwendung von Gewalt, Gomez?«

»Das ist es nur für meine empfindsame Seele«, antwortete er und ging.

Dan Cardigan zuckte zum fünften Mal auf seinem Sitz zusammen und warf einen Blick zum Eingang des Aufenthaltsraums. Wieder war nichts von Molly Fine zu sehen.

Sie war seit zehn, inzwischen elf Minuten überfällig.

Dan nahm einen Becher Zitronenmix, nippte geistesabwesend daran und stellte ihn wieder ab. Der Aufenthaltsraum befand sich ganz oben im Hauptgebäude der Polizeischule von Südkalifornien. Das Plastglasdach war blaßblau gefärbt, und ein heftiger Nachmittagsregen trommelte darauf herunter.

»Es tut mir leid. Entschuldige bitte, und so weiter. Vergeude jetzt nicht deine Zeit mit Gemecker und Gejammer, denn wir müssen etwas sehr Wichtiges besprechen.« Molly, ein schlankes, dunkelhaariges Mädchen, sechzehn Jahre alt, rutschte ihm gegenüber auf die Sitzbank. »Ich bin da – es besteht kein Anlaß für schlechte Laune mehr, Dan.«

»Mich elf Minuten lang – nein, inzwischen schon zwölf Minuten lang mit nichts anderem beschäftigen zu müssen als meinen eigenen Gedanken und einem Becher Fruchtsaft, ist nicht gerade . . .«

»Ich weiß, daß du es nicht erträgst, auch nur ein paar Minuten lang von mir getrennt zu sein, aber du kannst jetzt mit dem Schmollen aufhören« sagte sie zu ihm. »Sitz gerade und hör mir zu.«

»Weshalb hast du so lange . . .?«

»Ich habe mich verspätet, weil ich noch ein Videophon-Gespräch geführt habe.«

»Das muntert mich auch nicht gerade auf.«

»Ich habe mit Norm Porter gesprochen.«

»Ist das dieser große, gutaussehende, braungebrannte Kerl, mit dem du früher mal gegangen bist?«

»Wir sind Freunde geblieben«, antwortete Molly nickend. »Was du dir in diesem Zusammenhang merken solltest, ist, daß Norm zur Zeit Sozialdienst leistet, und zwar unten im Bezirk Venice.«

»Dort, wo Gomez Prügel bezogen hat?«

»Du beginnst zu verstehen.« Molly lächelte und tätschelte seine Hand.

»Wenn du bitte sofort zur Sache kommen würdest, statt mich hier mit deinem alten Verehrer vollzuquatschen, könnte ich . . .«

»Mein alter Verehrer kennt zufällig ein Mädchen namens Jimalla Keefer«, erzählte Molly. »Könnte ich vielleicht etwas von deinem Plunderstück abhaben?«

»Klar, nimm dir, was noch übrig ist.«

»Danke. Ich kann mich nicht erinnern, schon gefrühstückt zu haben.«

»Verdammt noch mal, Molly, ich habe dir immer wieder gesagt, daß du regelmäßige Mahlzeiten . . .«

»Das Problem ist, daß ich ständig abgelenkt werde.« Sie biß in das Gebäck. »Jimalla ist Mitglied einer Therapiegruppe, der auch Alicia Bower angehörte.«

»Die Frau, nach der mein Dad und Gomez suchen.«

»Nachdem du mir heute morgen über den Fall erzählt hast und Norm erwähnte – der übrigens gar nicht so toll aussieht, obwohl er tatsächlich braungebrannt ist –, als er also erwähnte, daß er jemanden kennt, der etwas über eine vermißte Frau namens Alicia Bower weiß, und sich fragte, ob er jemandem davon erzählen sollte, sagte ich zu ihm, er sollte mir davon erzählen.«

»Was weiß er?«

»Nur, daß Jimalla etwas weiß und Angst hat«, antwortete sie. »Jetzt müssen wir nur zu ihr gehen und mit ihr reden, um . . .«

»Warte mal! Als wir das letzte Mal als Team zusammengearbeitet haben, Molly, wären wir dabei fast getötet worden.«

»Du darfst dabei die Statistik nicht außer acht lassen, Dan. Denn sonst wäre dir sofort klar, daß es sehr unwahrscheinlich ist, daß wir jedesmal in Gefahr geraten, wenn wir gemeinsame Ermittlungen anstellen.«

»Außerdem weiß ich nicht, ob mein Dad damit einverstanden wäre, wenn wir . . .«

»Hat er nicht selbst gesagt, wir wären ein großartiges Team? Ich habe es mir genau gemerkt.«

»Vielleicht sollte ich dir einmal erklären, was Ironie ist. Was er damit wirklich sagen wollte . . .«

»Wir haben doch heute abend eine Verabredung, nicht wahr?«

»Ja, sicher.«

»Okay, da wir uns nichts Besonderes vorgenommen haben, könnten wir doch einfach nach Venice gehen.«

»Und Jimalla Keefer besuchen?«

»Norm sagt, daß er vielleicht ein Treffen arrangieren kann. Jimalla hat Angst, aber allem Anschein nach würde sie sich auch gerne einer offiziellen Stelle anvertrauen – und wir sind doch fast offiziell.«

»Das nicht gerade«, sagte er. »Müssen wir uns dabei auch mit Norm treffen?«

Lächelnd hielt sie ihren Daumen und Zeigefinger im Abstand von etwa einem Zentimeter hoch. »Nur für eine sehr kurze Zeitspanne«, versprach sie.

»Okay«, beschloß Dan, »dann gehen wir.«

24

Gomez blieb kurz stehen, um nach Luft zu schnappen, und sah sich in der weiten Lobby des Hotels Wappen von LaBrea um. Dann murmelte er: »*Está bien*« und spazierte über den geblümten Fußbodenbelag auf den Tresen mit den Rezeptionsrobotern zu.

Natalie Dent, deren Gesicht sich bereits ins Rötliche zu verfärben begonnen hatte, drehte sich von einem der Dienstroboter in weißem Anzug weg. »Hallo, du Lump!« sagte die rothaarige Reporterin, als sie Gomez sah. »Ich schlage vor, du erklärst mir jetzt, warum du gar nicht in diesem Hotel registriert bist.«

Bevor der Detektiv antwortete, bemühte er sich noch, seinen zerknirschten Gesichtsausdruck etwas überzeugender aussehen zu lassen. »Oh, ich dachte mir schon, daß es dich vielleicht verwirren könnte.« Er nahm sie am Arm.

»Wenn Leute mich anlügen, selbst notorisch unzuverlässige Gauner wie du, Gomez, habe ich in der Tat die Neigung, darauf mit Verwirrung zu reagieren«, sagte sie und entzog ihm ihren Arm.

»Ich gebe zu, *chica*, daß dieses Mißverständnis vermutlich auf einen Fehler meinerseits zurückzuführen ist. Die Überraschung, dich so unverhofft wiederzusehen, ist mir offenbar so zu Kopf gestiegen, daß ich kaum noch einen klaren Gedanken ...«

»Rede keinen Quatsch! Du wolltest mich versetzen, wie du es schon so oft getan hast, also hast du mir einfach eine falsche ...«

»Wenn ich dich hätte versetzen wollen, *cara*, wäre ich dann hier in deiner geschätzten Anwesenheit?«

Natalie blieb stehen, stemmte ihre Hände in die Hüften und musterte ihn. »Ich vermute eher, daß dir, nachdem du mich angelogen und dich aus dem Staub gemacht hast, plötzlich einfiel, auf welche Weise du meine naive und unverdiente Sympathie für dich weiterhin ausnutzen kannst.«

Er wies ihre Anschuldigungen mit einem Kopfschütteln und einem verletzten Lächeln zurück. »Ich will ganz ehrlich zu dir sein.«

»Ha! Das wäre das erste Mal!«

»Ich habe wirklich, *es verdad*, die Absicht gehabt, mit dir zu dinieren«, beteuerte er. »Doch in meiner Verwirrung habe ich dir nicht den Namen des Hotels genannt, in dem ich wohne, sondern desjenigen, in das ich dich ausführen wollte.«

»Zufällig gibt es im LaBrea gar kein Restaurant.«

»Na, dann war ich sogar noch verwirrter, als ich dachte.« Er griff wieder nach ihrem Arm und führte sie in Richtung Ausgang. »Hauptsache, ich habe meinen Irrtum erkannt und bin sofort hergeeilt, um dich nicht zu verpassen, Nat. Jetzt sind wir zusammen und können ein paar wertvolle Augenblicke miteinander verbringen.«

»Ein paar Augenblicke? Ein Abendessen dauert gewöhnlich länger als . . .«

»Auch ich hatte mich auf ein schönes, mehrstündiges Rendezvous gefreut«, beteuerte er, als sie die Lobby verließen und auf die sonnenhelle Straße hinaustraten. »Ich ging jedoch davon aus, daß du es vielleicht sehr eilig haben könntest.«

»Warum um Himmels willen sollte ich es eilig haben? Es sei denn, es träte der leider recht unwahrscheinliche Fall ein, ich käme plötzlich zu Verstand und würde bemerken, daß ich nur meine Zeit verschwende und meinen Ruf gefährde, wenn ich mit jemandem wie dir verkehre.«

»Oh, ich dachte nur wegen der Story.«

»Was für eine Story?«

»Die du sicher aus den umwerfenden Neuigkeiten machen wirst, die ich im Begriff bin, dir mitzuteilen«, erklärte er.

Der spätnachmittägliche Regen trommelte auf die Plastkuppel, die den weiten, runden Landeplatz neben Bernard Zangerlys Anwesen im Bezirk Redondo von Groß-Los-Angeles überspannte. Roger blieb für eine Weile in seinem soeben gelandeten Gleiter sitzen und blickte gedankenverloren auf das aufgewühlte graue Meer hinaus.

Seufzend zwängte sich der stämmige Mann aus seinem Fahrzeug. Er kniff die Augen zu schmalen Schlitzen zusammen und beobachtete das Haus seines Vaters. Die niedrigen, weitläufigen Gebäude sahen an diesem Nachmittag besonders düster und bedrückend aus.

Die Eingangstür aus Kunstholz schwang auf, bevor er einen Fuß auf die erste Treppenstufe aus roten Plastfliesen gesetzt hatte.

»Guten Tag, junger Herr!« kam eine metallische Stimme aus dem zwielichtigen Foyer.

Roger erklomm die sieben roten Stufen und überschritt die Türschwelle. »Du brauchst dringend eine Generalüberholung, Lofting. Wenn man die Dreißig überschritten hat, ist man kein junger Herr mehr.«

»Für mich werden Sie immer mein kleiner Junge bleiben, Sir.« Der Butler war ein frühes Mechanix-Modell, fast fünfundzwanzig Jahre alt, mit Silberbeschichtung und einem steifen schwarzen Anzug. »Wenn ich mir die Bemerkung erlauben darf, junger Herr, Sie beehren uns in letzter Zeit nur noch selten mit Ihrem Besuch.«

»Auch jetzt bin ich eigentlich nur hier, weil Dad heute offensichtlich sehr früh das Büro verlassen hat. Geht es ihm gut?«

Der alte Roboter klopfte sich auf die Metallbrust. »Er ist ein wenig erkältet, Sir.«

»Ich muß mit ihm reden.«

»Sie finden ihn in seinem Arbeitszimmer. Ich konnte ihn nicht dazu überreden, ins Bett zu gehen.«

Roger legte dem Roboter eine Hand auf die Schulter und ging den Korridor bis zur zweiten Tür links entlang. Er blieb stehen und klopfte an.

»Ja, komm rein, Rog!«

Sein Vater sah nicht besonders gut aus. Sein mageres Gesicht hatte eine seltsame bläuliche Färbung, und die Schatten unter den Augen schienen tiefer als gewöhnlich zu sein. Er saß steif in seinem Metallstuhl hinter dem Schreibtisch.

Links von ihm befand sich eine Reihe kleiner Monitore, von denen einer die roten Treppenstufen vor dem Eingang zeigte.

»Du siehst furchtbar aus«, stellte Roger fest, als er seinem Vater gegenüber Platz nahm.

»Vielen Dank, mein Sohn.«

»Okay, ich muß mit dir reden.« Er deutete mit einem Kopfnicken zu den kleinen Monitoren. »Schalte die Anlage aus, damit . . .«

»Was hast du auf dem Herzen?«

»Ich wäre gerne ungestört, bevor ich loslege, Dad.« Aus seiner Manteltasche holte er den kleinen Wanzendetektor hervor. »Wenn du nichts dagegen hast, würde ich . . .«

»Nun, ich hätte etwas dagegen, Roger.« Bernard schaltete die Überwachungsanlage aus, worauf die Bildschirme erloschen. »Dieser Raum wird nicht abgehört. Vertraue mir!«

Roger zögerte, ließ dann aber das Gerät wieder in einer Tasche verschwinden. »Ich hatte gehofft, dich in der Firma zu erwischen«, sagte er. »Aber vielleicht ist es sogar besser so.«

»Geht es um Barry? Hat dein Bruder . . .«

»Es geht ihm gut – zumindest in Anbetracht der Umstände. Aber in gewisser Weise hat es etwas mit ihm zu tun.«

Bernard lehnte sich in seinem Stuhl zurück. »Du hast recht«, gab er zu, »ich fühle mich wirklich nicht sehr gut.«

»Tut mir leid, das zu hören, aber ich muß dir unbedingt ein paar wichtige Fragen stellen.«

»Wenn es wieder den Streit zwischen dir und dem armen Barry um Alicia betrifft, dann . . .«

»Eigentlich betrifft es den Alicia-Androiden, Dad«, unterbrach ihn sein Sohn. »Ich habe mich ein wenig bei Mechanix umgesehen und festgestellt, daß du Rob Stinson die Genehmigung erteilt hast, die Nachbildung von Alicia Bower zu aktivieren, die im Lagerhaus . . .«

»Du hast doch gar keinen Zugang zu diesen Informationen!«

»Doch, sicher.« Roger lächelte dünn. »Immerhin kenne ich ein paar Tricks.«

»Aber du hast damit eindeutig deine Kompetenzen überschritten.«

»Darum geht es jetzt nicht, Dad. Ich möchte nur wissen, warum du diesen Kerl mit der Aktivierung des Androiden beauftragt hast. Hatte es etwas mit dem Projekt . . .«

»Willst du damit sagen, daß dein Vater sich solchen Machenschaften . . .?«

»Ich will nur wissen, was hier zum Teufel eigentlich vor sich geht«, sagte Roger. »Mir ist klargeworden, daß Alicia in großen Schwierigkeiten steckt, unter denen auch Barry zu leiden hat.« Er erhob sich aus seinem Stuhl und zeigte mit dem Finger auf seinen Vater. »Ich weiß sehr wohl, daß du bei der Durchsetzung deiner Ziele keine Skrupel kennst. Aber ich war immer davon ausgegangen, du würdest Barry mögen. Wie konntest du zulassen, daß diese Mistkerle ihm etwas antun?«

»Aha, da liegt also das Problem. Du hast immer noch diese fixe Idee, daß ich ihn dir gegenüber vorziehe . . .«

»Red keinen Unsinn – erzähl mir nur über Rob Stinson!«

Bernard schloß ein paar Sekunden lang die Augen. »Okay, hier ist die Wahrheit«, sagte er und öffnete sie wieder. »Stinson, der sich übrigens inzwischen an einen unbekannten Ort abgesetzt hat, erzwang all diese Genehmigungen Er verfolgt damit offenbar irgendeinen heimtückischen Plan, mit dem er Kapital aus Alicias Verschwinden schlagen will, aber ich habe nicht die leiseste Ahnung . . .«

»Quatsch. Du hast den Kerl mindestens ein halbes dutzendmal angerufen.«

»Ja, aber das war, nachdem mir der Verdacht gekommen war, daß er etwas plant.«

Roger entfernte sich ein paar Schritte vom Schreibtisch, wobei er seinen Vater im Auge behielt. »Du steckst auch mit drin, stimmt's?« sagte er mit heiserer Stimme. »Mein Gott, ich weiß nicht einmal genau, was hier im Busch ist, aber du bist über die ganze Sache informiert.«

»Ich habe nichts mit irgendwelchen Sachen zu tun«, erwiderte Bernard. »Du hast kein Recht, hier einfach hereinzuplatzen, mich zu beschuldigen und zu beleidigen . . .«

»Tut mir leid, Dad, aber ich kann dir nicht mehr vertrauen.« Er wandte sich in Richtung Ausgang. »Aber ich möchte dich warnen. Ich habe die Absicht herauszufinden, was vor sich geht und was du damit zu tun hast.« Er drehte sich um, ging aus dem Zimmer und ließ die Tür hinter sich zuschlagen.

Bernard schüttelte traurig den Kopf und sah dann zu einer Stelle in der rechten Wand hoch. »Habt ihr alles mitgehört?« fragte er.

25

Sam Trinity schritt durch die hellblaue Wand. Als sich die Tür leise hinter ihm schloß, strich er die Jacke seines cremefarbenen Anzugs mit den Fingern seiner Metallhand glatt. Der Koffer aus Echtleder, den er in der anderen Hand trug, schepperte leicht, als er ihn auf dem weißen Stuhl neben der orangenen Pritsche abstellte.

Sharon Harker stöhnte und erhob sich von der Pritsche. Sie drehte sich langsam um und betrachtete den rothaarigen BGA-Agenten, der hinter ihr stand. »Ich werde Ihnen nichts mehr sagen«, brachte sie mit schwacher, erschöpfter Stimme hervor.

»Sicher wirst du das, Süße.« Mit seinen Metallfingern strich er ihr eine Locke blonden Haars aus der blassen Stirn. »Sicher wirst du das. Es hat überhaupt keinen Zweck, sich noch länger querzustellen.«

Sie kreuzte ihre nackten Beine und lehnte ihren schmalen Rücken an die hellblaue Wand. Sie trug nur ein zerknittertes Krankenhemd von hellgelber Farbe, das auf der Vorderseite fleckig war.

Trinity streckte ihr seine Metallhand hin. »Ich habe dich hiermit noch nicht bearbeitet, Schätzchen«, sagte er zu ihr. »Das ist eine brandneue Hand, zumindest was dich betrifft. Wie fühlst du dich heute?«

Sharon gab keine Antwort.

»Sie sind eine intelligente Frau, Dr. Harker«, sagte Trinity. »Ich persönlich mag intelligente Frauen nicht besonders, nicht einmal so hübsche wie dich. Aber ich bin aufgrund langjähriger Erfahrung zu der Überzeugung gelangt, daß intelligente Frauen im Gegensatz zu den einfältigen Miezen, mit denen ich ansonsten zu tun habe, in der Lage sind, aus ihren Erfahrungen zu lernen.« Er spreizte die dunklen Finger seiner Metallhand etwa zehn Zentimeter von ihrem nackten Knie entfernt. »Wenn ich dir eine Frage stelle, Süße, dann erwarte ich eine Antwort. Erinnerst du dich, daß ich dir das heute morgen schon einmal gesagt habe? Daß ich jedesmal eine Antwort erwarte, wenn ich dich etwas frage?«

»Ja«, sagte sie, ohne ihn anzusehen.

»Ja, was?«

»Ja, Sir.«

»Ja, Sir, was?«

»Ja, Sir, Mr. Trinity.«

»Siehst du? Es ist doch gar nicht so schwer.« Er zog seine Hand zurück und griff nach dem Lederkoffer. »Ich habe dir etwas mitgebracht.«

»Neue Hände?«

Trinity lächelte. »Du scheinst auch vergessen zu haben, daß ich keine vorwitzigen Bemerkungen mag. Haben Sie das vergessen, Dr. Harker? Hast du vergessen, daß ich keine vorwitzigen Bemerkungen mag?«

»Scheint so.«

»Scheint so, was?«

»Mr. Trinity, Sir.«

Der Koffer sprang mit einem schnappenden Geräusch auf. »Ich habe dir ein nettes Bild mitgebracht, das du dir einmal ansehen sollst«, sagte der Regierungsbeamte. »Hier, nimm es!«

Vorsichtig streckte sie ihre linke Hand aus.

»Ich wußte nicht, daß Sie Linkshänderin sind, Dr. Harker. Bist du Linkshänderin?«

»Nein.«

»Nein, was?«

»Ich bin keine Linkshänderin, Mr. Trinity.«

»Warum hast du dann nicht deine rechte Hand benutzt?«

»Sie ist verletzt.«

»Ach ja, jetzt erinnere ich mich.« Er reichte ihr das Foto.

Nachdem Sharon es etwa eine halbe Minute lang angesehen hatte, ließ sie es auf den hellen orangefarbenen Bezug der Pritsche fallen. »Sie Schweinehund!«

»Ich weiß genau, Schätzchen, daß ich auch davor gewarnt habe, mich zu beleidigen«, sagte er ruhig. »Aber diesmal wollen wir es noch durchgehen lassen. Denn du scheinst aus irgendeinem Grund sehr verärgert zu sein.«

»Was . . . was haben Sie mit Sean gemacht?«

»Ist das der Name deines Sohnes. Ist Sean sein Name?«

»Ja.«

»Ja, was?«

»Ja, Sir, Mr. Trinity. Der Name meines Sohnes ist Sean. Was haben Sie mit ihm gemacht?«

»Ich habe überhaupt nichts mit dem kleinen Liebling gemacht.« Er hob das Foto mit seinen Metallfingern auf.

»Auf dem Foto ist er bewußtlos.«

»Bist du sicher? Ich würde sagen, er schläft einfach nur. Macht ein Nickerchen. Kinder, kleine Kinder machen ständig ein Nickerchen.« Trinity legte das Foto in seinen Koffer zurück und ließ den Deckel zuschnappen. »Ich werde dir sogar sagen wo er ist. Würdest du gerne wissen, wo er ist?«

»Ja, Sir, das würde ich gerne.«

»Er befindet sich im selben Gebäude wie du. Ja, der kleine Sean befindet sich ebenfalls im Mentor-Psychiatriezentrum. An genau dem Ort, auf den Sie so neugierig waren, Dr. Harker.« Trinity lächelte sie an. »Er befindet sich oben in der chirurgischen Abteilung.«

»Chirurgisch? Was ...?«

»Man wird den kleinen Kerl operieren«, erklärte er. »So etwas nennt man eine Operation zu Forschungszwecken. Zuerst an seinem Bauch, dann an seiner Brust. Dann vielleicht ...«

»Was fehlt ihm?«

»Überhaupt nichts.« Er beugte sich zu ihr herab und lachte. »Ist dir aufgefallen, daß ich zu meinem Besuch einen Freizeitanzug angelegt habe?«

»Ja.«

»Ja, was?«

»Ja, mir ist aufgefallen, daß Sie einen legeren Freizeitanzug tragen. Was hat das zu ...?«

»Wenn du einen Augenblick lang darüber nachdenken würdest, könntest du von ganz allein darauf kommen«, schlug er ihr vor. »Du würdest vermutlich darauf kommen, daß ich keine direkte Vernehmung durchführen werde, wenn ich so angezogen bin. Der Grund dafür ist, daß ich meinen Anzug nicht beschmutzen möchte. Also habe ich nicht die Absicht, dir körperliche Schmerzen zuzufügen, Süße.«

»Dann wollen Sie Sean ...«

»Nein, ganz und gar nicht. Aber einige von Dr. Spearmans Leuten sind ganz versessen darauf, sich mit dem kleinen Sean zu beschäftigen. Sie würden sich deinen Sohn gerne einmal von innen ansehen und ausprobieren, wie diverse neue chirurgische Geräte funktionieren. Einer von diesen Schlächtern, von dem ich überhaupt nicht viel halte, hat mich bedrängt, weil er gerne über die Schmerzempfindlichkeit von Kindern forschen würde. Ich habe ihm gesagt, daß ich ihm das vielleicht nicht gestatten kann.«

»Sie können doch nicht ...«

»Ich kann ganz nach Belieben entscheiden, ob ich es gestatte oder nicht, Dr. Harker. Verstehen Sie, in welcher Lage Sie sich befinden?«

»Was wollen Sie von mir?«

»Ich hätte nur ein paar Fragen, ein paar weitere Fragen.«

Sie entließ mit einem traurigen Seufzen ihren Atem. »Fragen Sie!«

Trinity nahm den Koffer vom Stuhl und setzte sich. »Sie haben mir heute morgen über Cardigan erzählt, daß Sie beabsichtigen, sich mit ihm zu treffen«, sagte er. »Jetzt würde ich gerne wissen, von wem Sie Ihre Informationen bei Mentor erhalten haben.«

Sie sah dem Regierungsbeamten in die Augen. »Und Sie werden Sean nichts antun?«

Trinity lächelte über das ganze Gesicht. »Das ist jetzt nicht mehr sehr wahrscheinlich«, sagte er.

26

Draußen im Korridor fiel ein Roboter um. Es gab ein laut schepperndes Geräusch, und die Wand von Chatmans Zimmer erzitterte.

Jake sprang auf und riß seine Betäubungspistole aus dem Holster.

Die Tür klickte ein paarmal und schwang dann auf.

»Lassen Sie Ihre Waffe fallen, Mr. Cardigan!« Der schlanke Schwarze, der im Eingang stand, trug einen konservativen grauen Anzug. In seiner linken Hand hielt er eine Laserwaffe, in der rechten ein Bündel Papiere, die nach offiziellen Formularen aussahen. »Ich bin Quincy McCanyon von der Bundesaufsichtsbehörde.«

»Wenn Sie bitte einen Blick auf diese Papiere werfen würden, Mr. Cardigan, werden Sie feststellen, daß ich Genehmigungen für alle meine Aktionen besitze.«

»McCanyon«, überlegte Chatman in seinem Rollstuhl. »Ja, ich habe von dem Kerl gehört. Der am häufigsten in diesem Zusammenhang gebrauchte Begriff war Bastard.«

Der BAB-Beamte warf dem Journalisten einen kurzen Blick zu. »Ich habe auch schon sehr viel über Sie gehört, Mr. Chatman«, teilte er ihm mit. »Gefährlicher Unruhestifter ist die Bezeichnung, mit der Sie am häufigsten beschrieben werden.«

Jake hatte die verschiedenen Formulare durchgesehen. »Sie beabsichtigen, mich in Gewahrsam zu nehmen, McCanyon?«

»Es ist lediglich aus Washington eine Aufforderung gekommen, Sie zu befragen, Mr. Cardigan«, erklärte der Beamte und nahm die Papiere wieder an sich. »Das ist, wie Anordnung 203/X deutlich formuliert, keine Verhaftung. Wir begleiten Sie nur, um . . .«

»Trinity«, brummte Chatman und rollte seinen Stuhl zum Eingang hinüber, um einen Blick in den Korridor zu werfen. »Ich wette, daß dieses rothaarige Ekelpaket dahintersteckt.«

»Da liegen Sie völlig falsch, Mr. Chatman.«

»Verdammt! Draußen liegt einer meiner Wachroboter total im Eimer auf seinem Blechhintern.«

»Vielleicht hätten Sie ihn anweisen sollen, etwas schneller auf eine behördliche Zutrittsgenehmigung zu reagieren«, schlug der Regierungsbeamte vor. »Also, Mr. Cardigan, wenn Sie sich jetzt bitte bereitmachen würden, mich zu begleiten.«

Chatman schloß die Tür. »Du bist nicht verpflichtet, mit ihm zu gehen«, sagte er zu Jake. »Wir holen Georgia Petway, und sie wird diesem Kerl einen Knüppel zwischen die Beine werfen.«

»Meine Order läßt sich nicht so ohne weiteres aufheben«, sagte McCanyon ungeduldig, während er die Papiere in einer Tasche seines grauen Anzugs verschwinden ließ. »Wenn Sie jetzt bitte mitkommen würde, Mr. Cardigan. Unser hiesiges Büro befindet sich . . .«

Plötzlich preßten sich seine Ellbogen gegen die Rippen, und seine Finger spreizten sich, so daß ihm die Laserpistole aus der Hand fiel und zu Boden polterte.

Ein Betäubungsmittel war knisternd aus der rechten Armstütze von Chatmans Rollstuhl geschossen und hatte den Regierungsbeamten in die Brust getroffen.

Als McCanyon bewußtlos zu Boden stürzte, machte Jake einen Satz und griff nach der Laserwaffe. »Das ist ein sehr nützliches Gefährt, Joe«, bemerkte er, hob seine Betäubungspistole wieder auf und steckte sie ein.

»Ein guter Freund hat mir geholfen, ihn ein wenig zu modifizieren.« Er berührte eine Stelle auf der linken Armlehne, worauf eine Tür in der gegenüberliegenden Wand leise zur Seite glitt. »Du bringst jetzt lieber deinen Hintern in Sicherheit, Jake. Geh die Treppe dort runter, dann kommst du einen halben Block von hier entfernt auf die Straße. Anschließend . . .«

»Was passiert mit ihm?« Er tippte mit der Stiefelspitze gegen den zusammengebrochenen BAB-Beamten.

»Ich habe einen Freund, der mir dabei helfen wird, diesen Kerl woanders hinzubringen und für eine Weile aus dem Verkehr zu ziehen«, beruhigte Chatman ihn. »Georgias Adresse hast du doch, oder? Geh zu ihr und sieh zu, daß sie dir hilft, Dr. Mel Winter aufzutreiben.«

»Ich würde schon gerne mit ihm reden. Aber bist du sicher, daß . . .«

»Du scheinst langsam alt zu werden. Früher hast du dich viel mehr bewegt und weniger geredet.«

Als er zur Öffnung in der Zimmerwand hinüberging, blieb Jake kurz stehen, um seinem Freund vorsichtig die Laserpistole in den Schoß zu legen. »Danke, Joe. Ich bin wirklich . . .«

»Mach endlich, daß du wegkommst«, drängte Chatman. »Bevor noch mehr Idioten hier aufkreuzen, um nach dir zu suchen.«

27

Der kleine Magnetbahnwagen schwebte schnell und leise durch den düsteren Tunnel. Natalie und Gomez teilten die Kabine mit einem verkupferten Robotfahrer. Der Roboter trug einen Overall mit dem Aufdruck HEDLEYS VERJÜNGUNGSSTRAHL. Die rothaarige Reporterin hielt ihre Videokamera auf den Knien.

»Erklär es mir noch mal, da ich deine Motive immer noch nicht nachvollziehen kann«, sagte sie gerade.

Der Detektiv, der zwischen ihr und dem massigen Robotfahrer eingezwängt saß, antwortete: »Ich komme nur mit, damit du in angenehmer Gesellschaft bist, *chiquita.*«

»So wie du dein Essen hinuntergeschlungen hast, hatte ich eher den Eindruck, du könntest es nicht ertragen, sehr lange in meiner Gesellschaft ...«

»Genau das ist es. Ich habe eingesehen, daß ich dir einen falschen Eindruck vermittelt hatte, weil du schließlich die erste Reporterin warst, die den berühmten Carlos Taffy interviewt hat«, erklärte er. »Um also mein nach wie vor vorhandenes Interesse an dir zu bekunden, beschloß ich, dich zu begleiten. Und es wird sehr lehrreich sein, eine so hervorragende Skandaljournalistin bei der Arbeit ...«

»Ach, quatsch keinen Unsinn! Das Interview mit diesem geistlosen Dummkopf ist nur deshalb so wichtig, weil ich damit meine Bosse beeindrucken kann, aber es war keineswegs eine große intellektuelle oder journalistische Leistung.«

»Aber wie du es schnell und unkompliziert hingekriegt hast, uns einen Zugang zum Inneren dieses Satelliten zu verschaffen und mit diesem Versorgungsfahrzeug direkt ins Herz von Madame Sonjas Etablissement befördert zu werden – das hat mich beeindruckt, Nat.«

Der große kupferne Roboter meldete sich zu Wort. »Ich glaube, dieser Idiot will dich veralbern, Schwester.«

»Konzentriere dich aufs Fahren«, riet ihm Gomez.

»Das macht die Kiste schon von ganz allein, Kumpel. Ich bin nur da, um einen guten Eindruck zu machen.«

»Langsam dämmert es mir«, sagte Natalie, »was ich für ein Trottel bin, Gomez, daß ich nicht eher erkannt habe, worauf deine miese kleine Hinterlist hinausläuft.«

»Wie meinen?«

»Du brauchst natürlich eine Methode, um heimlich in den Laden zu gelangen, und da du ganz genau weißt, wie du mich für deine egoistischen Ziele gewinnen kannst, hast du dir eine Geschichte ausgedacht, die mich . . .«

»*Momentito,* Nat«, unterbrach er ihren Redefluß. »Carlos Taffy hält sich tatsächlich dort unter falschem Namen auf. Das hast du selber bestätigt, bevor du deine Beziehungen hast spielen lassen, um uns einen unbemerkten Zugang zu verschaffen. Also kannst du mir nicht vorwerfen . . .«

»Aber ja, dieser Dummkopf ist wirklich dort, und ich werde auch mein Interview bekommen. Aber du, gerissener Schurke, der du bist, du hast einen ganz anderen Grund, aus dem du mich begleitest.«

»Soll ich dem Trottel eine knallen, Lady?«

»Nein, mir wird immer übel, wenn jemand ihm die Tracht Prügel verpaßt, die er eigentlich verdient hat.«

Gomez setzte einen reuevollen Gesichtsausdruck auf. »Also gut, Natalie«, sagte er in zerknirschtem Tonfall. »Ich gebe zu, daß ich einen ganz unbedeutenden Grund habe, weswegen ich unbemerkt in Madame Sonjas Etablissement schlüpfen möchte.«

»Genau das habe ich mir gedacht. Es hat zweifellos mit dem Fall zu tun, der dich überhaupt nach New Hollywood geführt hat und über den du mir bis jetzt immer noch nichts verraten hast.«

»Es handelt sich um ebendiesen Fall, *sí*«, gestand er ihr. »Weißt du, *cara,* es gibt da einen sehr bekannten Politiker aus Groß-Los-Angeles, der sich mit einer Tasche voller wichtiger Disketten davongemacht hat. Sie enthalten Informationen, die gewisse seiner Kollegen nur ungern für teures Geld von ihm zurückkaufen möchten. Erst vor wenigen Stunden erfuhr ich, daß er sich hier aufhält.«

»Und deshalb sollte ich dir helfen, an den Wachen und Sicherheitsleuten vorbeizukommen?«

Gomez nickte. »Ich habe es dir nicht früher gesagt, weil ich befürchtete, du würdest den Kerl alleine aufstöbern und die Informationen zu einer heißen Story verarbeiten. Dann wäre ich erledigt und Cosmos ebenfalls.«

»Mein lieber Gomez, du hättest doch nur – und ich bin wirklich überrascht, daß du mich nach all den langen Jahren nicht besser kennst –, du hättest mich nur bitten müssen, die Story zurückzuhalten, bis du den Mann geschnappt hast.«

»Wirklich? Wie konnte ich nur einen so falschen Eindruck von dir gewinnen?«

»Geh nur auf die Suche nach deinem Erpresser, während ich Carlos Taffy interviewe«, sagte sie. »Wir werden uns anschließend wieder hier im Tunnel treffen. Wenn du bereit bist, mir alles über die Sache zu erzählen, werden wir genügend Zeit haben, so daß ich Newz mit einer neuen Story beeindrucken und beweisen kann, daß ich immer noch ein Reporter-As bin.«

»Ausgezeichnet, Nat! Genau das werden wir tun.«

Lächelnd drehte sie sich in ihrem Sitz und legte ihm einen Arm um den Hals. Sie zog sich näher an ihn heran und gab ihm einen Kuß auf die Wange. »Alles vergeben und vergessen«, versicherte sie ihm.

»Du machst einen großen Fehler, Schwester«, sagte der Roboter.

Der schmutzigweiße Hund, ein kleiner verwahrloster Köter, stand breitbeinig auf einem unkrautverseuchten Stück ausgetrockneten Rasens mitten auf dem dunklen Hof. Er bellte aufgeregt einen zerbeulten, scheppernden Roboter an, der das Gras zu mähen versuchte.

»Laß mich in Ruhe!« beschwerte sich der lädierte Roboter.

Auf der Veranda aus roten Plastfliesen vor dem Bungalow drei des Apartment-Komplexes von Venice saß eine pummelige Frau Anfang Zwanzig. Die heruntergekommene Tek-Ausrüstung neben ihr auf der Treppe bestand aus einer verschmutzten Brainbox und verbogenen Elektroden. In ihrem Schoß lag eine alte Gitarre, und sie lachte den unglücklichen Robotgärtner aus.

»Norm meint, es wäre wichtig, bei den Leuten zu leben, mit denen er arbeitet«, erklärte Molly, als sie neben Dan den weißen Kiesweg entlanggging, der um den Rasen herumführte.

»Verschwinde, du Miststück!« warnte der Roboter den kläffenden Köter.

Als die junge Frau erneut lachte, fiel ihr die Gitarre aus dem Schoß.

»Norm wohnt drüben im Bungalow acht.«

»Ich frage mich langsam«, sagte Dan, während er ihre Hand fester griff, »ob es wirklich so klug war, hierher zu kommen.«

»Das ist ein gutes Training«, sagte sie.

Vor ihnen im Bungalow acht schrie plötzlich jemand vor Schmerz auf.

»Spuck's schon aus! Na, mach schon!« rief eine zweite Stimme.

Dan ließ Mollys Hand los und rannte zu Norm Porters Bungalow.

»Warte!« Sie lief ebenfalls los, holte ihn ein und griff dann unter ihren Rock. »Vielleicht können wir das hier gebrauchen.« Als sie ihre rechte Hand wieder hervorzog, hielt sie darin eine kleine Betäubungspistole.

»Woher hast du . . .«

»Paßt auf, was er macht!« kam eine weitere Stimme aus dem Bungalow. Die Tür des Hauses flog auf. Ein großer braungebrannter junger Mann mit übel zugerichtetem und blutigem Gesicht rannte hinaus in die Nacht.

»Norm!« keuchte Molly.

Ein zweiter junger Mann, gedrungen und zerlumpt, erschien in der offenen Tür.

»Laßt ihn zufrieden!« warnte Molly, die ihre Betäubungspistole mit beiden Händen hielt und damit auf ihn zielte.

»Geh zum Teufel, du Miststück!« Der zerlumpte junge Mann

machte einen Schritt nach vorn, um die Stufen hinunterzusteigen.

Dann packte ihn eine große Hand von hinten und zerrte ihn ins Haus zurück. »Zeit zu verschwinden, du Idiot!«

Norm hatte schwankend die Treppenstufen hinter sich gebracht. »Sie wollten . . . wollten wissen, wo . . .«

»Ruhig, ganz ruhig.« Dan spurtete los und fing den blutenden Sozialarbeiter auf, bevor er stürzte.

»Sie wollen Jimalla«, konnte Norm noch sagen, bis er das Bewußtsein verlor.

Roger Zangerly befand sich in einem Büro, in dem er eigentlich gar nicht sein durfte. Es war lange nach Feierabend, und in diesem Flügel von Mechanix International war es still und menschenleer. Die Nachtbeleuchtung ließ alles blaßgrün erscheinen.

Roger saß an einem Schreibtisch, an dem er eigentlich gar nicht sitzen durfte, und benutzte ein Computer-Terminal, zu dessen Benutzung er nicht berechtigt war. Er durfte eigentlich auch kein Wissen über die Methoden haben, wie er sich Zugang zu den Dateien der Sicherheitsabteilung verschaffte.

»Okay«, sagte er, »ich möchte gerne den gegenwärtigen Aufenthaltsort von Alicia Bower wissen.«

Der Computer schwieg fast zehn Sekunden lang. »Könnte ich bitte noch einmal Ihren ID-Code haben?« sagte er schließlich.

»Sicher, er lautet 1343K-JSG-94702.«

»Vielen Dank.« Weitere zehn Sekunden Schweigen folgten. »Es liegen keine Informationen über Alicia Bower vor, tut mir leid.«

»Mist.« Roger trommelte mit den Fingern auf der Tischplatte. »Na gut, wie steht es mit Rob Stinson, wo ist er zu erreichen?«

»Entschuldigen Sie bitte, aber könnten Sie Ihren ID-Code noch einmal wiederholen?«

»Den habe ich doch gerade genannt. Warum . . .«

»Nur noch einmal, bitte, wenn es Ihnen nichts ausmacht.«

»1343K-JSG-94702. Mach dir bitte diesmal eine Notiz, ja?«

»Sehr gut«, sagte die metallische Stimme des Computers. »Ich werde Ihnen die Information in wenigen Augenblicken übermitteln. Wenn Sie bitte solange hierbleiben und . . .«

»Nein, ich denke nicht.« Mit einem plötzlichen unguten Gefühl sprang Roger aus dem Stuhl und sprintete in Richtung Ausgang los.

Er schaffte es bis in den grün erleuchteten Korridor und stand einen Moment lang horchend da. Alles war noch genauso still wie vorher.

Aber er beschloß, daß es dringend an der Zeit war, das Gebäude zu verlassen. Sein Gespräch mit dem Sicherheitscomputer hatte eine sehr verdächtige Wende genommen.

Er ging schnell den gewundenen Gang entlang, bis er an den Eingang kam, der zu diesem Abschnitt des Gebäudekomplexes führte. Doch die dicke Metalltür öffnete sich nicht mehr auf seine Berührung.

Roger tippte einen Notfallcode in die Tastatur neben der störrischen Tür. Doch auch dadurch ließ sie sich nicht öffnen.

Er drehte sich um und lief den Weg zurück, den er gekommen war. Jetzt rannte er.

Von diesem Korridor zweigte ein weiterer ab. Die Tür am Ende mußte sich ohne Probleme öffnen lassen.

Er hatte also noch eine Chance, endlich aus dieser Abteilung zu verschwinden.

Doch auch diese Tür blieb verschlossen.

Roger lief erneut zurück.

Er fand einen dritten Ausgang und hastete einen düsteren Gang entlang.

Wieder eine verriegelte Tür.

Dann blieb er stehen und lehnte sich gegen eine blaßgrüne Wand. »Allmählich«, sagte er sich, »beginne ich die Orientierung zu verlieren.«

Er war sich nicht mehr ganz sicher, in welcher Richtung seine Abteilung innerhalb der Mechanix-Gebäude lag.

Der Korridor, in dem er sich jetzt befand, kam ihm überhaupt nicht bekannt vor. Außerdem gab es nirgendwo Schilder oder Leuchtpfeile.

Er atmete tief durch und setzte sich wieder in Bewegung. Dann fand er zu seiner Rechten eine weitere Tür. Sie ließ sich von ihm öffnen.

Er trat in den großen, schwach erleuchteten Ausstellungsraum. Darin befanden sich dreizehn niedrige Sockel, auf denen stumm und regungslos ebenso viele medizinische Roboter und Androiden standen.

»Das muß die medizinische Abteilung sein«, sagte er im Selbstgespräch. »Also müßte ich von hier aus wieder zurück zu meinem Büro kommen.«

Er ging los, um den Raum zu durchqueren.

»Armer Mr. Zangerly!«

Er blieb stehen und sah sich um.

Eine stämmige Robotkrankenschwester war von ihrem Sockel gestiegen und kam auf ihn zu. »Sie sehen ja gar nicht gut aus!«

»Eigentlich geht es mir sehr gut. Ich könnte nur einen Tip gebrauchen, in welche Richtung . . .«

»Sie haben ja Fieber!«

»Das kommt nur vom Laufen. Es ist . . .«

»Sie armer Kerl!« Die große Robotschwester packte ihn. »Sie werden sich nach diesem Schuß viel besser fühlen.«

28

Man konnte den Komplex schon aus einer Entfernung von mehreren Blocks in einem grellen, flimmernden Rot leuchten sehen. Er nahm fast einen Hektar Fläche ein, war aus großen, blitzenden Plastglasscheiben erbaut und ähnelte einer gigantischen Scheune. Darüber schwebte ein großes Leuchtschild und strahlte den Namen – DIE SCHEUNE – in die Nacht hinaus. Mindestens ein Dutzend Gleiter waren im Anflug auf den weiten Landeplatz, während Landfahrzeuge auf den ebenso großen Parkplatz dahinter zurollten.

»Recht imposant, nicht wahr?« sagte Georgia und tippte die Landekoordinaten in die Armaturen ihres Gleiters. »Und sehr raffiniert.«

»Erzählen Sie mir mehr darüber«, bat Jake.

»*Die Scheune* ist eine Art Vergnügungszentrum für die hiesigen Möchtegern-Abenteurer«, antwortete sie. »Aber darunter befindet sich ein Labyrinth mit diversen kriminellen Unternehmen. Viele davon sind dem Gesetz bekannt, werden jedoch aufgrund eines florierenden Systems von Bestechungen und Zuwendungen ignoriert.«

Der Gleiter setzte mit einem leichten Ruck neben einem Lastengleiter auf, der in Form eines riesigen Maiskolbens umgestaltet worden war.

»Und Sie sind sicher, daß Dr. Mel Winter irgendwo dort unten zu finden ist?«

»Verdammt sicher.« Sie stieg aus dem Fahrzeug. »Als Sie mich baten, ich solle mich nach seinem gegenwärtigen Aufenthaltsort erkundigen, habe ich einige Leute befragt. Angeblich befindet sich der gute Doktor hier und wartet auf eine Gelegenheit, diesen Staat zu verlassen. Offenbar ist man hinter ihm her, so daß er aus Farmland verschwinden will, bevor er sich wie Sharon Harker in Luft auflöst.«

Lärm und Musik drangen aus der Scheune. Der ganze Landeplatz und die Gehwege, die zu den Eingängen führten, waren durch das grelle Licht von den Wänden in flimmerndes Rot gebadet.

»Es kostet fünfzig Dollar Eintritt pro Person«, sagte Georgia. »Haben Sie soviel dabei?«

Er grinste. »Die Agentur ist mit Spesen recht großzügig.«

Eine große Robot-Vogelscheuche stand am Eingang. »Fünfzig Mäuse pro Nase«, verlangte sie von jedem Besucher.

Als Jake der Vogelscheuche hundert Dollar in Banx-Noten in die Handschuhe drückte, sagte sie: »Vielen Dank, Fremder. Fühlen Sie sich mit Ihrer Begleiterin hier wie zu Hause.«

»Blödsinn«, sagte Jake. »Wir müssen in diese Richtung hier.« Georgia nahm seinen Arm und führte ihn nach links.

Sie kamen an einem großen Tanzboden vorbei, auf dem sich mehrere hundert Square-Dancer tummelten. Auf einer Bühne spielte ein Quintett aus verkupferten Robotern, die in Overalls und Strohhüte gekleidet waren. Auf der Baßtrommel standen die Worte *Opa Gittfiedel & seine Tagelöhner.*

Als sie das Holzparkett passierten, geriet ein stämmiger junger Mann ins Stolpern und fiel ihnen vor die Füße. Auf dem Rücken seiner Jacke stand *Farmboy – die Kornkammer Amerikas im Herzen von Farmland* in Leuchtbuchstaben.

Jake bückte sich und half ihm auf. »Das ist einer meiner Lieblings-Werbesprüche«, sagte er.

»Wie?« Der junge Mann blinzelte. »Sind Sie auf Ärger aus, Fremder?«

»Um Gottes willen!«

»Komm jetzt.« Georgia drängte Jake weiter. »Laß dich mit Bauerntrotteln auf keinen Streit ein.«

»Unsinn, ich wollte doch nur freundlich sein, Madam.«

Dann hörten sie ein lautes Krachen rechts vor sich, das von Explosionsgeräuschen und dicken Rußwolken begleitet wurde. Der Weg führte an einer weiten Arena vorbei, wo eine große Menschenmenge einer Crash-Rallye zusah, die mit antiken Benzinfahrzeugen veranstaltet wurde.

»In dieser Gegend gibt es ein sehr reges Nachtleben«, bemerkte Georgia.

»Das sehe ich.«

Sie führte ihn in einen kleinen Nebengang. »Zuerst einmal müssen wir hier vorbeischauen.«

Es gab noch eine Scheune in der Scheune, ein großes rotes Gebäude aus Kunstholz. Über dem Eingang hing ein hölzernes Schild mit der Aufschrift HEUBODEN-FREUDENHAUS.

»Hallo, Leute!« wurden sie vom barfüßigen Roboter begrüßt, der rechts neben der Tür auf einem Strohballen saß. »Was kann ich für euch tun? Wir hätten da drei minderjährige Jungfrauen – menschliche, will ich damit sagen – neben unserem üblichen außergewöhnlichen Angebot an Androiden-Begleitern jeden Geschlechts.«

Georgia beugte sich zu ihm hinunter. »Wir sind geschäftlich hier, Zeke«, sagte sie zum Roboter. »Die Kürbisse hatten den ersten Frost.«

»Ah, ja, ich verstehe.« Er tippte sich mit einem silbrigen Zeigefinger gegen die Metallnase. »Geh nur immer geradeaus rein und dann durch die Tür zur Futterausgabe. Gehört dieser junge Spund hier zu dir?«

»Ja.«

»Dann kann er mit reingehen. Zu schade, Schwester, daß du geschäftlich hier bist. Wir haben hier nicht jeden Abend Jungfrauen, kann ich dir sagen.«

Hinter der angegebenen Tür führte eine schwach beleuchtete Rolltreppe in den unterirdischen Teil der Scheune. Am Ende befand sich eine weitere Tür, durch die sie in einen langen, gewundenen Metallkorridor gelangten.

Als sie die schwere Tür am Ende des Korridors erreichten, wurde ein Stück Wand rechts von ihnen durchsichtig und enthüllte einen kleinen, hell erleuchteten Raum.

Darin saß ein blonder junger Mann in einem Schaukelstuhl mit einem Lasergewehr, das auf seinen Knien lag. »Ja?« hörten sie seine verstärkte Stimme.

»Die Kürbisse hatten den ersten Frost«, rief Georgia in seine Richtung.

»Alles paletti.«

Die Wand wurde wieder undurchsichtig, und die Tür glitt auf.

Der nächste Korridor war länger, schmaler und besser beleuchtet. Am Ende stand ein kleiner, blasser Mann in einem ausgebeulten grünen Anzug.

Er trat nervös von einem Fuß auf den anderen. »Guten Abend, liebe Georgia.«

»Hallo, Ryder«, sagte sie. »Können wir jetzt mit Dr. Winter sprechen?«

Ryder trat noch ein paarmal von einem Fuß auf den anderen und brummte verstimmt. »Ich fürchte, du mußt dich noch eine Weile gedulden«, sagte er. »Dieser Narr hat gerade versucht, einen Abgang zu machen.«

»Ein Selbstmordversuch?«

»Sieht ganz danach aus. Sobald unsere Leute damit fertig sind, ihn auszupumpen und ihm Gegenmittel zu verabreichen, kannst du es gerne versuchen«, sagte er deprimiert. »Aber ich kann nicht versprechen, daß er jemals wieder in der Lage sein wird, ein Gespräch zu führen.«

»Verdammt«, bemerkte Jake.

29

Gomez steckte die Betäubungspistole in sein Schulterholster zurück. Er bückte sich, packte den betäubten grauen Wachroboter unter den metallischen Achselhöhlen und zerrte ihn von der Stelle hinter der hohen holographischen Hecke weg, wo er postiert gewesen war, in die schmale Gasse zwischen den zwei bescheidenen Villas.

Als er sich der hellgrünen, simulierten Hecke erneut näherte, ließ er seinen Blick über den künstlichen Rasen wandern. *Sin falta . . .* Hier sind die Kontrollen des Überwachungssystems.«

Er kniete sich hin und zog ein kleines Werkzeugetui aus der Tasche. Vorsichtig entfernte er die kleine Platte, die die Kontrollen bedeckte. In weniger als sechs Minuten hatte er das gesamte Alarmsystem desaktiviert, das die Villa schützte, in der Sheldon Gates sich versteckte.

Gomez ließ das Etui wieder in der Tasche verschwinden, zwängte sich durch die simulierte Hecke und ging auf die leere weiße Wand der Villa zu.

Wie er erwartet hatte, gab die milchige Plastglastür mit der Aufschrift VERSORGUNGSEINGANG keinerlei warnende Geräusche von sich, als er sich am Schloß zu schaffen machte.

Langsam und vorsichtig schob er die Tür auf. Das Luftzirkulationssystem blies den Duft nach Wildblumen in den langen leeren Korridor, den Gomez jetzt betrat.

Er blieb stehen und horchte.

». . . berichtete ein Sprecher der Internationalen Drogenkontrollagentur über eine erfolgreiche Razzia in einer Fabrik für Tek-Chips im Tristate-Bezirk, die heute vormittag durchgeführt wurde . . .«, meldete die tiefe, glatte Stimme eines Nachrichtensprechers im anliegenden Raum.

Nach dem Grundriß, den Gomez sich eingeprägt hatte, kam die Nachrichtensendung aus dem unteren Videoraum.

Und mit großer Wahrscheinlichkeit befand sich der flüchtige Shel jetzt darin, um sich über die Ereignisse des Tages informieren zu lassen.

Gomez blieb, wo er war, und zog erneut seine Betäubungspistole.

». . . unterzeichnete der Präsident heute die Wohlfahrtsgesetze für die Veteranen des letzten Brasilianischen Krieges . . .«

Nickend machte sich der Detektiv auf den Weg durch den Korridor.

Leise näherte er sich der Tür zum unteren Videoraum. Mit seiner freien Hand griff er nach dem Türknauf. Er schob die Tür auf und ging an der Türschwelle mit schußbereiter Waffe in Deckung.

»Ich soll dir Grüße von deinen Freunden bestellen, Shel«, sagte er und zielte mit seiner Waffe auf den braungebrannten blonden Mann.

Sheldon Gates hatte lässig in einem Sessel gesessen und auf die Videowand gesehen. Er war knapp zwei Meter vom Detektiv entfernt.

»Ho!« rief er. Dann sprang er zu Gomez' nicht unerheblicher Verblüffung aus dem Sessel, stürmte direkt auf ihn zu und rammte ihm seinen kurzgeschorenen Schädel in den Magen.

Ein kühler Wind wehte vom dunklen Pazifik herüber. Das Echtholzschild, das vom geneigten Schindeldach der Oceanfront-Klinik baumelte, schepperte und quietschte.

Auf dem aufgebrochenen Gehweg neben dem Eingang verkaufte ein neongeschmückter Roboter Sojadogs und Linsenburger. »Man ist, was man ißt«, krächzte er, während sein Körper purpurrot, golden und dann meeresblau leuchtete.

Dan und Molly gingen an ihm vorbei und betraten die Klinik.

Im Vorzimmer saß ein mütterlich wirkender Roboter mit geblümter Schürze in einem Schaukelstuhl und bestickte ein Handtuch. »Du meine Güte, ihr zwei seid ja völlig blutüberströmt!« Der Roboter sprang auf. »Was habt ihr um Himmels willen . . .«

»Es ist nicht unser Blut«, erklärte Dan. »Ein Freund von uns wurde zusammengeschlagen.«

»Wir kommen gerade von der Notaufnahme, wo wir ihn abgeliefert haben«, fügte Molly hinzu.

»Ich glaube, Dr. Moreno könnte uns vielleicht helfen«, sagte Dan.

»Also, ich würde sagen, das kann er bestimmt. Ihr armen Kinder wartet solange hier, bis ich ihn . . .«

»Was ist da für ein Lärm, Moms?« Dr. Moreno stapfte herein, während er einen Becher mit dampfendem Kräutertee in der Hand hielt.

»Dr. Moreno?« fragte Dan und trat auf ihn zu. »Ich bin Dan Cardigan, und das ist Molly Fine. Mein Vater arbeitet als Detektiv bei Cosmos und . . .«

»Ja, ich habe von ihm gehört. Ich hatte sogar mit seinem Partner Sid Gomez zu tun. Das war erst vor . . .«

»Ich weiß. Mein Vater hat mir ziemlich viel über den Fall erzählt, mit dem er gerade beschäftigt ist.«

»Hat der Ärger, in den ihr geraten seid, auch etwas mit Alicia Bower zu tun?«

»Es sieht ganz danach aus«, antwortete Molly. »Und vielleicht auch mit Jimalla Keefer.«

»Jim? Was hat sie . . .?«

»Also, es ist folgendes geschehen«, sagte Dan und erzählte dem bärtigen Therapeuten, warum er und Molly nach Venice gekommen waren und was Norm Porter zugestoßen war.

»Norm hat uns erzählt«, fügte Molly hinzu, »daß diese Schläger wissen wollten, wo sie Jimalla finden würden. Und sie haben Wert darauf gelegt, daß weder er noch sonst jemand mit ihr spricht, bevor sie sie gefunden haben.«

»Verdammt, es scheint, daß Jim wieder in Schwierigkeiten ist.« Moreno kratzte sich seinen angegrauten Bart.

»Ich hatte gehofft, da Sie sie recht gut kennen, daß Sie vielleicht eine Ahnung hätten, wo sich Jimalla aufhält«, sagte Dan hoffnungsvoll. »Es ist wichtig, daß sie gefunden wird, bevor diese Kerle es tun.«

Moreno nickte und stellt den Becher auf dem Tresen ab. »Ich kenne ein paar Orte, an denen man nachsehen könnte«, sagte er zu ihnen.

»Du hättest mich nicht so überfallen dürfen«, beschwerte sich Gates, der wieder in seinem Sessel saß und sich den Kopf hielt. »Meine Reaktion ist auch als das Syndrom einer in die Enge getriebenen Ratte bekannt. Es manifestiert sich in irrationaler Panik und einem Fluchtreflex, auch wenn die Erfolgschancen . . .«

»Ich schlage vor, wir kommen jetzt endlich zur Sache, sonst machst du demnächst eine Erfahrung mit dem Syndrom eines Tritts in den Hintern.« Gomez hockte mit der Betäubungspistole in der Hand auf der Armlehne des orangefarbenen Plastsofas.

Gates rieb sich den Schädel und zuckte zusammen. »Du mußt wissen, daß das Gehirn eine sehr empfindliche . . .«

»Ich bin wirklich sehr an deinem Gehirn interessiert«, versicherte der Detektiv ihm. »Besonders an den dort gespeicherten Erinnerungen über die Ereignisse, die zu deiner überstürzten Abreise aus GLA führten.«

»Ich habe Ford Jaspers nicht umgebracht.«

»Aha?«

Gates rückte sich in seinem Sessel zurecht. »Du siehst mich an, als würdest du mir meine Unschuld nicht abkaufen, Sid«, sagte er. »Das liegt nur daran, daß ich leider dazu neige, einen Eindruck der Schuld zu erwecken, auch wenn ich überhaupt nichts . . .«

»Na gut, wer hat also die alte Knallcharge umgelegt?«

Gates warf einen Blick zur Decke. »Trotz meiner Karriere ist es mir schon immer schwergefallen, über andere zu plaudern«, gestand er ein. »Ich glaube, das geht auf ein Ereignis in meiner Kindheit zurück, als meine liebe Mutter, ohne daß man ihr dafür die Schuld geben könnte . . .«

»Wer hat es getan, Shel?«

»Nun«, sagte Gates leise, »es war Myra Ettinger.«

»Die Geschäftsführerin von Mechanix International? Was hat sie dazu veranlaßt?«

Gates atmete tief ein und hielt die Luft einige Sekunden lang an. »Laß mich ein bißchen ausholen, damit . . .«, begann er.

»Aber nicht wieder bis in deine Kindertage, *por favor.*«

»Nein, aber ich will dir erklären, warum ich mich Dr. Morenos Therapiegruppe angeschlossen habe«, sagte er. »Weißt du, es ist traurig, daß ich so etwas nicht schon früher gemacht habe. Ich habe einige bedeutende Erkenntnisse gewonnen, wie kaputt es tatsächlich in meiner Seele . . .«

»Jemand hat dich beauftragt, daran teilzunehmen, nicht wahr?«

»Ja, richtig. Es war Myra. Sie weiß . . . also, es fällt mir nicht leicht, das zuzugeben, Sid, denn ich habe immerhin einen Ruf als Untergrundagent und . . .«

». . . als Spitzel.«

»Unschöne Bezeichnung, aber zutreffend. Jedenfalls kam Myra auf mich zu und arrangierte, daß ich in Alicia Bowers Gruppe eingeschleust wurde.«

»Und was war der Grund?«

»Sie wollten wissen, was ihre Probleme waren, wovon sie dort erzählen würde.« Er rieb sich erneut den Kopf. »Sie befürchteten, sie würde sich an etwas erinnern.«

»Wer sind ›sie‹?«

»Also, auf jeden Fall Myra und ein Typ namens Bernard Zangerly, der ein paarmal dabei war. Ich bin mir nicht ganz sicher, aber offenbar gehört auch ihr Vater dazu, Alicias Vater. Und die ganze restliche Mechanix-Bande natürlich.«

»Was waren das für Erinnerungen, vor denen Sie Angst hatten?«

»Das weiß ich nicht, Sid. Ich meine, wenn sie es mir gesagt hätten, wäre ich für sie doch genauso gefährlich wie Alicia, nicht wahr?«

»Warum hat man sie nicht einfach getötet, wenn sie so gefährlich war, statt sie nur zu bespitzeln?«

»Ich glaube, Myra wäre dazu bereit gewesen, aber ihr Vater hat es natürlich nicht erlaubt. Ich schätze, er liebt sie, obwohl ich am besten weiß, daß elterliche Zuneigung manchmal seltsame und verschlungene Wege . . .«

»Was stimmte nicht mit Alicias Erinnerungen – oder ihrem Gedächtnisverlust?«

Gates schüttelte den Kopf. »In gewisser Weise handelt es sich um Gedächtnisverlust, nur daß er künstlich herbeigeführt wurde«, sagte er. »Zumindest ließen Myras Bemerkungen so etwas ahnen. Dann schien ihre Erinnerungsblockade langsam aufzuweichen, wodurch sie sehr beunruhigt waren.«

»Und hier kommt Tin Lizzie ins Spiel?«

Gates interessierte sich plötzlich wieder für die Decke. »Ich denke schon, Sid, aber ich habe keine Ahnung, wer oder was Tin Lizzie ist.«

»Wirklich nicht?«

»Nein, ehrlich, auch wenn ich jetzt vielleicht den Eindruck auf dich mache, ich würde dich anlügen.«

»Welche Rolle spielt Ford Jaspers in diesen Machenschaften?«

»Ich muß leider immer wieder feststellen, daß man niemandem vertrauen kann. Eigentlich hätte mir das schon früher bewußt werden müssen, wie mir verschiedene Ereignisse in meiner Jugend deutlich gemacht haben. Trotzdem schätze ich Ford als einen bedauernswerten, in Vergessenheit geratenen Schauspieler. Doch dann stellte sich heraus, daß er sich seit einiger Zeit als Erpresser betätigte und ...«

»Den Teil der Geschichte kenne ich bereits. Warum hat Myra ihn getötet?«

»Als er mich in jener Nacht besuchte, war Myra zufällig auch anwesend«, sagte Gates und rückte unruhig in seinem Sessel hin und her. »Ich habe Myra nicht nur regelmäßig über Alicia informiert, sondern ... also, ich weiß auch nicht wieso, aber ich scheine gelegentlich eine große Ausstrahlung auf ältere Frauen auszuüben. Jedenfalls war sie bei mir im Schlafzimmer, als Ford an die Tür kam. Es stellte sich heraus, daß er mich durchschaut hatte und mich verfolgte. Als Alicia verschwunden war, beschloß er wohl, wieder etwas Geld einzutreiben. Er wußte, daß ich Berichte an Mechanix ablieferte und daß sie sich über irgend etwas Sorgen machten. Er hatte sich vorgestellt, ich sollte Mechanix überzeugen, ihm eine dicke Summe zu zahlen – der alte Narr wollte doch tatsächlich eine Million Dollar –, ansonsten würde er sein Wissen an die Medien weitergeben. Und just in diesem Moment kam Myra aus dem Schlafzimmer, splitterfasernackt, wie sie war, und erschoß ihn mit ihrer Laserpistole. Und das ausgerechnet in meiner Wohnung!«

»Weißt du, wo sich Alicia Bower aufhält?«

»Nein, Sid, wirklich nicht. Ich weiß nur, daß auf meinen Bericht über ihre auflebenden Erinnerungen hin beschlossen wurde, sie verschwinden zu lassen.« Er strich sich vorsichtig über die wunde Stelle an seinem Kopf. »Ich weiß nicht, wer sie sich geschnappt hat, wie es geschah oder wohin sie gebracht wurde.«

»Ist sie noch am Leben?«

»Das hoffe ich sehr. Sie war eine sehr nette junge Frau, und einige ihrer Erlebnisse konnte ich sehr gut nachempfinden, weil . . .«

»He, laß die Waffe fallen und hör auf, meinen Shelly zu belästigen!« Eine stämmige silberhaarige Frau um die Fünfzig war plötzlich in die Tür getreten. In jeder ihrer dicken, beringten Hände hielt sie eine Laserwaffe.

»Mutter«, sagte Gates, »du sollst mich doch nicht mehr Shelly nennen!«

30

In der Ecke gab es einen holographischen Kamin mit einem Stapel brennender Holzscheite, doch der kleine unterirdische Raum war trotzdem feucht und kühl. Ryder stand am Fuß des Messingbettes, trat von einem Fuß auf den anderen und sah ab und zu in Richtung der Tür, durch die Georgia vor ein paar Minuten hinausgegangen war.

Ein schwergewichtiger, grauhaariger Mann stand neben dem Bett und sah den mageren, kahlköpfigen Mann an, der auf der zerwühlten bunten Decke lag. »Du wirst es schaffen«, sagte er.

»Ich bin gar nicht so versessen darauf, es zu schaffen«, sagte Dr. Winter mit leiser Stimme. »Diese Kapseln, die ich mir aus dem Zentrum besorgt habe, hätten eigentlich . . .«

»Wenn Sie mit dem Gejammer fertig sind« sagte Jake, der auf der anderen Seite des Bettes stand, »würde ich gerne mit Ihnen reden.«

»Wer zum Teufel sind Sie?« Winter stützte sich mit den Ellbogen auf. »Wie sind Sie hier hereingekommen?«

»Jake Cardigan«, antwortete er ruhig.
»Ach ja, natürlich. Dieser aufdringliche Detektiv.«
»Wo ist Alicia Bower?«
»Gehen Sie weg, Cardigan! Ich bin heute zu der Erkenntnis gelangt, daß ich den Streß und die Lügen meines Lebens nicht mehr ertragen kann«, erklärte Winter. »Als mir klarwurde, welchen Schaden ich angerichtet habe, beschloß ich, einen Schlußstrich zu ziehen.«
»Meinetwegen können Sie es gerne noch einmal versuchen, sobald ich verschwunden bin.« Jake beugte sich herab und packte den Arzt am Hemdkragen. »Befindet sie sich im Mentor-Zentrum?«
»Ja, und jetzt lassen Sie mich bitte los!«
Jake zog ihn noch näher zu sich heran. »Wo genau?«
»Es spielt jetzt keine Rolle mehr, Cardigan«, sagte der Psychiater. »Ich habe eine Weile geglaubt, daß ich mit Sharon Harkers Hilfe endlich etwas erreichen könnte. Als sich das als totaler Reinfall erwies, dachte ich, daß ich zumindest mich selbst heil aus der Affäre ziehen könnte. Nach Europa gehen, eine Weile von der Bildfläche verschwinden, eine neue Identität annehmen und vielleicht sogar wieder auf meinem Fachgebiet arbeiten. Aber als ich hier in diesem trüben Loch hockte, merkte ich, daß es besser wäre, wenn ich einfach . . .«
»Ja, das Leben ist manchmal traurig«, unterbrach ihn Jake und ließ seinen Kragen los. »Lassen Sie uns auf den Grund zurückkommen, aus dem Alicia Bower hierher gebracht wurde.«
»Eigentlich wurde sie ins Zentrum *zurück*gebracht. Von diesem rücksichtslosen Cyborg, Sam Trinity.«
Jake setzte sich auf die Bettkante. »Was hat ein Regierungsbeamter mit dieser Sache zu schaffen?«
»Ich weiß immer noch nicht über alles Bescheid, Cardigan. Allerdings scheint mir, daß Mechanix International und das Büro für Geheime Angelegenheiten gemeinsam an einer sehr geheimen und scheußlichen Sache arbeiten.«

»Und Alicia hat etwas darüber herausgefunden?«

»Genau, aber weil sie die Tochter von Owen Bower ist, waren sich alle einig, daß man sie mit Samthandschuhen anfassen mußte«, fuhr er fort. »Also wurde sie der Obhut Dr. Isaac Spearmans übergeben und . . .« Winter stockte, legte sie eine Hand über die Augen und begann zu weinen. »Mein Gott, an welchen Dingen ich beteiligt war, Cardigan! Zu Anfang habe ich einfach mitgemacht, aber als sie das arme Mädchen zum zweiten Mal herbrachten, war es . . .« Er wand sich auf seinem Lager, zerrte ein Taschentuch aus seiner Hosentasche und trocknete damit seine Augen.

»Spearman hat sie irgendwie bearbeitet, damit sie alles vergessen würde, was sie nicht wissen sollte?«

»Ja, das war vor etwa einem Jahr«, antwortete Winter. »Das Problem war nur – und das ist übrigens das Hauptproblem bei sämtlichen von Spearman entwickelten Elektroniktherapien –, daß die Kur nicht immer . . .« Er lachte. »Mein Gott, ich rede genauso wie dieser Schweinehund! Es ist keine Kur, sondern eine Prozedur. Jedenfalls kamen ihre Erinnerungen offenbar doch zurück, Cardigan. Das machte Trinity und gewissen Leuten bei Mechanix große Angst. Aber da sie nun einmal die Tochter des Chefs war, wollte niemand sie für immer zum Schweigen bringen.« Er lachte erneut. »Sie beschlossen, daß es am besten wäre, sie zu Spearman zurückzubringen, damit er es noch einmal versuchte.«

»Und worum handelt es sich bei Tin Lizzie?« wollte Jake wissen.

Dr. Winter sah ihn nachdenklich an. »Das ist der Spitzname einer der Robotkrankenschwestern in der Geschlossenen Abteilung, wo sich Alicia befindet. Woher wissen Sie . . .?«

Georgia stürmte in den kühlen Raum. »Wir kriegen Ärger, Leute«, verkündete sie.

Jake trat vom Bett zurück. »Was ist los?«

»Oben wurden einige BGA-Agenten gesichtet«, antwortete sie. »Es besteht die Wahrscheinlichkeit, daß sie irgendwann hier vorbeischauen.«

»Wir müssen Winter wegbringen«, sagte Ryder. »Und uns ebenfalls.«

»Nicht bevor er mir noch ein paar Fragen beantwortet hat«, sagte Jake.

Madame Sonja, deren zwei Laserpistolen immer noch auf Gomez zielten, war neben den Sessel getreten, in dem ihr Sohn saß. »Die Beule sieht ja schlimm aus!« sagte sie. »Bist du völlig sicher, Shelly, daß er dich nicht ernsthaft verletzt hat?«

»Mutter, er hat mir nur mit der Faust eine verpaßt. Mir geht es gut, wirklich!«

»Auf dem Arbeitsgebiet Ihres Sohnes, *Señora*«, bemerkte Gomez, der seine Betäubungspistole fallengelassen und die Hände erhoben hatte, »sind körperliche Verletzungen geradezu eine Berufskrankheit.«

»Du hast vielleicht Nerven«, sagte die Besitzerin des Schönheitssalons zu ihm. »Platzt hier einfach rein, tut meinem armen kleinen Shelly weh und . . .«

»He, Mutter, was habe ich dir über die Benutzung des Namens Shelly in Anwesenheit von Besuchern gesagt?«

»Dieser Gauner ist kein Besucher, er ist ein Eindringling – um nicht zu sagen ein Einbrecher.«

»Eine rein dienstliche Angelegenheit«, beschwichtigte Gomez. »Ihr kleiner Shelly ist zufällig auf der Flucht vor der Staatsgewalt, gnädige Frau. Das bedeutet, daß Privatdetektive, Kopfgeldjäger und ähnliche Leute sich das Recht herausnehmen werden, einmal vorbeizuschauen und . . .«

»Ich muß von hier verschwinden, Mutter.« Gates kam schwankend auf die Beine. »Mein Versteck ist nicht mehr sicher genug.«

»Setz dich!« Sie stieß ihn mit einem Ellbogen in den Sessel zurück. »Außer diesem Einbrecher weiß niemand, daß du hier bist. Also müssen wir uns nur eine sichere Methode ausdenken, ihn zum Schweigen zu bringen, Shelly.«

»Nein, das ist überhaupt keine gute Idee«, widersprach ihr Sohn. »Leute umzubringen ist nicht meine . . .«

»Wir werden ihn nicht umbringen«, sagte sie. »Wir werfen ihn nur für eine Weile in einen Lagerraum. Wir geben ihm ab und zu etwas zu essen und passen auf, daß . . .«

»Vergeßt nicht, Leute, daß die Detektivagentur Cosmos weiß, daß ich hier oben auf New Hollywood bin«, sagte Gomez. »Sie wissen auch, nach wem ich hier suche, und werden sehr schnell Nachforschungen anstellen, bevor ich in eurem Lagerraum verhungert bin.«

»Mutter, es wäre wesentlich einfacher, wenn ich einfach meine Sachen packe und mich an einem anderen Ort . . .«

»Uff!« sagte Madame Sonja. Sie hob sich plötzlich auf ihre Zehenspitzen, ließ ihre linke Laserwaffe fallen und dann die rechte. Mit einem dumpfen Knall fiel sie auf die Knie, schwankte eine Weile und stürzte dann auf den Fußbodenbelag.

»Mutter!« Gates kniete sich neben ihr hin.

Gomez drehte sich zur Tür um. Er hatte als einziger die Hand mit der Betäubungspistole bemerkt, die dort erschienen war, während Madame Sonja in eine Diskussion mit ihrem Sohn vertieft gewesen war.

»Ehrlich, Gomez, es kommt mir wie ein Wunder vor, daß du so lange in dieser Welt überlebt hast. Ich weiß, du hast mir auch schon einmal aus der Patsche geholfen, aber meistens scheinst du nicht in der Lage zu sein, auf dich selbst aufzupassen oder . . .«

»Wie kommst du denn hierher, Nat?«

Die rothaarige Reporterin trat in das Zimmer. »Ich weiß ja, daß du ein undankbarer Rüpel bist, also habe ich auch nicht gerade eine freudige Umarmung und ein herzliches Dankeschön erwartet, weil ich deinen armseligen Hals gerettet habe, dennoch würde ich . . .«

»Danke schön. Und wie hast du mich nun gefunden?«

»Indem ich dem Signal folgte, daß von dem winzigen Mikro abgegeben wurde, daß ich dir an die Jacke geheftet hatte, als wir uns voneinander verabschiedeten«, erklärte Natalie. »Weißt du, wenn du schlau zu sein versuchst, bist du so leicht zu durchschauen, daß mir sofort klar war, daß du einer ganz großen Sache auf der Spur bist. In der Hoffnung, dies könnte vielleicht die Top-Story sein, die ich so dringend brauche, habe ich ...«

»Ein Interview mit Carlos Taffy, *chiquita*, würde denselben Effekt haben.«

»Mit diesem Schwachkopf? Ein Gespräch mit ihm wäre genauso fruchtlos wie der grauenhafte Unsinn, den ich für die Idioten verzapfen muß.« Sie schüttelte den Kopf und lachte. »Aber das hier, Gomez, Insiderinformationen über das Verschwinden von Alicia Bower, das ist eine echte Story.«

»Ich bin ganz und gar nicht entzückt«, sagte Gates, als er aufstand und sie wütend anfunkelte, »miterleben zu müssen, wie Sie hier fröhliche Reden schwingen, kurz nachdem sie meine Mutter zur Strecke gebracht haben. Es riecht mir sehr nach dem rücksichtslosen Benehmen, das die Medien heutzutage allzuoft ...«

»Ach, hör mit dem Gerede auf!« sagte sie, richtete ihre Betäubungspistole auf Shel und drückte ab.

»Uff!« Der betäubte Mann versteifte sich, wedelte mit den Armen und fiel dann auf seine liegende Mutter.

Natalie nickte zufrieden. »Geh etwas suchen, in dem wir ihn wegbringen können – am besten einen Sack«, schlug sie vor.

»Warum sollten wir Shelly einpacken, *cara*?«

»Weil wir ihn in meiner Newz-Shuttle zurück nach Groß-L. A. bringen werden«, antwortete sie. »Er ist sehr wichtig für meine Story. Wenn ich nicht ganz falsch liege, wird mich dies in meine ehemalige hohe Stellung in der Medienbranche zurückkatapultieren. ›Wagemutige Reporterin schnappt Flüchtigen. Half mit, das Rätsel um die verschwundene Firmenerbin zu lösen.‹« Sie lächelte und nickte. »Und wenn dir das noch nicht imponiert, Gomez, denk daran, daß ich gerade dein armseliges Leben gerettet habe. Ich würde es sehr schätzen, wenn du mit der Videokamera eine Aufnahme machen würdest, wie ich über diesem Kerl stehe. Nach meiner Erfahrung lassen sich die Tölpel durch solche plumpen Bilder, die den Berichterstatter in die Handlung einbeziehen, mächtig beeindrucken, und es verleiht der Story viel mehr Nachdruck. Ich habe meine Videokamera draußen in der Hecke versteckt. Wartest du bitte so lange, bis ich sie geholt habe?«

»Wir haben jetzt wirklich keine Zeit für eine Fotosession. Wir sollten . . .«

»Aber natürlich sollten wir das«, sagte sie.

31

Das Piraten-Museum war in einer nachgebauten Galeone untergebracht, die in einem der alten Kanäle des Bezirks Venice ankerte. Das Museum war seit etwa einem Jahr geschlossen, und der Kanal schon seit etwas längerer Zeit trockengelegt. Der nächtliche Wind stöberte trockene Blätter auf dem rissigen Kanalboden auf, als Dr. Moreno Molly und Dan über die wackelige Planke auf das Museumsschiff führte.

Von der Reling aus beobachtete sie ein vollbärtiger Pirat, der sich ein ausgebleichtes Tuch um den Kopf gewickelt hatte, während ein Auge von einer schwarzen Klappe maskiert wurde. »Willkommen an Bord, Landratten!« rief er.

Der Psychiater nickte dem Androiden-Piraten zu, als er an Deck kam. »Ist Salinas hier?«

»Ja, darauf können Sie Ihre Heuer verwetten, Doc.« Der künstliche Mensch zeigte mit seinem Daumen auf eine erleuchtete Kabine.

»Salinas ist hier Wachmann«, erklärte Moreno, »seit man diesen Laden geschlossen hat.«

Die Kabinentür schwang mit einem Knarren auf. Ein schlaksiger, wettergegerbter Mann um die Fünfzig kam heraus. Er trug einen zottigen Bart und eine zerlumpte Armeejacke aus den Brasilianischen Kriegen. Zum Sprechen benutzte er einen kleinen schwarzen Vocoder, der in seine Kehle eingepflanzt war. »Mensch, Dr. Moreno, es tut gut, Sie wiederzusehen.«

»Gleichfalls, Salinas.« Die Männer umarmten sich. »Das sind Molly Fine und Dan Cardigan, Freunde von mir.«

Salinas nahm auch die beiden in die Arme. »Willkommen an Bord!« sagte er.

»Wir suchen nach Jimalla Keefer«, sagte Dan zu ihm.

Salinas wich zögernd einen Schritt vor ihm zurück und warf dem Arzt einen Blick zu. »Ich nehme an, Sie verbürgen sich für die beiden.«

»Klar, es ist sehr wichtig, daß wir Jimalla finden«, antwortete er. »Ist sie hier?«

Salinas nickte. »Unten im Piratenbau«, sagte er. »Sie hat furchtbare Angst, aber ich kriege sie nicht dazu, mir zu verraten, was los ist.«

»Man sucht nach ihr«, sagte Molly. »Leute, die sie wahrscheinlich zum Schweigen bringen wollen, damit sie ihr Wissen nicht ausplaudert.«

»Das habe ich mir schon gedacht«, sagte der Wachmann. »Jim kreuzt meistens immer dann hier auf, wenn sie in irgendwelchen Schwierigkeiten steckt – aber ich denke, das wissen Sie schon, Doc.«

»Ja, das hier ist das dritte ihrer Schlupflöcher, wo wir nach ihr gesucht haben. Bisher hat ihr noch niemand etwas getan?«

»Nein, es geht ihr gut, keine Beulen oder Kratzer«, sagte Salinas. »Kommen Sie, ich bringe Sie zu ihr.«

Der Piratenbau ähnelte einer Höhle. An einer Wand standen Schatzkisten übereinandergestapelt, die vor funkelnden Goldmünzen, dicken Perlenketten und mit Rubinen und Smaragden besetzen Silberbroschen überquollen. An einem schweren Eichenholztisch in der Mitte saßen fünf reglose und stumme Piraten. Ihre rauhen, schnurrbärtigen Gesichter wurden von einer flackernden Kerze beleuchtet, die in einer verstaubten Rumflasche steckte.

Auf dem sechsten Stuhl saß ein mageres schwarzes Mädchen.

Als Salinas die künstliche Steinschwelle überschritt, sprang sie auf. »Was ist los?« fragte sie und wich in Richtung der Schatzkisten zurück.

»Nichts, Jim, alles in Ordnung«, beruhigte er sie. »Doc Moreno hat nach dir gesucht, das ist alles.«

Als sie Moreno sah, lief sie ihm entgegen und nahm seine Hände in ihre. »Harry«, sagte sie mit schwacher Stimme, »ich glaube, ich stecke wieder in sehr großen Schwierigkeiten.«

»Das glaube ich auch, Jimalla.« Er legte ihr seinen kräftigen Arm um die schmalen Schultern und drehte sie herum, daß sie Dan und Molly sehen konnte. »Aber ich bin mir ziemlich sicher, daß diese beiden dir helfen können.«

»Also, wenn du mich nach meiner ehrlichen Meinung fragst«, sagte Natalie, »sieht es gar nicht danach aus, als hätte er es bequem.«

»Nat, der *penedjo* ist immer noch bewußtlos. Bequemlichkeit interessiert ihn im Augenblick gar nicht.«

»Nun, ich meine nur, daß es diesbezüglich so etwas wie einen Verhaltenskodex gibt, ähnlich wie bei der Behandlung von Kriegsgefangenen. Ich will damit sagen, daß du ihn nicht wie einen Sack mit alten Kartoffeln auf den Boden der Shuttle-Kabine werfen solltest.«

»Du warst es, *chica*, die den Vorschlag gemacht hat, Shel in diesen Plastsack zu stecken.«

»Es wäre wesentlich besser und auch humaner, denke ich, wenn du ihm wenigstens ein Kissen unter den Kopf legen würdest.«

»Caramba!« bemerkte Gomez und löste wieder den Gurt seines Passagiersitzes.

Die offizielle Shuttle des Newz-Nachrichtendienstes war vor

neun Minuten vom New-Hollywood-Satelliten gestartet und befand sich nun mit Natalie an den Kontrollen auf dem Weg zum Raumhafen von Groß-Los-Angeles.

Gomez wich brummend dem Sack auf dem Boden aus und nahm ein Kissen von einem der übrigen Passagiersitze. Dann schob er es unter ein Ende des grünen Sacks, in dem sich der betäubte Sheldon Gates befand. »Das dürfte für ihn bequem genug sein.«

»Falsches Ende.«

»Que?«

»Du hast ihm das Kissen unter die Füße geschoben.«

»Nein, das ist sein Kopf.«

»Nicht daß ich dein Urteilsvermögen in Frage stellen will, obwohl es noch nie sehr zuverlässig war, aber am gegenüberliegenden Ende kann man seine Ohren unter dem Plaststoff erkennen.«

Murrend hockte sich Gomez hin und betastete den Sack. »Du scheinst recht zu haben, Nat. Seine Nase ist offenbar hier unten.« Er verschob das Kissen und kehrte zu seinem Sitz zurück.

»Wenn du mich jetzt bitte einen Augenblick entschuldigen könntest, würde ich gerne das Hauptbüro von Newz anrufen und den Idioten über die Wahnsinnsstory erzählen, die ich an Land gezogen habe. Sie werden . . .«

»Momentito, Nat«, bremste der Detektiv ihren Redefluß. »Die Tatsache, daß Alicia Bower vermißt wird, ist noch nicht publik gemacht worden.«

»Genau aus diesem Grund wird es eine wirklich umwerfende . . .«

»Wenn du diese Tatsachen enthüllst und auch noch Jake und mich erwähnst, könntest du uns damit die Chance vermasseln, sie jemals wiederzufinden.«

»Wie das?«

»In vielerlei Hinsicht.«

»Das ist, wie sogar dir klarwerden müßte, keine sehr überzeugende . . .«

»In einem Entführungsfall ist es üblich, *chica*, daß so lange wie möglich eine Nachrichtensperre aufrechterhalten wird.«

»Ist es das wirklich? Habt ihr Beweise, daß es sich tatsächlich um Kidnapping handelt?«

»Keine eindeutigen Beweise. Aber wir sind davon überzeugt, daß die junge Dame nicht aus freien Stücken von der Bildfläche verschwand.«

»Habt ihr wenigstens eine Ahnung, wer sie sich geschnappt haben könnte?«

»Es sind ziemlich viele Aspekte zu berücksichtigen. Aber im Augenblick ist es wirklich keine gute Idee, das Ganze hinauszuposaunen.«

»Na klar!« Sie schnippte mit den Fingern. »Ich habe schon seit über einem Jahr Gerüchte gehört, daß es eine Verbindung zwischen Mechanix International und diversen korrupten Geheimdiensten der Regierung geben soll.« Sie beobachtete Gomez' Gesicht, während sie weitersprach. »Offenbar entsprechen die Gerüchte der Wahrheit, natürlich, und diese Firmenerbin ist irgendwie in diese gefährlichen Verstrickungen hineingeraten. Du könntest mir auch gleich alle Einzelheiten mitteilen, da ich ohnehin . . .«

»Hör mir gut zu, *amiguita*«, sagte er. »In der Sache hängen offenbar höhere Regierungskreise mit drin. Und wenn du dich an meine Spielregeln hältst, werde ich, das verspreche ich dir hoch und heilig, alles erzählen, sobald ich . . .«

»Dein hohes oder heiliges Wort ist gewöhnlich, wenn du mir die vulgäre Ausdrucksweise verzeihst, einen Scheißdreck wert, Gomez.«

»Ich schwöre es!« sagte er und hielt zwei Finger hoch. »Gib uns noch ein paar Tage, bevor du an die Öffentlichkeit gehst. Wenn wir sie bis dahin nicht gefunden haben, dann kannst du . . .«

»Und was soll ich in der Zwischenzeit mit Sheldon Gates machen? Ihn im Sack schmoren lassen?«

»Du kannst ihn in GLA der Polizei übergeben«, sagte er.

»Shel wird wegen seiner Verwicklung in den Mordfall Ford Jaspers gesucht. Die Gesetzeshüter haben keine Ahnung, daß es etwas mit Alicia zu tun hat.«

»Aber nach dem, was ich von deiner Unterredung mit ihm belauschen konnte, ist die Geschäftsführerin von Mechanix die Mörderin. Sobald Sheldon plaudert und sie verrät, kommt vermutlich auch alles andere heraus.«

»Shel ist ein sehr schweigsamer Kerl. Die Polizei wird ein paar Tage brauchen, bis sie ihn überzeugt, überhaupt irgend etwas zu sagen.«

Natalie dachte einen Augenblick nach. »Okay, ich denke, die Überführung eines Mordverdächtigen ist auch eine ganz gute Story, um meine tyrannischen Chefs zu beeindrucken«, entschied sie. »Wenn ich ihnen dann auch noch die Verbindung zu Alicia Bower präsentiere, wird sie das gemeinschaftlich vom Hocker hauen.«

»Ohne Zweifel«, stimmte er zu.

»Wenn ich nur«, sagte sie mit einem erneuten Seitenblick, »nicht diese dumme Ahnung hätte, daß du mich immer noch hereinlegen willst.«

32

Es war fast Mitternacht, und vor den Fenstern von Walt Bascoms Büro im Turm II von Cosmos war kaum Verkehr zu sehen, nur ein paar grell leuchtende Gleitertaxis. Der Agenturchef saß auf der Schreibtischkante, ließ ein Bein baumeln und fingerte gedankenverloren an den Tasten seines Saxophons, während er Jimalla betrachtete.

Sie saß in einem roten Plastglasstuhl ein paar Meter von ihm entfernt und hatte die Hände in ihrem Schoß verschränkt. »Ich habe immer noch etwas Angst«, sagte sie zu ihm.

»Wir können Sie für eine Weile an einem sicheren Ort unterbringen«, versicherte Bascom ihr. »Wir werden Ihre Eltern benachrichtigen, daß wir . . .«

»Richtige Eltern habe ich eigentlich gar nicht«, sagte sie und sah zu Dr. Moreno hinüber, der aus einem Fenster des Büros starrte. »Nur meinen Dad, und dem ist es ziemlich egal, was mit mir los ist.«

»Wir werden ihn trotzdem benachrichtigen. Aber er wird nicht erfahren, wo genau Sie sich aufhalten. Ist das in Ordnung?«

»Ja, das wäre gut.«

»Als sie uns erzählt hatte, was sie weiß«, sagte Dan, »dachte ich mir, daß Sie informiert werden sollten. Nun, eigentlich dachte ich, ich sollte es meinem Vater erzählen, aber ich weiß nicht, wie ich ihn erreichen kann, also bin ich zu Ihnen gekommen, Mr. Bascom. Mit ihm ist doch alles in Ordnung, oder?«

»Sein letzter Bericht gab keinen Grund zur Sorge.«

»Aber er hat Alicia Bower immer noch nicht gefunden?«

»Soweit wir wissen, nicht.«

Molly beugte sich zu Jimalla hinüber, um ihr eine Hand auf den Arm zu legen. »Du kannst ihm jetzt erzählen, was du uns erzählt hast.«

»Das wäre wohl das beste.« Sie nahm ihre Hände aus dem Schoß, rieb sich die Knie und verschränkte sie wieder. »Ich kenne fast alle Leute in unserer Therapiegruppe ganz gut. Es sind nicht gerade Freunde, aber ich kenne sie.«

Dr. Moreno wandte sich vom Fenster ab und nickte dem Mädchen ermutigend zu.

»Guy Woodruff habe ich nie besonders gemocht, aber . . .«

»Guy Woodruff?« Bascom klopfte mit seinem Zeigefinger gegen das Saxophon. »Wir kennen ihn unter anderem Namen, aber sprechen Sie nur weiter.«

»Also, wir sind uns in Venice recht oft begegnet. In der betreffenden Nacht war ich im Café Kaminsky – du kennst den Laden doch auch, Harry.«

»Eine üble Spelunke«, bemerkte Moreno.

»Ja, in gewisser Weise schon. Ich saß da mit einem Freund und habe dann jemanden am Nebentisch reden hören. Ich konnte niemanden sehen, aber ich habe Guys Stimme wiedererkannt. Er sprach mit einem älteren Mann, Anfang Sechzig. Aber dieser Mann nannte ihn immer nur Sheldon und nicht Guy – aber das paßt ja ganz gut zu dem, was Sie eben gesagt haben. Auf jeden Fall sagte dieser alte Mann, daß eine gewisse Myra mit Sheldons Berichten gar nicht zufrieden wäre. Ob er glaubt, daß man ihm so viel Geld für nichtssagendes Gefasel bezahlen würde. Er sagte, Sheldon sollte jedes einzelne Wort notieren, das Alicia in den Sitzungen von sich gibt. Sie würden dann schon die wichtigen Fakten heraussuchen.« Jimalla entfaltete ihre Hände, spreizte die dünnen Finger und rieb sich wieder am Knie. »Da wurde ich dann neugierig. Also bin ich ganz vorsichtig zur Toilette gegangen. Sie haben mich nicht erkannt, aber ich habe die beiden genau gesehen. Es war wirklich Guy, der dort mit einem mageren, gutgekleideten Mann saß, der nicht sehr gesund aussah.«

»Sie haben den Namen des anderen Mannes nicht gehört?« fragte Bascom.

Sie schüttelte den Kopf. »Ich hatte das Ganze schon wieder vergessen. Aber als Alicia dann verschwand, habe ich mir doch so meine Gedanken gemacht«, erzählte sie. »Als Guy, oder wie er auch immer richtig heißt, bald auch vermißt wurde, war mir klar, daß hier was nicht stimmte. Dann habe ich . . . nun, ich glaube, das war sehr dumm von mir, aber ich habe ein paar Leuten davon erzählt, obwohl ich mir nicht mal sicher bin, was das alles zu bedeuten hat. Als ich am nächsten Tag nach Hause gehen wollte, versuchten ein paar Typen, mich zu greifen und in ihren Wagen zu ziehen. Dem einen habe ich mein Knie in die Eier gerammt, und dann konnte ich weglaufen, aber ich hatte große Angst. Dann habe ich meinem Freund Norm Porter alles erzählt.« Sie warf Molly einen Blick zu. »Molly sagte zu mir, daß einige Typen Norm verprügelt hätten, damit er ihnen verrät, wo ich zu finden bin. Das ist sogar noch unheimlicher.«

»Ich dachte mir«, sagte Dan, »Sie könnten vielleicht einen ID-Simulator einsetzen und anhand von Jimallas Beschreibung herausfinden, wer dieser ältere Mann ist.«

»Ja, das müßte sich machen lassen.« Der Agenturchef ging zu ihr und reichte ihr seine Hand. »Komm, wir wollen es einmal versuchen.«

33

Hinter dem Landeplatz für das Personal erhob sich das Mentor-Psychiatriezentrum, ein vielstöckiges Gebäude mit glatten Wänden, das im Morgenlicht grau wirkte.

»Sein Elektropaß hat uns auf den Parkplatz gebracht«, stellte Georgia fest, als ihr Gleiter sich auf die graue Oberfläche senkte. »Also müßte der andere Krempel, den Dr. Winter Ihnen geborgt hat, ebenfalls funktionieren.«

Jake löste seinen Sitzgurt. »Hineinzukommen wird nicht unser Hauptproblem sein.«

»Keine Wachen vor dem Personaleingang, genau wie Winter gesagt hat.« Sie stieg aus dem Gleiter.

»Aber sie dürften uns drinnen erwarten.«

Zielstrebig gingen sie über den ebenerdigen Landeplatz durch den grauen Morgen. Als sie die undurchsichtige Plastglastür erreichten, benutzte Jake den Elektroschlüssel, den der Psychiater ihm gegeben hatte.

Fünfzehn Sekunden vergingen.

Dann glitt die Tür mit einem leisen Zischen auf.

Der erste Korridor war leer und wies keine Türen oder Fenster auf. Kurz vor dem Ende blieben sie stehen.

Jake hob Georgia hoch, um sie auf den Armen zu tragen. Sie kicherte kurz, schloß dann die Augen und spielte die Bewußtlose.

Hinter der Biegung des Korridors befand sich eine große Tür mit der Aufschrift KONTROLLE/ÜBERWACHUNG 1. Direkt davor stand ein großer grauer Wachroboter, der die Arme über der massiven Brust verschränkt hatte.

Er wandte den beiden seinen Kopf zu. »Was machen Sie in dieser Abteilung?« fragte er.

»Schnell! – Wo ist Dr. Cohens Büro?« fragte Jake mit aufgeregter Stimme.

»Zu dieser Abteilung des Zentrums hat nur das Personal Zugang, Sir.«

»Ich weiß, aber Dr. Cohen gehört doch zum Personal, oder?« Jake kam dem Roboter näher.

»Wenn Sie Dr. Cohen sehen möchten – welchen Dr. Cohen meinen Sie überhaupt. Wir haben hier zwei dieses Namens und . . .«

»Stanley«, sagte Jake. »Hören Sie, irgendwas ist mit den Medikamenten nicht in Ordnung, die er meiner Frau gegeben hat – er sagte, es sei noch im Experimentierstadium, und wenn Sie mich fragen, sollte er nicht so gefährliche Sachen verschreiben. Jedenfalls habe ich sie heute morgen so im Badezimmer gefunden. Es ist Dr. Cohens – das heißt, Dr. Stanley Cohens Schuld, und wir . . .«

»Da hätten Sie einen Notarzt rufen sollen und nicht . . .uuh!« Georgia hatte ihren linken Arm gehoben und dem Roboter einen kleinen Parasiten, ein scheibenförmiges Kontrollgerät, an die Seite geheftet. »Okay, Sie können mich jetzt wieder runterlassen.«

Jake setzte sie ab und wandte sich an den Roboter. »Du wirst uns jetzt in den Kontrollraum lassen! Verstanden?«

»Ja, Sir.«

»Was dich betrifft, so ist alles in Ordnung. Keine ungewöhnlichen Vorfälle.«

»Ja, Sir.«

Die Tür glitt auf.

Sie war sich ziemlich sicher, daß sie in letzter Zeit an Gewicht verloren hatte. Es war schwer zu sagen, da das einfache graue Kleid, das man ihr zum Anziehen gegeben hatte, ohnehin ein paar Nummern zu groß war. Außerdem hatte sie immer noch Probleme mit ihrem Erinnerungsvermögen, es fiel ihr oft sogar schwer, sich ins Gedächtnis zurückzurufen, was sie den Tag über getan hatte. Vielleicht hatte sie ein paar Mahlzeiten verpaßt. Doch sie war sich ziemlich sicher, daß sie schon abgenommen hatte, bevor sie hierher gekommen war.

Sie wußte nicht genau, wie lange sie schon hier war. Vermutlich seit etwa einer Woche, jedenfalls seit mehreren Tagen. Doch immerhin wußte sie, wo sie war.

»Und ich weiß meinen Namen – ich heiße Alicia Bower.«

Als sie ihren Namen aussprach, wie sie dort in ihrem grauen Sessel saß, spürte sie einen schmerzhaften Stich in der Seite. Das war schon des öfteren passiert. Sie sollte lieber Dr. Spearman danach fragen.

Allerdings schenkte sie ihm nicht viel Vertrauen, obwohl sie nicht genau wußte, warum. Sie mochte den Mann nicht besonders, obwohl er sie stets zuvorkommend behandelte. Wenn die nötigen Behandlungen schmerzhaft sein würden, entschuldigte er sich dafür und erklärte dann, daß sie einen ernsthaften Zusammenbruch gehabt hatte. Und das erforderte manchmal leider schmerzhafte Kuren. Bald wäre sie wieder wie neu, das hatte er ihr versprochen.

Das Problem war nur, daß Alicia gar nicht sicher war, wie es sein würde, wenn sie wieder wie neu oder völlig gesund war.

Sie erhob sich sehr langsam und vorsichtig aus dem Sessel und ging ein paar Schritte über den grauen Teppich. Die grauen Pantoffeln, die man ihr gegeben hatte, paßten ihr ebenfalls nicht.

Ja, sie hatte ganz bestimmt Gewicht verloren. Es fühlte sich anders an, als sie umherging, sie fühlte sich leichter und irgendwie verletzlicher.

»Bald werde ich wie Bohnenstange aussehen«, sagte sie sich.

Sie stutzte.

Sie hatte das Wort benutzt, als wäre es ein Spitzname für jemanden. Aber sie kannte niemanden, der so hieß. Doch als sie den Namen aussprach, hatte sie für einen Moment das Bild eines sehr dünnen schwarzen Mädchens vor sich gesehen.

Wenn sie ein wenig mehr Vertrauen in Dr. Spearman gehabt hätte, würde sie ihn vielleicht einmal danach fragen. Wegen dieser Namen und Bilder, die immer in ihrem Kopf entstanden, die aber ihres Wissens überhaupt keine Verbindung zu ihrer Person besaßen.

»Bohnenstange«, wiederholte sie. »Jimalla.«

Wieder das Bild des Mädchens, und dann das Meer.

Ja, der Pazifik im Abendrot. Sie ging neben Jimalla, dann blieben sie stehen, um einem mit Neonlichtern geschmückten, jonglierenden Roboter zuzusehen, dessen Metallkörper vom Glanz der untergehenden Sonne umrahmt wurde.

Vielleicht würde sie etwas klarer sehen, wenn sie endlich geheilt war.

Die graue Tür in der grauen Wand glitt mit demselben flüsternden Geräusch auf, mit dem sie sich immer öffnete.

»Hast du einen kleinen Spaziergang gemacht, Alicia?« Es war Dr. Spearman, der sie auf eine Weise anlächelte, die wohl freundlich wirken sollte. Er hatte sich seinen dunklen, schmalen Arztkoffer unter den Arm geklemmt.

»Darf ich Sie etwas fragen?«

Der Psychiater setzte sich in einen der Stühle am runden grauen Tisch in der Mitte des Raums. »Natürlich.«

»Wieviel habe ich gewogen, als ich hier eingeliefert wurde?«

»Bist du deswegen besorgt?«

»Nicht gerade besorgt, eher neugierig.«

Spearman lächelte und strich sich mit seinen dicken Fingern über den blonden Bart. Nachdem er den Arztkoffer auf den Tisch gestellt hatte, zog er ein Sprechgerät aus einer Tasche seines Arztkittels. Er legte es neben den Koffer und griff in eine andere Tasche. »Das werden wir gleich haben«, sagte er. Er konsultierte seinen Taschencomputer. »Nach unseren Aufzeichnungen hast du ... vierundfünfzig Kilogramm gewogen.«

»Und was wiege ich jetzt?«

»Mal sehen ... gestern waren es zweiundfünfzig Kilogramm.« Er machte ein glucksendes Geräusch und schüttelte den Kopf. »Ich bin froh, daß du mich darauf hingewiesen hast, Alicia. Wir werden, ja, wir müssen uns unbedingt darum kümmern.«

»Keine Schläuche«, sagte sie leise. »Bitte, ich möchte nicht wieder mit Schläuchen ernährt werden.«

»Das haben wir doch gar nicht getan, meine Kleine.«

»Diesmal nicht.«

Er legte den Computer weg und stützte sich mit einem Ellbogen auf den Tisch. »Du kannst dich daran erinnern, schon einmal hiergewesen zu sein?«

»Ja, zumindest vage. Das war letztes Jahr.«

Dr. Spearman nickte. »Nun, ich glaube, es reicht aus, wenn du einfach bei jeder Mahlzeit etwas mehr ißt«, sagte er. »Die Schwester hat mir gesagt ...«

»War es dieselbe, die ich bei meinem ersten Aufenthalt im Zentrum hatte?«

»Es ist ein Roboter, meine Kleine. Sie sehen sich alle sehr ...«

»Es ist nur so, daß ich das Gefühl habe, sie würde mir irgendwie bekannt vorkommen.«

»Was habe ich dir über deine Angewohnheit, anderen Leuten ins Wort zu fallen, gesagt, Alicia? Es ist keine nette Angewohnheit.«

Sie ging zum grauen Sessel zurück und setzte sich. »Es tut mir leid.«

»Komm, setz dich zu mir an den Tisch!«

Seufzend stand die junge Frau wieder auf. Sie ging zum Tisch hinüber und nahm auf dem Stuhl Platz, der am weitesten von Dr. Spearman entfernt war.

»Du mußt dir auch noch abgewöhnen«, sagte er, »deine Unmutsempfindungen so offen zu zeigen. Ich weiß, daß dir einige unserer therapeutischen Methoden nicht gefallen, aber das ist kein Grund, deswegen so das Gesicht zu verziehen. So benehmen sich kleine Mädchen, die ...«

»War ich schon einmal hier?«

»Du bist mir schon wieder ins Wort gefallen.«

»Entschuldigung.«

»Wir wollten gerade über deinen letzten Besuch bei uns reden. Hast du das vergessen, Alicia?«

»Nein, natürlich nicht«, sagte sie. »Ich meine noch vor dem letzten Besuch. Vor Jahren.«

»Nein.« Er schüttelte den Kopf. »Du bist erst zum zweiten Mal bei uns.«

»Wollen Sie das nicht lieber auf ihrem kleinen Computer nachprüfen?«

»Nein, ich habe ein hervorragendes Gedächtnis, meine Kleine«, versicherte Dr. Spearman ihr. »Und ein großes Interesse an deinem Fall.« Er rieb sich mit den Fingerspitzen über sein bärtiges Kinn. »Wie kommst du auf die Idee, du wärst ...«

»Ich weiß es nicht. Es kam mir einfach so in den Sinn.«

Er schob seinen Koffer etwa einen Zentimeter zur Seite. »Was meinst du, wie lange dieser Aufenthalt zurückliegen soll?«

»Es war ...« Sie breitete ihre Hände aus und sah zur grauen Decke hinauf. »Ich weiß es nicht. Ich ... ich war viel jünger.«

»Du hattest eine sehr glückliche Kindheit und Jugend, Alicia. Darüber haben wir ausführlich gesprochen«, rief er ihr in Erinnerung. »Es hätte keinen Grund für dich gegeben, hier eingeliefert zu werden, wenn du ...«

»Meine Mutter starb, als ich vierzehn war. Das war nicht gerade ein glückliches Ereignis.«

»Nein, sicherlich nicht, meine Kleine. Aber das hatte wirklich keinerlei schädliche ...«

»Einige Leute sind da anderer Meinung.«

»Was sagen diese Leute?«

»Daß ich promiskuitiv und nicht wählerisch bin, wenn es um Männer geht. Daß ich mit jedem ins Bett gehe.«

»Stimmt das?«

»Nein, so nicht. Jetzt nicht mehr, aber . . . ich bin mir nicht sicher, wie ich einmal war.«

Spearman öffnete den Deckel seines schwarzen Arztkoffers. »Ich möchte unsere heutige Sitzung damit beginnen . . .«

»Ist das heute unsere erste Sitzung?«

»Weißt du das nicht?«

»Ich verliere irgendwie das Gefühl für die Zeit«, gab sie zu. »Ich kann nicht einmal sagen, wie lange ich schon hier im Zentrum bin. Wie lange bin ich schon hier?«

»Noch nicht sehr lang, meine Kleine.« Lächelnd räusperte er sich. »Ich fürchte, du brauchst jetzt eine weitere Injektion.«

Sie griff mit ihrer rechten Hand nach ihrem linken Oberarm und rieb ihn. »Gibt es keine andere . . .?«

»Das haben wir doch schon mehrfach durchgesprochen, Alicia, und ich habe dir anvertraut, mit welchen Methoden wir hier arbeiten«, sagte er sehr geduldig. »Um die besten Ergebnisse zu erzielen, die besten Ergebnisse für deine Heilung, müssen wir manchmal Mittel anwenden, die . . .«

»Wann werde ich endlich geheilt sein? Warum bin ich immer noch hier?«

»Das geht nicht so schnell, du hattest immerhin einen Zusammenbruch.«

»Daran kann ich mich kaum noch erinnern.«

»Ja, das ist bei einem Fall wie deinem gar nicht so ungewöhnlich«, versicherte Dr. Spearman ihr. »Ganz gleich, wir hart wir arbeiten oder wie sehr wir auch hoffen mögen, gibt es immer wieder Menschen, die gelegentlich Rückfälle haben. Ich werde jetzt diese Injektion für dich vorbereiten, meine Kleine, und dann werden wir . . .«

»Du meine Güte, sitzt du hier immer noch herum und redest den üblichen Blödsinn?« Die Tür war flüsternd aufgeglitten, und Sam Trinity, der heute morgen eine verkupferte Hand trug, kam hereinmarschiert. »Ich habe dir doch gestern abend gesagt, daß sich das jetzt schon viel zu lange hinzieht!«

»Und dir habe ich ausdrücklich gesagt, niemals hierherzukommen.«

Mit einem Schulterzucken setzte sich der BGA-Agent in den Stuhl neben der jungen Frau. »Du siehst nicht besonders gut aus, Kleines«, stellte er fest.

Alicia rückte mit ihrem Stuhl ein Stück von ihm weg. »Dr. Spearman, wer ist das?«

»Ein Kollege von mir«, antwortete der Arzt. »Aber er ist, das kann ich dir versichern, nicht befugt, an unseren Sitzungen teilzunehmen.«

»Ich bleibe«, sagte Trinity. »Ich will sehen, warum du eine halbe Ewigkeit brauchst, nur um eine einfache . . .«

»Das kann ich nicht zulassen, Trinity!«

»He, du scheinst die Situation völlig zu verkennen, Isaac! *Ich* bin es, der *dir* sagt, wie hier der Laden läuft!« Er streckte seine Metallhand aus, packte ein Bein von Alicias Stuhl und zog ihn an seinen ursprünglichen Platz zurück. »Du machst den Eindruck, als ob du mich nicht besonders magst, Süße«, sagte er. »Du magst mich nicht, stimmt's?«

»Du mußt jetzt gehen«, beharrte Dr. Spearman auf seiner Ansicht und stand auf. »Ich kann die Therapie nicht fortsetzen, wenn . . .«

»Soll ich sie für dich fortsetzen, Isaac? Ich glaube nämlich langsam, daß ich wesentlich bessere Arbeit als du leisten würde.«

Dr. Spearman rieb sich mit der Hand über seinen Bart und sah von Trinity zu der jungen Frau. »Na gut«, sagte er schließlich. »Du kannst dabeibleiben, aber du mußt dich still verhalten und dich in keiner Weise einmischen.«

»Ich bin lediglich ein interessierter Beobachter. Einverstanden, Isaac?«

Alicia rückte ihren Stuhl wieder fort. »Dr. Spearman, ich würde es wirklich vorziehen, wenn niemand dabei ist, während wir . . .«

»Es interessiert mich einen feuchten Kehricht, was du vorziehen würdest, Süße«, machte Trinity ihr klar. Dann packte er sie am Arm und zog sie samt ihrem Stuhl näher an sich heran.

»Trinity, wenn du nicht . . .«

Plötzlich begann es im Korridor laut zu heulen. Über der Tür blinkte ein roter Leuchtstreifen.

Aus einem Lautsprecher darunter kam eine Durchsage: »Achtung, höchste Alarmstufe für sämtliches Sicherheitspersonal! Höchste Alarmstufe! Schwere Unruhen in der Gewaltabteilung! Schwere Unruhen in der Gewaltabteilung! Feuer ist ausgebrochen! Feuer ist ausgebrochen!«

Spearman machte einen Schritt auf die Tür zu. »Ich muß sofort . . .«

Als sich die Tür erneut öffnete, kam Jake mit einer Betäubungspistole in der Hand ins Zimmer. »Eigentlich sind es gar keine Unruhen, Dr. Spearman«, verkündete er. »Nur eine kleine Ablenkung, die ich von Ihrem Kontrollraum aus arrangiert habe.«

»Wer zum Teufel . . .«

»Es ist Cardigan, du Idiot«, rief Trinity und sprang auf. »Und er ist gekommen, um das verdammte Mädchen herauszuholen.«

34

»Miss Bower, mein Name ist Jake Cardigan. Ich arbeite für die Detektivagentur Cosmos aus Groß-Los-Angeles«, sagte Jake, als sich die Tür hinter ihm schloß. »Sie müssen mir vertrauen. Barry Zangerly hat mich beauftragt, nach Ihnen zu suchen und . . .«

»Sie werden es niemals schaffen, Cardigan!« warnte Trinity ihn.

»Lassen Sie die Hände unten!« riet Jake ihm. »Und Sie, Spearman, rühren Ihr Sprechgerät nicht an!«

»Dieses unbefugte Eindringen ist . . .«

»Moment mal«, sagte Alicia. »Warum hat Barry Sie beauftragt?«

»Weil Sie spurlos verschwunden sind.«

»Das ist ja völliger Unsinn«, sagte Dr. Spearman. »Diese junge Frau, Cardigan – oder wer immer Sie sein mögen –, hatte einen schweren Rückfall. Wenn Sie jetzt hier eindringen und ihren Geist mit aus der Luft gegriffenen Lügen verwirren, wird das ernsthafte . . .«

»Wieso bin ich dann hier?« fragte sie Jake. »Wenn ich gar keinen Zusammenbruch hatte.«

»Dafür war Trinity verantwortlich. Er ist Agent für eine Regierungsbehörde, die sich Büro für Geheime Angelegenheiten nennt«, erklärte er ihr. »Entführungen sind seine Spezialität. Ich vermute, daß er Sie mit einer Waffe betäubt hat, als Sie unterwegs waren, um Ihren Vater im Krankenhaus zu besuchen.«

»Ich muß darauf bestehen, daß Sie sofort damit aufhören!« sagte Spearman. »Dieses Mädchen ist geistig noch zu labil, um solchem Streß ausgesetzt . . .«

»Wenn Sie bitte einfach aufstehen und mir folgen würden, Miss Bower«, sagte Jake. »Wir haben nicht viel Zeit.«

Sie zögerte kurz und erhob sich dann aus ihrem Sitz. »Geht es Barry gut?«

»Den Umständen entsprechend. Einige Raufbolde, die vermutlich in Trinitys Diensten stehen, haben ihn verprügelt.«

»Dieser Mann lügt«, sagte Spearman zu ihr. »Ich weiß nicht, was er für ein Motiv hat, aber wenn du mit ihm gehst, fügst du dir selbst großen Schaden zu. Und du wirst die ganze Arbeit zunichte machen, die wir . . .«

»Hör auf mit diesem Gerede, Isaac!« Als Alicia an Trinity vorbeiging, gab dieser ihr einen kräftigen Stoß mit seiner Metallhand. Dadurch geriet sie ins Stolpern und fiel gegen Jake.

Jake stürzte, landete auf einem Knie und ließ seine Betäubungswaffe auf den grauen Teppich fallen.

Trinity stürmte los und drängte sich an Alicia vorbei. Er stieß mit Jake zusammen und warf ihn zu Boden.

»Jetzt werde ich mich um dich kümmern«, versprach Trinity und streckte seine Metallfinger nach Jakes Kehle aus, »wie man es schon gleich zu Anfang hätte tun müssen.«

Georgia hatte sich auf den Weg zu einem anderen Teil des Zentrums gemacht. Sie trug einen Arztkittel und ein Notizbuch und ging schnell einen zitronengelben Korridor entlang. Sie sah so beschäftigt und zielstrebig aus, als würde sie tatsächlich hierher gehören.

Als sich der Korridor gabelte, hielt sie sich an den meeresblauen Gang. Ein paar Schritte voraus ging eine menschliche Krankenschwester neben einem Robot-Frühstückswagen.

»Verdammt!« murmelte Georgia, »Zeugen.« Sie beschleunigte ihre Schritte.

»Nein«, sagte die kleine sommersprossige Schwester zum langsam rollenden Wagen. »Es müssen *sechs* Bestellungen Bratkartoffeln und *sieben* Portionen Pommes frites sein.«

»Genau andersherum«, sprach der Wagen durch den eingebauten Vocoder, »es sind *sieben* Portionen Bratkartoffeln und *sechs* Pommes frites.«

»Das ist völliger Unsinn, Oscar!« sagte die Schwester und ballte ihre Hände zu Fäusten. »Ich verstehe wirklich nicht, warum wir jede Bestellung immer wieder . . .«

»Schwester, entschuldigen Sie bitte!« Georgia hatte sie eingeholt und ihr eine Hand auf den sommersprossigen Arm gelegt.

»Ja, sicher, Dr . . ., also, ich bin hier neu, ich kenne Ihren Namen noch nicht.« Sie und der Wagen blieben stehen.

»McClennan«, sagte Georgia mit einem freundlichen Lächeln. »Dr. Mary Lou McClennan.«

»Also, Dr. McClennan, was kann ich für Sie tun?«

»Eigentlich nichts« antwortete Georgia immer noch lächelnd. »Es ist nur so, daß ich dem Fall Sharon Harker zugewiesen worden bin und daß ich jetzt in ihr Zimmer gehe, das ein paar Türen weiter liegt. Ich wollte vermeiden, daß Sie oder der Wagen sich wundern, wenn Sie mich hineingehen sehen.«

Die Krankenschwester blinzelte. »Aber wir haben strikte Anweisungen, daß niemand Zimmer dreihundertvierzehn betreten darf, Dr. McClennan«, sagte sie stirnrunzelnd. »Es hat nur . . . eine einzige Person Zugang.«

»Ja, ich weiß, Agent Trinity.« Sie versuchte, weiterhin zu lächeln. »Ich soll ihm heute vormittag assistieren.«

»Ich hoffe, Sie halten mich nicht für unfreundlich, Doktor«, sagte die sommersprossige Schwester, »aber genaugenommen müßte ich erst einen Ausweis oder eine Berechtigung sehen, bevor ich hier weitermache. Als ich vor zwei Wochen hier angefangen habe, hat man mir eingeschärft, daß das Zentrum eine ganz besondere Einrichtung ist, in der die Sicherheitsvorschriften . . .«

»Verdammt, warum muß ich immer nur an eine Kleinkrämerin geraten?« Immer noch lächelnd griff sie in ihren Arztkittel. »Okay, ich hoffe, das hier überzeugt Sie.« Sie zog eine Betäubungspistole hervor. »Bitte gehen Sie jetzt in Zimmer dreihundertvierzehn. Sie und Oscar, alle beide.«

»He, es ist mir nicht erlaubt, unsere Sicherheitsvorschriften zu verletzen!« beschwerte sich der Robot-Wagen.

»Verdammt, hier scheint ja jeder Skrupel zu haben.« Sie heftete einen Parasiten an das polierte Chromgehäuse. »Also, Oscar, du rollst jetzt bis ans Ende des Korridors und wartest dort!«

»Jawohl, Doktor.« Der Servierwagen bewegte sich davon.

»Damit kommen Sie niemals durch«, sagte die Krankenschwester zu Georgia.

»Haben Sie überhaupt eine Ahnung, womit ich durchkommen will?«

»Nein.«

»Dann kritisieren Sie mich bitte nicht«, riet Georgia ihr und griff nach dem Türknauf.

Trinitys Hand hatte Jakes Kehle erreicht und begann zuzudrücken.

Jake riß beide Arme hoch und packte den Agenten am metallenen Handgelenk. Gleichzeitig zog er sein Knie an und stieß es Trinity heftig in den Unterleib.

Der rothaarige Mann schrie vor Schmerz auf, und seine Kupferfinger lösten ihren Griff.

Jake kam auf die Knie, wobei er die Handgelenke seines Gegners immer noch festhielt.

Indem er Trinitys Arm als Hebel benutzte, wirbelte er ihn herum und gegen die graue Wand.

Der BGA-Agent heulte auf, als er gegen die Wand stieß. Dann gab es ein reißendes Geräusch.

Er fiel nach hinten und zu Boden. Doch Jake hielt immer noch die Kupferhand, deren Finger sich zuckend bewegten.

Trinity kniete vornübergebeugt am Boden und preßte seine echte Hand gegen den leeren Ärmel. Auf dem Stoff bildete sich ein feuchter roter Fleck, der immer größer wurde.

»Ich muß Hilfe holen.« Dr. Spearman griff nach dem Sprechgerät, das er auf den grauen Tisch gelegt hatte.

»Das lassen Sie besser bleiben.« Alicia machte einen Satz, um an die heruntergefallene Betäubungswaffe zu gelangen.

Sie hob sie auf, sprang wieder auf die Beine und richtete die Waffe auf den Psychiater.

»Na, komm schon, meine Kleine, du wärst wirklich nicht in der Lage, mir etwas anzutun!« Spearman lächelte sie an und griff nach seinem Sprechgerät.

»Lassen Sie das!« warnte sie ihn.

»Wir werden später über deine Gefühlserregung sprechen, wenn ich . . .« Mehr konnte er nicht sagen, weil ihm in diesem Augenblick der Betäubungsstrahl in die Rippen fuhr.

Das Sprechgerät wurde ihm aus den Händen geschleudert, flog gegen den Tisch, rutschte herunter und fiel auf den grauen Boden.

Spearmans dicke Hände zitterten, und er schien noch einmal lächeln zu wollen.

Dann strauchelte er, seufzte und stürzte bewußtlos um.

In der Zwischenzeit hatte Jake Trinity einen Kinnhaken versetzt und ihn neben die Tür gelegt.

Alicia warf Jake einen Blick zu. »Es wäre sogar noch passender gewesen«, bemerkte sie, »wenn Sie ihn mit seiner eigenen Faust zusammengeschlagen hätten.«

»Es wäre zwar poetische Gerechtigkeit, für meinen Geschmack jedoch etwas zu plump.« Durch die Korridore hallte immer noch der Alarm. »Wir müssen verschwinden.«

Sie ließ die Waffe in die einzige Tasche ihres grauen Kleides gleiten. »Ich bin mir immer noch nicht ganz sicher, wer Sie eigentlich sind«, gab sie zu. »Aber ich verschwinde lieber mit Ihnen, als hier noch länger festzusitzen. Gehen wir!«

35

Sie hörten das Geräusch schneller Schritte von Menschen und Robotern in einem der Korridore, die von dem abzweigten, durch den sie liefen. Die Sicherheitsleute und weiteres Personal waren zu den scheinbaren Unruhen unterwegs, die Jake mit Hilfe des Kontrollraums angezettelt hatte.

»Wir haben nur noch ein paar Minuten, bis sie merken, daß sie auf einen Schwindel hereingefallen sind«, sagte Jake, während er mit der jungen Frau zum Personal-Landeplatz lief.

»Hat Barry Sie wirklich angeheuert?« fragte sie.

»Er hat die Agentur angeheuert, für die ich arbeite.«

»Wie hieß die noch gleich?«

»Es ist die Detektivagentur Cosmos.«

»Ach ja, davon habe ich gehört«, sagte sie außer Atem. »Wie schwer ist Barry verletzt?«

»Man hat ihn zusammengeschlagen, zwei Schlägertypen und

ein Roboter«, sagte Jake. »Er hat jedoch keine ernsthaften Verletzungen, und es geht ihm schon wieder recht gut.«

»Liegt er im Krankenhaus?«

»Dort war er, als ich das letzte Mal mit ihm sprach.«

»Es tröstet, daß er sich immer noch um mich sorgt«, sagte sie.

»Viele Leute machen sich Sorgen um Sie, Miss Bower.«

»Hör mal, wenn wir noch eine Weile zusammen auf der Flucht sein werden, kannst du mich auch Alicia nennen«, schlug sie vor. »Und dein Name war . . .?«

»Jake Cardigan.«

»Richtig, du hattest dich ja bereits vorgestellt«, sagte sie. »Ich habe in letzter Zeit einige Probleme mit meinem Gedächtnis.«

»Verstehe.«

Sie blieb stehen und hielt ihn am Arm fest. »Was meinst du? Hast du eine Ahnung, warum . . .?«

»Darüber können wir später reden, wenn wir hier heil rausgekommen sind.«

»O mein Gott!« rief Alicia. Sie starrte in den Korridor.

Ein großer, matronenhafter Roboter aus Eisenstahl kam auf sie zu. »Sie ist es«, flüsterte die junge Frau und verstärkte ihren Griff um Jakes Arm. »Es ist Tin Lizzie.«

Der kugelköpfige Roboter auf dem kleinen Bildschirm des Videophons neben dem Bett sagte: »Es tut mir leid, Sir, aber wir erhalten immer noch keine Antwort.«

»Aber mit diesem Videophon-Anschluß ist alles in Ordnung?«

»Unser Computer hat keinen Fehler entdecken können«, antwortete der Roboter in der Vermittlungsstelle des Krankenhauses.

»Na gut, dann werde ich es später noch einmal probieren.«

»Vielleicht sollten Sie sich jetzt lieber ein wenig ausruhen, Mr. Zangerly«, schlug die Maschine vor. »Sie haben den Privatanschluß Ihres Bruders so lange angewählt, bis unsere Vermittlungsstelle für Telefonate nach draußen um Mitternacht geschlossen wurde. Und heute früh, sobald wir wieder . . .«

»Ich muß unbedingt mit ihm reden.«

»Es sieht ganz danach aus. Da Sie jedoch hier sind, um sich zu erholen, sollten Sie . . .«

»Versuchen Sie noch einmal seine Dienstnummer«, sagte Barry, der sich im Bett aufgesetzt und verrenkt hatte, um an das Videophon zu gelangen.

»Das haben wir doch erst vor . . .«

»Versuchen Sie's noch mal!«

»Wie Sie meinen, Sir.« Der kleine rechteckige Bildschirm wurde schwarz.

»Wo, zum Teufel, steckt Rog?« fragte sich Barry.

Das Bild des Roboters kehrte zurück. »Roger Zangerly ist nicht bei Mechanix International«, teilte er ihm mit. »Wie schon zuvor hat man keine Ahnung, wo er sich aufhält.«

»Okay, danke.« Mit einem Seufzen ließ er sich zurücksinken.

»Ich mache mir Sorgen um Sie, Mr. Zangerly.« Ein gutaussehender, blondhaariger Androidenarzt war in sein Zimmer getreten. Sein Namensschild, das ihn als Androiden identifizierte, war an der Brusttasche seines blaßblauen Arztkittels befestigt.

»Wer sind Sie?«

»Dr. Malloy.« Er trat ans Bett. »Ich vertrete Dr. Steinberg.«

»Was fehlt ihm?«

Malloy kicherte. »Gar nichts«, antwortete er. »Er hat lediglich einen Tag frei.« Er setzte sich auf die Bettkante. »Ich stelle fest, daß Sie wegen irgend etwas sehr beunruhigt sind und nicht einmal geschlafen haben.«

»Ich versuche nur, meinen Bruder zu erreichen.«

»Es muß sich um etwas sehr Wichtiges handeln, wenn es Sie dermaßen . . .«

»Doktor, ich weiß Ihre Besorgnis zu schätzen«, sagte Barry dem Androiden. »Doch diese Sache geht Sie überhaupt nichts an, kein Stück. Da ich mich bereits wesentlich besser fühle, möchte ich gerne aus Ihrem Krankenhaus entlassen werden. Heute – sofort, noch heute vormittag.«

Malloy schüttelte seinen blonden Kopf. »Das ist leider nicht möglich.«

»Natürlich ist das möglich. Ich habe das Recht ...«

»Nicht in Ihrer gegenwärtigen Verfassung«, teilte der Arzt ihm mit. »Es geht Ihnen noch nicht gut genug, um ...«

»Was bezwecken Sie damit? Wollen Sie mich davon abhalten ...?«

»Ich hoffe nicht, daß das nötig sein wird«, sagte Dr. Malloy. »Aber wenn Sie etwas tun, das unserer Ansicht nach Ihrer Besserung schaden könnte, dann haben wir das Recht, Sie zurückzuhalten, damit Sie nicht den Schutz des Krankenhauses verlassen.«

»Wie? Wollen Sie mich festbinden?«

»Wir wollen nicht zu solch drastischen Maßnahmen greifen, aber Sie könnten beispielsweise in eine sichere Abteilung des Hospitals verlegt werden. Vielleicht wird es sogar nötig sein, Sie mit Medikamenten zu beruhigen, Mr. Zangerly.«

Nach ein paar Sekunden nickte Barry. »Na gut, wenn das so ist«, sagte er zum Androidenarzt. »Das wird nicht nötig sein.«

»Für den Augenblick werden wir uns damit begnügen, Ihren Videophon-Anschluß stillzulegen«, sagte der Androide.

Der stählerne Roboter kam immer näher und hatte den Blick starr auf Alicia gerichtet. »Wohin so eilig, junge Dame?« fragte die Maschine.

Alicia klammerte sich immer noch an Jakes Arm fest. »Diesmal bin ich dir nicht begegnet«, sagte sie ruhig und sah sie von der Seite an. »Man hat versucht, mich davon zu überzeugen, daß es dich überhaupt nicht gibt.«

»Du armes Ding bist so verwirrt, daß du keine Ahnung hast, was wirklich ist und was nicht, stimmt's?«

»Nein, ich habe schon immer recht gehabt«, widersprach die

junge Frau. »Ich kann mich genau an dich erinnern. Ja, ich weiß, daß du ihnen bei dem geholfen hast, was sie mir angetan haben . . . als ich das letzte Mal hier war.«

»Na, wenn das so ist, müssen wir aber schnellstens zu Dr. Spearman zurückgehen«, sagte Tin Lizzi in ihrer tiefen, hohlen Stimme. »Treten Sie beiseite, junger Mann!«

»Deine Optik braucht dringend eine Überholung«, sagte Jake grinsend. »Ein junger Mann bin ich nicht gerade. Aber das spielt keine Rolle, da ich nicht zur Seite treten werde.«

»Dann werde ich Unterstützung rufen müssen, um die Situation zu klären.« Sie hob eine Hand zur Klappe an ihrer Seite.

»Nein!« Alicia zerrte die Betäubungspistole aus der Tasche ihres zu großen Kleides, nahm sie in beide Hände und schoß auf den näherkommenden Roboter.

Der Strahl traf Tin Lizzie mitten in die Brust. Sie versuchte, mit ihren Metallfingern die Klappe zu erreichen, schaffte es aber nicht mehr. Ihr Arm fiel kraftlos herab.

Als sie auf den Boden aufschlug, verursachte sie einen gewaltigen, scheppernden Lärm.

»O mein Gott!« sagte Alicia mit gequälter Stimme. »Ich fange an, mich wieder an alles zu erinnern.«

Er legte ihr seinen Arm um die Hüfte. »Komm jetzt, sonst verpassen wir unseren Chauffeur«, sagte er.

36

Der kleine blonde Junge hörte nicht auf zu weinen. Sharon Harker hatte ihn auf den Schoß genommen, drückte ihn an sich und wiegte ihn sanft in dem schweren, gepolsterten Schaukelstuhl. »Es wird alles wieder gut, Sean, alles ist gut«, sagte sie. »Wir sind in Sicherheit.«

»Will nach Hause!«

»Bald«, versprach seine Mutter ihm, »nur noch eine Weile.«

»Will zu Pompom!«

Sharon blickte zu Jake, der neben Alicias Stuhl stand. »Ich glaube, er meint Sie.«

Jake durchquerte grinsend den schattigen, fensterlosen Raum. »Was hast du auf dem Herzen, Sean?«

Der Junge starrte Jake an und verzog dann das Gesicht. »Nicht der. Das ist nicht Pompom.« Er begann wieder zu weinen, jetzt sogar noch lauter, mit geschlossenen Augen und offenem Mund. »Ich will zu Pompom!«

»Wir werden Großvater bald wiedersehen«, versuchte sie ihn zu beruhigen.

»Jetzt! Will ihn jetzt sehen!«

»Sei jetzt still, Sean.«

Die Tür öffnete sich, und Georgia trat ein. »Jake, wir haben einen Gleiter aufgetrieben«, verkündete sie. »In einer halben Stunde kann es losgehen.«

»Wenn wir zurück in GLA sind, wird sich vielleicht alles . . .«

»Da ist etwas, worüber ich mit dir reden möchte«, unterbrach Alicia ihn.

»Klar.« Er hockte sich neben ihren Stuhl.

Georgia ging zu Sharon und ihrem Jungen. »Geht es ihm immer noch nicht besser?«

»Sie müssen ihm im Zentrum irgend etwas verabreicht haben. Er scheint Schmerzen zu haben und . . .«

»Ich habe nachgedacht.« Alicia nahm Jakes Hand. »So gut ich das mit meinem verwirrten Gehirn kann.«

»Laß dich nicht von Tin Lizzies Meinung beeinflussen.«

»Nein, sie hat recht.« Sie rieb sich langsam ihre Schläfe, während sie sprach. »Ich konnte in letzter Zeit wirklich nicht sehr klar denken.«

»Spearman ist berüchtigt für sein Geschick, in anderer Leute Gehirnen herumzupfuschen«, sagte er. »Seine Spezialität ist die Auslöschung oder Änderung von Erinnerungen.«

»Ich bin mir ziemlich sicher, soweit ich das im Augenblick

beurteilen kann, daß man so etwas mit mir gemacht hat«, erzählte sie weiter. »Als ich letztes Jahr dort war, meine ich. Als ich mich dann wieder zu erinnern begann, hat jemand ... Weißt du, wer das arrangiert hat?«

»Sam Trinity und das BGA stecken in der Sache drin. Wir sind uns noch nicht ganz sicher, wer noch.«

»Es ist so, Jake, wenn ich jetzt nach Hause gehe, werde ich wieder jede Menge Probleme haben«, sagte Alicia. »Ich weiß immer noch nicht genau, was es ist, das ich nicht wissen soll. Ich habe auch nicht die leiseste Ahnung, wer daran interessiert ist, daß ich es vergesse. Also habe ich keine Garantie, daß ich nicht wieder von irgend jemandem geschnappt werde und daß dann alles von vorne losgeht.« Sie fuhr sich mit der Zunge über die Unterlippe. »Außerdem gibt es wesentlich einfachere und zuverlässigere Methoden, um Menschen zum Schweigen zu bringen. Man kann sie zum Beispiel einfach umbringen.«

»Du hast leider völlig recht«, stimmte er ihr zu.

»Was hältst du davon, wenn du mich vorläufig noch nicht nach Hause bringst, Jake?«

»Was schlägst du statt dessen vor?«

»Weiß du nicht einen Ort, wo man mir helfen könnte, mich wieder zu erinnern?«

Er dachte ein paar Sekunden lang nach, bevor er nickte. »Ich kenne mindestens einen«, antwortete er. »Der Laden ist nicht ganz legal und arbeitet eher im Untergrund. Er liegt drüben in New England. Man hat sich dort auf Probleme wie deine spezialisiert.«

»Kannst du mich dort hinbringen?«

»Du bist ganz offensichtlich von Trinity, Spearman und der Bande sehr grob behandelt worden«, sagte er. »Den Prozeß umzukehren, die Schäden zu beheben und dir deine Erinnerung zurückzugeben ... nun, das wird sehr schmerzhaft werden.«

»Nicht so schmerzhaft wie die Zeit bei Mentor – und erst recht nicht wie für immer zum Schweigen gebracht zu werden.«

»Okay, ich werde mal anrufen«, sagte Jake.

»Mußt du erst deine Agentur um Erlaubnis fragen, bevor du . . .?«

»Nein, das werde ich auf eigene Faust in die Wege leiten«, sagte er.

Die Dämmerung folgte ihnen, während sie Richtung Osten flogen. Zweitausend Meter unter ihrem Gleiter gingen die Lichter der Städte an.

Alicia, die jetzt in Jeans und Pullover gekleidet war, die Georgia ihr besorgt hatte, saß im Beifahrersitz, hatte die Knie angezogen und ihre Arme um die Beine geschlungen. »Du bist auf so etwas spezialisiert, nicht wahr?«

Jake saß im Pilotensitz. »Worauf spielst du an?«

»Verlorene und entlaufene Frauen wiederzufinden«, sagte sie. »Ich glaube, ich habe vor einigen Monaten etwas in den Videonachrichten über dich gesehen. Du hattest eine Frau gefunden, die verschwunden war. Sie hatte sich in der Mondkolonie versteckt, und du hast sie sicher zurückgebracht. Das warst du doch, oder nicht?«

»Doch, das war ich.«

»Was ist aus ihr geworden?«

»Sie ist tot.«

Alicia nickte langsam. »Das könnte mir auch passieren.«

»Irgendwann passiert es jedem.«

»Du hast sie geliebt«, stellte sie fest.

»Ja.«

»Geschieht das oft, daß du dich in Frauen verliebst, die du wiedergefunden hast?«

»Du bist vor mir sicher.«

»Aber bist du es auch vor mir? Man wird dir einiges über mich erzählt haben«, sagte sie. »Über meine schlechten Angewohnheiten und all die vielen Männer, mit denen ich geschlafen habe. Wenn man sie alle vorbeimarschieren lassen würde, würde die Parade mehrere . . .«

»Erzähl mir lieber etwas mehr über Spearman und was im Zentrum vorgefallen ist.«

»Beunruhigt es dich, wenn ich über mein abenteuerliches Leben erzähle?«

»Ist das der von dir beabsichtigte Effekt?«

Sie zuckte mit der Schulter. »Diese ... Einrichtung, wo du mich hinbringst, können die Leute dort auch andere Sachen in Ordnung bringen, als mir nur meine Erinnerung zurückgeben?«

»Zum Beispiel?«

»Ach, ich hätte da noch ein paar Probleme«, sagte sie. »Nachdem ich Barry getroffen hatte, habe ich mich etwas geändert. Ich mache keine Extratouren mehr. Und ich bin überraschenderweise dazu fähig, treu zu sein.«

»Kannst du dich erinnern« fragte Jake, »wie du ins Mentor-Zentrum gelangt bist?«

»Nein, aber Dr. Spearman sagte mir, ich hätte wieder einen Zusammenbruch gehabt. Angeblich habe ich mich sehr seltsam benommen, so daß man beschloß, mich noch einmal dort einzuliefern.«

»War der Grund für deine erste Einlieferung auch ein Zusammenbruch?« Sie schwieg eine Weile. »So lautet die offizielle Erklärung«, sagte sie langsam. »Jedenfalls haben Spearman und mein Vater ...« Sie stellte ihre Füße auf den Boden der Kabine und richtete sich in ihrem Sitz auf. »Das ist ein sehr unangenehmes Thema. Weil ... weil die Möglichkeit besteht, daß mein Vater mich schon die ganze Zeit angelogen hat.«

»Du vermutest, daß du auch beim ersten Mal gar keinen Zusammenbruch hattest?«

Sie nickte. »Langsam komme ich zu dieser Überzeugung«, gestand sich Alicia ein. »Auf der einen Seite wollte ich ein gutes Mädchen sein, das Programm unterstützen und Dr. Spearman helfen, mich zu heilen und wiederherzustellen. Ein anderer Teil von mir hat sich jedoch geweigert. Es gibt da wirklich etwas, das ich vergessen soll. Ich bin mir sicher, daß Spearman Methoden angewandt hat, die Teile meiner Erinnerung auslöschen sollten.« Sie schüttelte den Kopf. »Es ist irgendwie ... verdammt, wenn sie Erfolg haben, dann vergißt man sogar, daß etwas mit einem angestellt wurde, damit man vergißt. Man kann den Rest seines Lebens mit einer ganzen Palette falscher Erinnerungen verbringen.«

»Vielleicht sollten wir das jetzt lieber nicht vertiefen«, schlug Jake vor.

»Ich habe mich an Tin Lizzie erinnert«, sagte sie. »An diesen schrecklichen Roboter, an den ich mich nicht erinnern sollte. Weil ich tief im Innern sehr störrisch bin, Jake, war da etwas, das nicht vergessen wollte. Es war, als würde ich ertrinken und mich immer wieder zur Wasseroberfläche vorkämpfen. Das Problem ist nur, daß ich scheinbar nicht ganz aus dem Wasser heraus und ans sichere Ufer komme.« Sie warf ihm einen Blick zu. »Wie ist sie gestorben?«

»Man hat sie umgebracht«, antwortete er leise. »Es waren die Tek-Barone.«

»Und du redest dir jetzt ein, du hättest sie aufhalten und ihr Leben retten können, nicht wahr?«

»So ist es, weil ich es tatsächlich hätte verhindern können.«

»Ich habe genau dasselbe Gefühl, ich könnte verhindern, daß ...« Sie verstummte, während sich tiefe Runzeln auf ihrer Stirn bildeten.

»Was verhindern?«

»Ich kann mich nicht erinnern«, sagte sie.

37

Sie holten den Sturm ein, als sie den zu New York gehörenden Teil von Tristate erreichten. Schwerer Regen prasselte auf den Gleiter herab, und helle Blitze zuckten krachend durch den dunklen Himmel.

Alicia saß mit untergeschlagenen Beinen in ihrem Sitz und beobachtete den über sie hereinbrechenden Sturm. »Wie heißt dieser Laden, zu dem du mich bringst?« fragte sie schließlich.

»Er hat keinen Namen«, antwortete Jake.

»Er heißt nicht Bundesbescheuertenstiftung oder Heim für Ungeratene Töchter?«

»Sie ziehen es vor, sehr diskret zu operieren.«

»Wer führt den Laden?«

»Eine Dame namens Maggie Pennoyer.«

»Eine Freundin von dir?«

Der Gleiter machte einen plötzlichen Ruck, und ein Blitz verwandelte die nächtliche Dunkelheit in ein intensives Blau.

»Eine langjährige Bekannte«, sagte Jake.

»Du glaubst wirklich, daß sie mir helfen kann?«

»Sie ist sehr gut, besonders bei Leuten, an deren Gehirn herumgepfuscht wurde.«

»Was ist mit dem Personal? Muß ich wieder ständig mit Robotern quatschen?«

»Bei unserem letzten Kontakt hatte Maggie zwei menschliche Mitarbeiter und drei Androiden«, sagte er. »Allerdings ist das schon etwa fünf Jahre her.«

»Ach ja, jetzt fällt mir wieder ein, daß ich noch etwas über dich gehört habe. Du warst im Gefängnis – sehr lange sogar, stimmt's?«

»Vier Jahre.«

»Das ist nicht so furchtbar lang.«

»Kommt drauf an.«

»Du warst in der Frostkammer.« Sie schlang die Arme um ihren Körper und zitterte. »Das muß schrecklich sein, im künstlichen Tiefschlaf zu liegen. Hast du geträumt?«

»Es heißt, man würde nicht träumen.«

»Aber du hast geträumt?«

»Ein wenig.« Sie befanden sich jetzt über dem zu Connecticut gehörenden Teil von Tristate, und der Sturm war nicht mehr so schlimm wie über New York. Nachdem er die Armaturen studiert hatte, gab Jake die Landekoordinaten ein. »Unser Ziel ist ein Städtchen namens Bridgefield.«

»Da war ich schon einmal. Ein ziemlich ödes Nest.«

Langsam begann der Gleiter zu sinken.

Auf dem Leuchtschild an einem Pfosten neben dem regenüberströmten Landeplatz stand NUTMEG-NATURRESERVAT.

»Es hat ja doch einen Namen«, bemerkte Alicia.

»Reine Tarnung.«

Die Landelichter des Gleiters strichen über ein Wäldchen weißblättriger Ahornbäume, als sich das Fahrzeug auf den fast leeren Landeplatz senkte.

Jake stieg aus, ging im prasselnden Regen um das Fahrzeug herum und half der jungen Frau beim Aussteigen. »Wir müssen diesen Weg dort entlanggehen.«

»Wie groß ist das Gelände?« Sie zog den Kopf zwischen ihre schmalen Schultern, als sie im Regen stand, und drückte sich an ihn.

»Etwa zehn Hektar.«

Der Kiesweg schlängelte sich zwischen den Bäumen hindurch. Plötzlich begann eine stämmige Eiche rechts von ihnen zu flimmern und wurde mit einem Knistern ganz unsichtbar.

»Hoppla!« sagte Alicia und sah sich im nachtdunklen Wald um. »Sind hier alle Bäume Projektionen?«

»Nur etwa die Hälfte«, antwortete Jake. »Es ist eine Mischung aus echten Bäumen und Hologrammen.«

Vor sich hörten sie das Geräusch von knirschenden Stiefeltritten auf dem feuchten Kies. Ein großer, schlaksiger Mann, der sich in eine Plast-Regenjacke gehüllt hatte und einen Werkzeugkoffer trug, kam ihnen entgegen.

Er blieb ein paar Schritte entfernt stehen, hielt die Laterne hoch und betrachtete die beiden. »Hallo!« sagte er schließlich.

»Guten Abend!« sagte Jake. »Sie müssen Jason McNaughton sein.«

»Der bin ich. Maggie hat mich schon vor euch gewarnt.«

Jake grinste.

»Ein paar Bäume sind kaputt«, sagte Jason. »Will sie noch schnell reparieren, auch wenn das Wetter saumäßig ist.« Er bedachte Alicia mit einem freundlichen Nicken, zwängte sich an ihnen vorbei und verschwand auf dem Weg in die Nacht.

»Der Hausmeister«, erklärte Jake.

Am Ende des Weges trafen sie auf eine Lichtung mit einer rustikalen Hütte in der Mitte. Gelbes Licht drang durch die Butzenscheiben.

Die Tür aus Echtholz öffnete sich knarrend, als Jake die oberste Stufe zur Veranda bestieg.

Eine kleine Frau, die kaum größer als ein Meter zwanzig war, stand im hellen Türrechteck. »Jake, es ist schön, dich einmal wiederzusehen!« sagte sie lachend.

»Ganz meinerseits, Maggie.« Er ging auf der Fußmatte in die Knie und umarmte sie.

Maggie Pennoyer drückte ihn an sich und gab ihm einen Kuß auf die Wange. »Komm rein und zeig mir das kranke Täubchen«, forderte sie ihn auf. Ihr linker Arm war mehrere Zentimeter kürzer als der rechte, und an ihrem linken Fuß trug sie einen Schuh mit erhöhter Sohle.

»Maggie bildet sich ein, daß ich mich auf die Rettung der Heimatlosen und Verstoßenen spezialisiert habe«, erklärte Jake.

Der steinerne Kamin und die brennenden Holzscheite darin waren echt.

Alicia streckte ihren Arm aus. »Ich bin Alicia Bower.«

Maggie schüttelte ihr die Hand. »Dir ist wahrscheinlich schon aufgefallen, daß ich nicht ganz symmetrisch gebaut bin. Eine Art Betriebsunfall sozusagen. Wenn ich einer von diesen Androiden wäre, die dein Vater baut, hätten sie mich reklamieren können. Setz dich doch! Du siehst aus, als hätte man dich hungern lassen.«

Alicia nahm neben dem Kamin in einem Stuhl aus Holz und Leder Platz. »Ich glaube, das habe ich mir selbst angetan«, sagte sie. »Mein Aufenthalt an diesem Ort hat mir irgendwie den Appetit verdorben.«

»Spearman!« spuckte Maggie den Namen aus. »Hast du es geschafft, diesen sadistischen Hurensohn zu erledigen, als du sie befreit hast, Jake?«

»Darum hat sich Alicia gekümmert.«

Maggie schlug sich mit der rechten Hand auf ihren Schenkel. »Hast du ihm auch recht viele Schmerzen und Qualen zugefügt?«

»Ich habe ihn nur betäubt.«

»Das ist bei weitem nicht das, was er verdient hat, dieser Schweinehund, aber es ist zumindest ein Anfang.«

»Jake hat mir gesagt«, begann die junge Frau, »daß Sie mich vielleicht . . .«

»Aha, sie nennt dich also schon bei deinem Vornamen!« Sie grinste Jake an. »Was hast du nur an dir, das die meisten Frauen sofort umhaut? Es kann nicht daran liegen, daß du so verlebt aussiehst oder daß du diesen gemeinen und finsteren Blick hast. Und dein angebliches Grinsen ist so böse, daß es Kindern das Blut in den Adern gefrieren . . .«

»Wollen wir uns nicht lieber mit Alicia befassen?« schlug Jake vor und setzte sich auf eine Holzbank.

»Du hast völlig recht, Jake. Außerdem haben wir gar nicht genug Zeit, um all deine Fehler zu kurieren.« Mit einem leichten Humpeln ging sie zur jungen Frau hinüber und musterte sie eingehend.

»Können Sie . . . den Schaden beheben, den Dr. Spearman angerichtet hat?«

»Darauf bin ich spezialisiert.«

»Wie sind Sie eigentlich dazu . . .«

»Jake hat es dir noch nicht erzählt, was?« Maggie lachte erneut. »Nun, früher war ich einmal auf deren Seite. Ja, ich habe fast fünf Jahre lang für die Regierung der Vereinigten Staaten gearbeitet. In jener Zeit habe ich einige neue und sehr effiziente Methoden entwickelt, wie man unerwünschte Informationen aus den Gehirnen von Menschen entfernt. Ich habe diese Methoden angewandt, und jetzt laufen in diesem Land einige hundert arme Trottel herum, die durch meine Schuld nicht mehr geradeaus denken können. Dann vor etwa sieben Jahren bin ich plötzlich zur Besinnung gekommen. Es war so etwas wie eine religiöse Bekehrung, nur daß ich eine vulgäre Heidin geblieben bin. Was ich so spät in meinem Leben entwickelt hatte, war ein Gewissen. Aber die meisten Menschen schaffen es nie, sich so etwas zuzulegen. Seit jener Zeit widme ich mein Leben der Wiedergutmachung dessen, was ich verbrockt habe.«

»Aber Ihre ehemaligen Vorgesetzten dürften damit doch gar nicht einverstanden sein, oder?«

Sie lachte. »Natürlich nicht, seitdem kauen sie verzweifelt an den Nägeln und leiden unter Verstopfung«, sagte Maggie. »Ich ziehe oft um, und bisher haben sie mich weder finden noch aufhalten können. Gefällt dir mein neuester Schuppen, Jake?«

»Gemütlich.«

»Das findet auch Jason – er ist etwa so nett wie der eingelegte Kadaver meines Onkel Simon. Aber es ist eine recht ruhige Gegend, und ich habe hier schon einige meiner besten Werke vollbracht.«

»Wie viele weitere Patienten hast du zur Zeit hier in Pflege?« fragte Jake.

Sie hielt drei Finger ihrer rechten Hand hoch. »Nur drei, die Zeiten sind nicht gerade die besten«, sagte sie. »Und das lumpige Honorar, das ich dir aus alter Freundschaft berechne, wird mich auch nicht reich machen.«

»Vergiß nicht die Befriedigung, die es dir verschaffen wird!«

Sie nickte Alicia zu. »Komm, ich zeige dir dein Quartier!« forderte sie sie auf. »Nach dem Abendessen kannst du einziehen. Wir werden morgen früh anfangen – und ich meine *früh*.«

38

Bascom spielte auf seinem Saxophon, als Gomez in sein Büro kam. Das durch den Dunst gefilterte Sonnenlicht drang in den großen Raum und ließ das Gerümpel in einem verschwommenen Leuchten erscheinen. »Warum spielst du nicht mal ›Cielito Lindo‹ auf der Tröte?« fragte Gomez.

»Weil ich noch kein angemessenes Bebop-Arrangement gefunden habe.«

»Meine nächste Frage lautet: Warum hast du mich zu so früher Morgenstunde herbeordert?«

»Ich habe Nachricht von Jake.«

»*Muy bueno.*« Gomez begann zu lächeln und stellte eine weitere Frage. »Geht es ihm gut?«

»Die Nachricht wurde von jemand anderem übermittelt, und ich habe nicht mit ihm persönlich geredet«, erklärte der Agenturchef.

»Ich habe mit einer sehr jähzornigen Anwältin aus Farmland gesprochen. Ihr Name ist Georgia Petway.«

»Was hat sie dir erzählt?«

»Jake hat Alicia Bower gefunden.«

»*Chihuahua!*« rief Gomez. »Ich hoffe, sie ist wohlauf.«

»Ja, sie ist bei Jake.«

»Und wo zum Teufel steckt Jake?«

Bascom setzte sich auf seinen Schreibtisch. »Miss Petway weiß es nicht, hauptsächlich aus dem Grund, weil er ihr nicht genau gesagt hat, wohin er gehen wollte.«

»Aber er kommt nicht hierher?«

»Noch nicht, soviel hat er ihr verraten.«

Gomez setzte sich in einen Klappstuhl und legte seine Beine auf eine Kiste Info-Disketten. »Hat sich Alicia tatsächlich auf dem Gelände des Mentor-Zentrums befunden?«

Bascom nickte. »Jake hat sie mit der wertvollen Unterstützung von Miss Petway gestern dort herausgeholt«, antwortete der Chef. »Dr. Spearman und unser alter Freund Sam Trinity wurden dabei vorübergehend außer Gefecht gesetzt.«

»Das ist nicht gut«, bemerkte Gomez. »Sobald Trinity wieder auf den Beinen ist, wird er Himmel und Hölle in Bewegung setzen, um sich dafür an Jake zu rächen.«

»Zweifellos«, stimmte Bascom zu.

»Hat diese *señorita* eine Ahnung, worum es bei der ganzen Sache geht?« fragte Gomez.

»Nur daß Spearman offenbar versucht hat, Alicias Gedächtnis auszuradieren. Doch es gibt noch keinen Hinweis darauf, was sie unbedingt vergessen soll.«

Gomez verschränkte seine Finger und stützte sein Kinn darauf. »Möglicherweise hat Jake sie irgendwohin gebracht, wo man ihr helfen kann, sich wieder zu erinnern.«

»Die Idee ist mir auch schon gekommen.«

»Vielleicht in Maggie Pennoyers Gehirnwerkstatt.«

»Auch darauf bin ich schon gekommen«, sagte Bascom. »Und wenn wir bis heute abend nichts von Jake persönlich hören, werde ich mich einmal bei der Dame melden.«

»Vielleicht kommt auch dieser *cabron* Trinity auf die Idee, bei ihr anzuklopfen.«

»Falls er eine Ahnung hat, wo sie sich gegenwärtig versteckt.«

Gomez stand auf, streckte sich und gähnte. »Wir können diesen Fall wohl noch nicht als abgeschlossen bezeichnen, oder?«

»Zu viele lose Enden«, sagte Bascom und schüttelte den Kopf. »Sheldon Gates befindet sich übrigens immer noch in polizeilichem Gewahrsam wegen seiner Verbindung zum Mordfall Ford Jaspers, aber er hat noch nicht geplaudert. In der Zwischenzeit habe ich ein paar Leute abgestellt, um die Machenschaften von Myra Ettinger und Bernhard Zangerly im Auge zu behalten.«

»Der *padre* unseres Klienten hängt ebenfalls in der Sache drin, wie?«

»Nach der Identifikation, die Jimalla Keefer für uns vorgenommen hat, gehört er zu der Mechanix-Gang, mit der Shel unter einer Decke steckte.«

»Ich werde mich später mit einem Informanten treffen, *jefe*«, sagte Gomez und wandte sich zur Tür. »Er kann mir vielleicht etwas über Myras Verbindungen zu Agenten der Regierung verraten.«

»Hast du dieser rothaarigen Reporterin irgend etwas anvertraut?«

»So wenig wie möglich«, antwortete Gomez.

Am Morgen regnete es immer noch, aber nicht mehr so stark und heftig. Nach einem einsamen Frühstück ging Jake auf die Veranda der Hütte und setzte sich auf einen der Holzstühle. Mit seiner Tasse Kaffeeimitat in der Hand beobachtete er, wie der Regen auf den Wald fiel. In den ersten fünfzehn Minuten begannen zwei Bäume zu flimmern und zu verschwinden.

Kurz nach zehn Uhr kam Maggie auf die Veranda. »Guten Morgen«, sagte sie und kletterte auf den Stuhl neben ihm.

»Machst du Fortschritte?« fragte er.

»Es geht so.« Sie legte ihre linke Hand auf ihr linkes Knie und ließ ihren erhöhten Schuh baumeln.

»Aber?«

»Ich möchte, daß du einmal mit herunter kommst und dir ansiehst, was wir bis jetzt ausgegraben haben.«

Jake studierte ihr Gesicht. »Hast du entdeckt, was sie weiß?«

»Ja, das meiste«, antwortete Maggie leise.

»Das ist doch gut!«

»Dieses Mädchen mag dich aus unerfindlichen Gründen«, sagte sie zu ihm. »Was noch wichtiger ist, sie vertraut dir.«

»Maggie, worüber machst du dir Sorgen?«

»Nichts, mein lieber Jake. Überhaupt nichts«, sagte sie und starrte in den Wald hinaus. »Ich habe doch Medizin studiert, oder? Das bedeutet, daß ich eine Menge vertragen kann. Ich habe Leichen aufgeschnitten, die einmal lebende Menschen waren, und ich habe zugesehen, wie süße kleine Kinder starben. Verdammt, ich bin abgehärtet!«

»Stimmt, das sagt man dir nach.« Jake stand von seinem Stuhl auf und hockte sich neben ihren. »Du hast mehr entdeckt, als du erwartet hattest.«

»Ich bin auf einen Hinweis gestoßen.«

»Und du weißt nicht, ob du ihr davon erzählen solltest.«

»Verdammt, sie muß es erfahren.« Sie legte ihre Hände auf seine Schultern und hob sich aus dem Stuhl. »Hast du dich schon einmal gefragt, warum es hier keine Stühle gibt, die meiner Körpergröße entsprechen?«

»Ich weiß die Antwort, Maggie. Das wäre zu leicht für dich.«

Sie nickte und lachte kurz und leise. »Komm mit mir nach unten«, forderte sie ihn auf. »Alicia möchte, daß du es dir ansiehst.«

39

Der erste unterirdische Raum, in den Maggie ihn führte, enthielt zwei niedrige Pritschen und einen komplizierten Aufbau elektronischer Apparaturen. Auf einem kleinen Metalltisch zwischen den beiden Pritschen lag etwas, das wie eine Tek-Ausrüstung aussah.

»Wozu benutzt du dieses Zeug?« fragte Jake, als er es bemerkte.

»Das ist nicht für Tek-User gedacht, ich habe es selbst umgebaut.« Sie kletterte auf eine Pritsche und setzte sich. Mit der rechten Hand zeigte sie auf die Apparaturen, die die Wand hinter ihr einnahmen. »Wenn ich einen Patienten mit diesem Kram hier bearbeite, den ich übrigens zum größten Teil selbst entwickelt habe, kann ich ziemlich genau feststellen, was man mit seinem Kopf angestellt hat.«

»Und was hast du über Alicia herausgefunden?«

»Dieser Schweinehund hat definitiv versucht, ihre Erinnerung an bestimmte Dinge zu blockieren«, antwortete Maggie. »Aber er ist dabei nicht sehr geschickt vorgegangen, dieser verdammte Schlächter. Außerdem ist Alicia sehr störrisch. Die Blockaden waren undicht, und Erinnerungen begannen wieder in ihr Bewußtsein zu sickern. Als die Leute das bemerkten, wurden sie sehr unruhig und beschlossen, sie noch einmal von diesem Verrückten behandeln zu lassen.«

»Weißt du, was sie auslöschen wollten?« fragte Jake.

»Nicht auslöschen. Dazu ist Spearmans Methode nicht geeignet«, verbesserte sie ihn. »Er versuchte es zu blockieren, zu verstecken, es unter der Oberfläche des Gedächtnisses zu halten.«

»Aber du weißt es?«

»Ja, ich habe die Blockade aufgehoben.« Sie zeigte auf die modifizierte Tek-Ausrüstung. »Wenn ich den Patienten daran anschließe und die Gedankenimpulse durch meine Version eines ID-Simulators schicke, kann ich so etwas wie eine holographische Video-Aufzeichnung der im Gehirn gespeicherten Erinnerungen anfertigen. Diese kleine Peepshow ist natürlich nicht sehr akkurat, da es immer einen gewissen Anteil an subjektiver Verzerrung und einen Qualitätsverlust durch die Beschränkungen meiner Ausrüstung gibt. Aber die Ergebnisse sind gar nicht schlecht, Jake.« Als Maggie versuchte, wieder auf den Boden zu kommen, fiel sie auf die Knie.

Jake machte keine Anstalten, ihr zu helfen. »Und das werden wir uns jetzt ansehen – eine Aufzeichnung, die du aus Alicias Erinnerungen herausgeholt hast?«

»Danke.« Sie brachte sich wieder auf die Beine, indem sie sich am Gestell der Pritsche hochzog. »Die meisten Leute wären sofort aufgesprungen und hätten mich bemuttert. Aber du weißt, wie man sich benimmt.«

»Vielleicht bin ich einfach nur herzlos.«

»Nein«, sagte sie und ging zur Tür hinüber. »Ich hatte zwar noch keine Gelegenheit, mir das Innere deines Schädels einmal genauer anzusehen, aber ich kann mir recht genau vorstellen, was sich darin befindet.«

In der Mitte des großen, kreisrunden Raums standen vier Stühle auf einer schmalen, niedrigen Bühne. Alicia saß mit zusammengepreßten Knien und verschränkten Armen auf dem Stuhl ganz links. Als Jake eintrat, lächelte sie flüchtig und deutete mit einem Kopfnicken auf den Stuhl neben sich. »Bitte setz dich während der Vorführung neben mich«, bat sie ihn.

Er nahm im bezeichneten Stuhl Platz und legte ihr beruhigend eine Hand auf die Schulter. »Wie geht es dir?«

»Den Umständen entsprechend ganz gut«, antwortete sie leise. »Hat Maggie dir gesagt, was wir ausgegraben haben?«

»Nein.«

Sie streckte einen Arm aus und griff nach seiner Hand. »Es ist nicht schön«, sagte sie. »Es ist . . . nun, du wirst es ja sehen.«

»Bist du sicher, daß ich es mir ansehen sollte?«

»Ja, das bin ich, Jake. Ich werde anschließend deine Hilfe brauchen, weil . . . nun, du wirst sehen.«

Maggie hatte sich auf den Stuhl ganz rechts gesetzt und hielt eine Fernbedienung in der Hand. »Können wir loslegen, Kinder?«

Alicia antwortete nicht sofort. »Ja, gut«, sagte sie schließlich sehr leise.

Die Raumbeleuchtung wurde langsam dunkler, bis es stockfinster war. Alicia drückte seine Hand fester. Ihre Finger waren eiskalt.

Ein paar Meter vor ihnen baute sich das Bild eines schwach beleuchteten Korridors auf. Ein hübsches Mädchen mit rotbraunen Haaren und einem Partykleid kam durch den Vordereingang. Draußen war es dunkle Nacht.

»Das bin ich«, flüsterte Alicia ihm ins Ohr. »Ich sehe mich selbst offenbar viel netter, als ich tatsächlich bin.«

Unvermittelt wurde eine Tür im Korridor aufgerissen. Im

Rechteck aus grellem Licht stand ein jüngerer und gesünderer Owen Bower. Der breitschultrige Mann trug einen kurzen Bademantel und hielt einen Drink in seiner großen Hand. »Komm endlich, verdammt noch mal!« brüllte er mit schroffer, betrunkener Stimme. »Komm, wenn ich dich rufe, oder . . .«

Plötzlich war er verschwunden, und die Tür stand nur noch einen Spalt weit offen. »Ich weiß nicht, woher das auf einmal kommt«, flüsterte Alicia. »Es ist . . . völlig ohne Zusammenhang.«

Die andere Alicia blieb vor dem dünnen Lichtspalt stehen und horchte stirnrunzelnd.

Aus dem Raum drangen Stimmen zweier sich streitender Männer.

»Versuchen Sie nicht, mir mit diesem patriotischen Unsinn auf die Nerven zu gehen, Treska!« brüllte Bower. »Der Preis war bereits abgemacht.«

»Das hier hat nichts mit Patriotismus zu tun, Owen. Ich versuche nur Ihnen klarzumachen, daß das Büro für Geheime Angelegenheiten sich nicht unter Druck setzen läßt, weder von Ihnen noch von Myra . . .«

»Dann suchen Sie sich doch einen anderen!«

»Sie wissen, das das nicht geht«, sagte Treska. »Mechanix hat praktisch das Monopol für den Verkauf von Androiden nach Mittel- und Südamerika.«

Bower lachte tonlos. »Darauf können Sie Ihren runzeligen Hintern verwetten, Treska«, sagte er. »Und jeder Name auf Ihrer Liste, von Antonio Corte an, stellt einen Kunden von uns dar. Wenn Sie wollen, daß die Leute auf dieser Schwarzen Liste tödliche Unfälle haben, dann werden Sie mit mir zusammenarbeiten müssen. Und Sie werden den Preis dafür zahlen, den wir abgemacht haben.«

»Der Preis war in der Tat abgemacht, aber jetzt versuchen Sie . . .«

»Das war eine unverbindliche Vereinbarung. Aufgrund der technischen Schwierigkeiten und der verschiedenen Neuplanungen mußte die Situation neu eingeschätzt werden«, sagte Bower zu ihm. »Diese Roboter und Androiden so umzuprogrammieren, daß sie tödliche Unfälle anzetteln – glaubwürdige Unfälle, die nicht nach etwas anderem aussehen –, erfordert viel Zeit und unser ganzes Geschick.«

»Wir werden unsere Zahlungen an Sie so lange einstellen, bis . . .«

»Hören Sie mit diesen Drohungen auf! Sie wissen verdammt genau, daß Sie genau das bezahlen werden, was ich verlange.«

Die Alicia in der Holo-Projektion entfernte sich langsam von der Tür und verschwand in der Dunkelheit.

»Das war vor anderthalb Jahren, als ich gerade von einer Verabredung nach Hause kam«, erklärte sie Jake. »Die Tür zu seinem Zimmer war nicht ganz geschlossen, so daß ich verstehen konnte, was drinnen geredet wurde.«

Ein weiteres Bild schälte sich aus der Dunkelheit. Alicia stand in Jeans und einem gestreiften T-Shirt und mit zurückgebundenen Haaren neben einem schweren Holzschreibtisch. In der Hand hielt sie ein Blatt blaues Papier. »Das ist die Liste, mein Schatz, nicht wahr?« Bower war leise in sein Arbeitszimmer getreten. Er war älter als in der ersten Aufzeichnung, trug einen grauen Geschäftsanzug und wirkte noch völlig gesund.

»Du . . . du willst diese Leute töten lassen!« Das Papier zitterte leicht in ihrer Hand. »Alle zehn!«

»Zehn unbedeutende Menschen«, sagte ihr Vater. »Nun, für das BGA und die beteiligten Tek-Kartelle sind sie wichtig, aber nicht für die Menschheit als Ganzes.«

»Kannst du tatsächlich unsere Roboter und Androiden so modifizieren, daß sie Menschen umbringen?«

»Wenn's weiter nichts ist, mein Schatz.« Sehr vorsichtig nahm er ihr die Liste aus der Hand.

»Und sie werden es so drehen, daß es wie ein Unfall aussieht, wie eine Serie von Unfällen?«

»Wir wollen nicht, daß deswegen jemand geschnappt oder verhaftet wird. Es geht hier nicht um Kamikaze-Androiden.«

»Ich verstehe einfach nicht, wie du . . .«

»Alicia, ich fürchte, du mußt auf eine kleine Erholungsreise gehen.«

Die Bilder wichen erneuter Dunkelheit.

Langsam ging in dem kleinen runden Raum das Licht wieder an.

»Ich kann mich an alle Namen auf der Liste erinnern«, sagte Alicia leise. »Drei von ihnen sind noch am Leben.«

40

Jake saß allein in seinem Zimmer vorgebeugt vor dem abhörsicheren Videophon. Auf dem kleinen Bildschirm war das Gesicht seines Partners zu sehen.

Gomez und Jake hatten sich gerade gegenseitig über die Neuigkeiten im Zusammenhang mit ihrem Fall unterrichtet.

»Das Problem ist nur«, sagte Jake, »daß wir nicht viel beweisen können.«

»Es gibt ein paar *hombres,* die in den nächsten paar Wochen ausgeschaltet werden sollen, wenn diese Informationen nicht an die Öffentlichkeit gelangen«, sagte Gomez in Groß-Los-Angeles. »Wie ich schon sagte, stehe ich kurz davor, beweisen zu können, daß Myra mit einigen Jungs vom BGA unter einer Decke steckt. Und wenn Sheldon Gates irgendwann plaudert, wird sie mit dem Mordfall in Verbindung gebracht.«

»Das ist nur eine Nebenhandlung.« Dann richtete Jake sich grinsend in seinem Stuhl auf. »Moment mal! Ich habe die Antwort, Sid – Natalie Dent!«

Gomez zupfte an seinem Schnurrbart. »Ich fürchte, *amigo,* du mußt mir noch sagen, wie die Frage lautet.«

»Das ist die große Story, auf die sie gewartet hat«, erklärte Jake. »Sie ist nicht durch dieselben Spielregeln gebunden wie wir, und wie ich Newz kenne, wird man dort nur allzu bereit sein, die Sache sofort publik zu machen, auch wenn es bislang nur Indizien für die ganze Verschwörung gibt. Sie könnte die Liste veröffentlichen, die Namen, die bereits gestrichen wurden, und auch die noch offenen. Sie könnte sogar andeuten, daß Mechanix International etwas mit der Sache zu tun hat.«

»Das würde bedeuten«, sagte Gomez, »ich könnte der *señorita* wirklich den sensationellen Knüller geben, den ich ihr versprochen habe.«

»Sobald es heraus ist, werden sie keine weiteren Morde mehr riskieren.«

»*Si*, und Shel könnte dazu gebracht werden, sein Schweigen zu brechen«, sagte er. »Und Bascom wird in einer wesentlich besseren Position sein, wenn er einigen seiner Kumpel bei der Regierung ein paar Informationen zukommen läßt.«

»Ich werde noch einen Tag hierbleiben, also verrate niemanden, wo Alicia ist«, sagte Jake. »Aber sonst kannst du wie abgesprochen weitermachen.«

»*Bueno*«, sagte Gomez. »Ist schon so gut wie erledigt.«

Die hübsche blonde Androiden-Sekretärin stand hinter ihrem Schreibtisch auf, stemmte beide Handflächen auf die Tischplatte und funkelte ihn tadelnd an. »Sie haben Ihrem Vater eine Menge Sorgen verursacht, Mr. Zangerly.«

»Ja, das glaube ich«, sagte Barry. »Und ich fürchte, daß es noch nicht vorbei ist.«

Die Tür zum Büro seines Vaters glitt auf. »Du hättest nicht herkommen dürfen«, sagte Bernard, der im Türrahmen stand.

»Wollen wir das hier draußen oder lieber in deinem Büro besprechen?«

»Na gut, wenn du schon einmal hier bist – komm rein. Keine Anrufe, Irene!«

»Ich würde ihm einmal kräftig die Leviten lesen, Mr. Zangerly«, sagte die hübsche Androidin. »Einfach aus dem Krankenhaus zu verschwinden, sich auf einen Kampf mit Assistenten einzulassen und dann ...«

»Ja, schon gut, Irene.« Die Tür schloß sich hinter ihnen, als Barry das große, schlichte Büro betreten hatte. »Bei unserem Überwachungssystem weiß inzwischen jeder, daß du hier bist. Das könnte sehr ...« Er seufzte und ging zu seinem Schreibtisch.

»... gefährlich werden?«

»Ich wollte ›peinlich‹ sagen.« Der magere Mann ließ sich in seinen Stuhl sinken.

»Wo ist Rog?«

»Ich weiß es nicht.« Er begann, einen Haufen Info-Disketten zu einem ordentlichen Stapel zusammenzuschieben.

Barry beugte sich zu ihm herab und wischte die Disketten mit dem Handrücken vom Schreibtisch. »Sieh mich an! Sieh mir in die Augen, und dann sag mir, daß du keine Ahnung hast, was mit ihm geschehen ist!«

Sein Vater hob den Kopf. »Du und Roger, ihr seid zumindest in den letzten Jahren nicht sehr gut miteinander ausgekommen«, sagte er. »Warum dieses plötzliche ...«

»Er hat sich für Alicias Verschwinden interessiert«, sagte Barry. »Mechanix hat mit der Sache zu tun und ein Kerl namens Rob Stinson und ... und du, Dad! Du hast auch Dreck am Stecken!«

»Das ist ja lächerlich. Außerdem werde ich dieses Gespräch nicht fortsetzen, wenn du mich weiterhin so anbrüllst und ...«

»Alicia wird vermißt. Und jetzt auch noch Roger. Ich habe die Absicht, so lange herumzubrüllen, bis ...«

»Bitte, Barry, nicht!« Er stand auf und hob die auf dem Boden verstreuten Info-Disketten auf. »Wie kommst du auf die Idee, deinem Bruder könnte etwas zugestoßen sein?«

»Weil ich ihn nicht auftreiben konnte. Er ist seit zwei Tagen unauffindbar.«

»Das ist nicht ungewöhnlich, vermut...«

»Roger hat sich regelmäßig bei mir gemeldet. Dann hörte es

plötzlich auf«, sagte sein Sohn. »Mitten in seinen Versuchen, herauszufinden, was du mit Alicia gemacht hast. Hast du Roger töten lassen?«

Bernard ließ die Disketten auf dem Fußboden liegen und setzte sich wieder. »Er ist unverletzt, mein Sohn«, sagte er mit schwacher, müder Stimme. »Und sie auch.«

Barry ging um den Schreibtisch herum und baute sich vor seinem Vater auf. »Mein Gott, du hast die ganze Zeit gewußt, wo sie ist?«

»Bitte, schrei mich nicht an«, sagte er. »Es gibt keinen Grund, warum wir nicht in Ruhe . . .«

»Wo ist sie? Sag mir einfach nur, wo sie ist!«

Der ältere Mann nahm die Hand seines Sohnes in seine. »Es gibt da ein paar Dinge, die du verstehen . . .«

»Sag es mir, du verdammter Mistkerl!« Er zerrte seine Hand aus seinem Griff.

»In all den Jahren wolltest du nicht ein einziges Mal zuhören, Barry, wenn ich dir die finanziellen Gründe erklären wollte, warum ich immer noch hier in . . .«

»Ja, ich weiß. Es war dein beträchtliches Mechanix-Gehalt, das mir den Schulbesuch ermöglicht und mich zu dem angesehenen Akademiker gemacht hat, der ich heute bin.«

»Es ist nur so, daß . . . ich Angst bekam, nicht mehr genug Geld zur Verfügung zu haben. Also habe ich verschiedene Dinge . . .«

»Nein! Versuche nicht, mir die Schuld für deine Schweinereien zu geben!« schrie sein Sohn. »Ich habe dich nie darum gebeten, mich zu unterstützen, du wolltest es! Ich hätte mein Studium auch selbst finanzieren können.«

»Wie?«

»Du versuchst es wohl immer wieder, was? Sogar jetzt noch! Vielleicht hast du geglaubt, ich wäre damals faul gewesen und hätte niemals arbeiten können, um . . . Aber das spielt jetzt keine Rolle. Jetzt mußt du mir endlich sagen, wo sie ist!«

Sein Vater lehnte sich in seinem Stuhl zurück und atmete

langsam und schwer ein. »Wir haben eine Vereinbarung mit dem Geheimdienst der Regierung getroffen«, begann er, wobei seine müde Stimme immer monotoner wurde. »Owen hat es ursprünglich in die Wege geleitet und einem Freund im Büro für Geheime Angelegenheiten vorgeschlagen. Weißt du, es ist möglich, einige unserer besseren Maschinen so zu modifizieren und umzuprogrammieren, daß sie ...« Er hielt inne und konzentrierte sich darauf. vorsichtig ein- und auszuatmen. »Ich war nicht damit einverstanden, aber ich mußte feststellen, daß ich mich gegen Owen und Myra Ettinger nicht hätte durchsetzen können.«

»Wozu sollten sie programmiert werden?«

Die Stimme seines Vaters wurde immer schwächer. »In Südamerika und Mittelamerika gibt es gewisse ...«

»Ich verstehe nicht, was du sagst.«

»Die Todesfälle in Südamerika – ich konnte mich nie richtig damit abfinden«, erzählte Bernard weiter. »Das BGA hat dort Verbindungen zu gewissen Tek-Kartellen, und ein Teil ihrer Profite wird in die Anschaffung von Waffen investiert, die für politische Gruppierungen in ganz Mittelamerika bestimmt sind, mit denen das BGA sympathisiert, die sie aber nicht öffentlich unterstützen kann.«

»Was haben du und Mechanix damit zu tun?«

»Owen, Myra und ich haben gemeinsam mit einigen BGA-Agenten eine Methode entwickelt, mit der sich diverse unserer Roboter und Androiden modifizieren lassen«, sagte der ältere Mann mit immer noch schwacher Stimme. »Dadurch ließen sie sich ... nun, man könnte sagen, sie dienten als Attentäter.«

»Attentäter ... Du meinst, sie sollten explodieren wie diese Kamikaze-Androiden, mit denen sich die Tek-Barone gegenseitig umbringen?«

»Nein, es ist wesentlich subtiler, nicht so offenkundig und verdachterregend«, sagte Bernard. »Ein Robot-Butler zum Beispiel kann dafür sorgen, daß sein Besitzer vom Balkon stürzt oder in der Badewanne ertrinkt. Eine Roboterkrankenschwester könnte Verschiedenes arrangieren, so daß der Patient nachts scheinbar aus ganz natürlichen Gründen . . .«

»Was hat das alles mit Alicia zu tun?«

Bernard legte beide Hände auf den Tisch und verschränkte die Finger. »Es war reiner Zufall, daß sie ein Gespräch mithörte, das ihr Vater mit einem BGA-Agenten namens Treska führte. Das war zu Hause bei den Bowers. Und dann gab es da auch noch eine Liste mit den vorgesehenen Zielen . . .«

»So nennst du sie? Es sind Menschen!«

»Alicia hat die Liste gesehen.«

»Das war kurz bevor sie ins Mentor-Zentrum geschickt wurde, nicht wahr?«

Sein Vater nickte langsam. »Ja. Es hat nie einen Zusammenbruch gegeben.«

»Und was hat man mit ihr angestellt – eine Gedächtnisauslöschung oder irgendeine Operation?«

»Das BGA und Myra wollten sie einfach umbringen. Owen und ich jedoch . . .«

»Ach ja! Natürlich! Du bist ja so ein Menschenfreund, und ihr verdammter Vater hat sie sicher sehr lieb«, sagte Barry laut.

»Nein, Owen Bower wollte nicht zulassen, daß ihr etwas angetan wurde. Er hat sie nur in diese elektronische Klapsmühle geschickt, damit man dort ein wenig . . .«

»Du mußt verstehen, mein Sohn, daß Owen etwas unternehmen mußte!«

»Nein, das verstehe ich nicht. Er hätte niemals zulassen dürfen, daß mit seinen Maschinen Menschen getötet werden, dann hätte er seine Tochter auch niemals . . .«

»Owen war anderer Meinung.«

»Ist sie jetzt wieder dort – im Mentor-Zentrum?« fragte Barry ruhig.

»Sie war dort.«

»Was meinst du damit?«

»Es ist ziemlich verwirrend«, sagte sein Vater. »Einer der dortigen BGA-Agenten wurde verletzt und . . . Myra hat den Verdacht, daß etwas passiert ist, obwohl niemand bei Mentor etwas zugibt. Sie glaubt, daß Alicia irgendwie entkommen ist.«

»Und wo ist sie jetzt?«

»Wir wissen es nicht genau. Es besteht die Möglichkeit, daß sie immer noch dort ist.«

»Was ist mit Roger?« fragte Barry. »Haben sie ihn auch schon . . .«

»Nein, er ist hier.« Sehr langsam stand er auf. »Wir werden zu ihm gehen.«

41

Myra Ettinger war unzufrieden. »Bernard, du weißt genau, was ich davon halte, wenn du einfach in mein Büro gestürmt kommst, ohne . . .«

»Es ist zu spät«, sagte er zu ihr.

Sie sah von ihm zu seinem Sohn. »Du siehst überhaupt nicht gut aus, Barry«, sagte sie, zündete sich eine neue Zigarette an und blies den Rauch in die Luft. »Ich würde sagen, du hast das Krankenhaus viel zu früh verlassen und . . .«

»Wo ist Roger?«

»Wie kommst du darauf, ich könnte . . .«

»Myra, laß es sein!« sagte Bernard. »Ich habe ihm alles erzählt.«

Sie nahm einen weiteren langen Zug von ihrer Zigarette. »Was erzählt, mein Lieber?«

»Alles. Ich weiß, daß ihr Roger hier in der medizinischen Abteilung festhaltet, bis . . .«

»Du verdammter Idiot! Es gab keinen Grund, alles hinauszuposaunen, was . . .« Das Videophon neben ihrem Stuhl summte. »Einen Augenblick, Bernard.« Sie hob das Gerät auf. »Ja, was ist?«

»Schalte doch mal den Newz-Kanal ein«, sagte Jiri Treska zu ihr.

»Mein Lieber, ich bin mitten in einer wichtigen Besprechung und habe wirklich nicht die Zeit . . .«

»Nun schalt ihn endlich ein, verdammt noch mal!« Damit wurde der Bildschirm schwarz.

Myra runzelte die Stirn und fingerte nach einem Knopf auf ihrer Stuhllehne.

Der Wandbildschirm gegenüber erhellte sich. Natalie Dent saß an einem Echtholztisch und sah direkt in die Kamera. »Diese Attentate«, sagte sie gerade, »sowohl die bereits durchgeführten als auch die für die nächsten Wochen geplanten, geschahen auf Veranlassung des Büros für Geheime Angelegenheiten. Außerdem haben wir allen Grund zur Annahme, daß auch mehrere einflußreiche Mitarbeiter der mächtigen Firma Mechanix International sich aktiv daran beteiligt haben. Bevor ich Ihnen weitere Einzelheiten darüber mitteile, werde ich noch einmal die Liste der Opfer und vorgesehenen Opfer wiederholen. Es sind Antonio Corte . . .«

»Nun«, sagte Myra, nachdem sie die Videowand abgeschaltet hatte. »Ich denke, dadurch hat sich die Situation entscheidend geändert.« Sie löschte ihre Zigarette und stand auf.

»Es ändert überhaupt nichts«, sagte Barry. »Du wirst uns trotzdem zu Roger bringen.«

»Nein, wirklich nicht«, sagte sie lachend. »Was ich jetzt tun werde, ist folgendes: Ich gehe so schnell wie möglich nach Hause, packe meine Sachen und mache mich auf den Weg zu einem abgeschiedenen Plätzchen von Mexiko. Die Gelder, die ich über die Grenze auf meine dortigen Bankkonten transferiert habe, werden mich . . .«

»Myra, du wirst jetzt tun, was wir dir sagen!« Bernard kramte in seiner Jackentasche und zog eine Laserpistole hervor. »Ich brauche dich nicht, um Roger zu befreien, aber ich würde mich wesentlich sicherer fühlen, wenn du uns begleitest.«

Sie lachte erneut, schüttelte den Kopf und ging zur Tür. »Ich glaube wirklich nicht, mein Lieber, daß du den Mut hast, auf mich zu schießen.«

Doch er hatte ihn.

Alicia fand Jake im Wald. Er saß auf einem echten Baumstamm neben einem künstlichen Teich, der von simulierten Kiefern umgeben war.

Die junge Frau blieb vor ihm stehen. »Wir haben noch mehr Erinnerungen ausgegraben«, sagte sie.

»Das habe ich gehört.«

Die künstlichen Blätter raschelten realistisch, als sie zu ihm hinüberging und sich neben ihn setzte. »Viel frühere«, erklärte sie, »die freundlicherweise auch von Dr. Spearman blockiert wurden.«

»Du mußt mir nicht von allem erzählen, was . . .«

»Aber ich möchte es – wenn es dir nichts ausmacht.«

»Gut, dann erzähle.«

Alicia schwieg fast eine Minute lang. »Ich glaube nicht«, sagte sie schließlich, »daß du dir eine Vorführung der neuen Erinnerungen ansehen solltest. Ich bin sehr schnell darin – vielleicht zu schnell –, Leute einzuschätzen. Daher habe ich schon entschieden, daß ich dir vertrauen kann.«

»Man nennt mich Jake Cardigan, den Vertrauenswürdigen.«

Sie nahm seine Hand. »Nachdem meine Mutter starb . . . hat mein Vater viel getrunken.« Sie wandte den Blick von Jake ab und sah zum recht realistisch wirkenden Teich hinüber. »Dadurch wurde er . . . sehr gemein. Er hat mich . . . oft geschlagen. Aber das war es nicht, was mich am meisten störte. Es war . . . das, was er zu mir sagte.« Ihre Hand griff fester nach seiner. »Was Menschen zu einem sagen, Menschen, die man gern hat, das kann einen viel tiefer verletzen als . . .« Sie schüttelte den Kopf und begann, leise zu weinen. »Mein Gott, ich erzähle ja nur Banalitäten. Tut mir leid.«

Ein echter Waschbär kam sehr vorsichtig aus dem holographischen Wald gewatschelt. Er blieb auf der gegenüberliegenden Seite des Teiches stehen und beobachtete sie aus mißtrauischen Augen.

»Was hat er gesagt?« fragte Jake.

»Ich war ein wildes Kind«, sagte Alicia. »Ich hatte in der Schule immer wieder Ärger ... und auch sonst. Er hat mir ständig vorgehalten, daß ... ich meiner Mutter das Herz gebrochen und sie so krank gemacht hatte, daß ... sie durch meine Schuld starb.«

»Das ist es nicht, was Menschen tötet.«

»Er sagte ... daß er, wenn er die Wahl gehabt hätte ... viel glücklicher geworden wäre, wenn ich gestorben und meine Mutter am Leben geblieben wäre.« Alicia senkte den Kopf und schluchzte. »Nach einer Weile fing ich an, ihm zu glauben. Irgendwann hörte er mit dem Trinken auf, aber er hat sich nie entschuldigt. Ich ... als ich älter wurde, dachte ich, wenn er mich nicht mehr liebt ... nun, dann gab es eine Menge anderer Männer, vor allem ältere Männer, die mich lieben könnten.« Sie schüttelte erneut den Kopf, lachte kurz und auf traurige Weise. »Du hattest Glück, Jake, daß du mich damals noch nicht gekannt hast. Ich hätte mich vermutlich an dich rangemacht.«

Jake sagte nichts.

»Als er mich zum ersten Mal zu Spearman schickte – ich kann mich jetzt erinnern, wie er das begründet hat. Er sagte, weil es zu gefährlich für mich war, wenn ich wüßte, was sie vorhaben. Er würde mir natürlich vertrauen, aber diese Regierungsleute, mit denen er zu tun hatte ... er befürchtete, sie würden mich töten oder sonstwie aus dem Verkehr ziehen. Wenn ich mein Wissen ausplaudern würde, könnte ich ihren ganzen Plan zunichte machen. Und weil er mich so lieb hatte, wollte er mich ins Mentor-Zentrum schicken, wo ich von meinem gefährlichen Wissen befreit werden sollte. Er hat mir klarzumachen versucht, daß alles nur zu meinem Besten sei.«

»Das war auch der Lieblingsspruch meines Vaters«, sagte Jake.

»Mein Aufenthalt bei Spearman«, fuhr sie fort, »überzeugte meinen Vater, daß Mentor mit potentiell gefährlichen Situationen umgehen konnte. Aus diesem Grund vereinbarte er mit Sam Trinity, mich zum zweiten Mal hinzubringen, als ich mich wieder zu erinnern begann.«

»Bist du jetzt bereit, nach Hause zurückzukehren?« fragte Jake.

»Morgen vielleicht«, antwortete sie. »Da jetzt dank dir und deiner Freunde bei Newz das meiste an die Öffentlichkeit gelangt ist, hat niemand mehr einen Grund, mich zum Schweigen zu bringen.«

»Sie werden zu sehr damit beschäftigt sein, sich in Sicherheit zu bringen.« Sie nahm wieder seine Hand. »Ich weiß, daß ich nicht offiziell euer Klient bin«, sagte sie, »aber könntest du mir vielleicht noch einen Gefallen tun, Jake?«

»Schon möglich. Was soll ich tun?«

»Ich möchte meinen Vater noch einmal besuchen – es wird das letzte Mal sein. Sobald es ihm wieder bessergeht, heißt das. Dann will ich ihm ins Gesicht sagen, daß ich weiß, was er mir angetan hat«, sagte sie. »Danach dürfte ich mich wirklich viel besser fühlen.«

»Ich kann dich begleiten, sicher. Aber vielleicht wäre Barry besser geeignet . . .«

»Nein, er nicht«, sagte sie. »Das mag hart klingen, da ich immer noch im Mentor-Zentrum eingesperrt wäre und von nichts eine Ahnung hätte, wenn Barry nicht gewesen wäre. Es ist nur so . . .« Sie schüttelte den Kopf. »Ich muß gründlich über Barry und mich nachdenken und ob wir weiterhin zusammenleben können. Ich bin nicht mehr dieselbe Person, die ich war, als er mich das letzte Mal gesehen hat, oder?«

»Nein, nicht unbedingt.«

»Deshalb möchte ich gerne, daß du mich zu diesem Showdown begleitest und . . .«

Im Wald waren hastige Schritte zu hören. Blätter raschelten, und ein Zweig knackte.

Jake sprang auf und zog seine Betäubungspistole.

»Nur keine Panik, Jake!« rief Maggie. »Schieß mich bitte nicht über den Haufen!« Sie humpelte auf die Lichtung.

»Gibt es Probleme?« fragte er.

»In gewisser Weise.« Sie trat zu ihnen.

Am anderen Ufer des künstlichen Teiches machte der Waschbär kehrt und lief davon.

Alicia stand langsam auf. »Was ist los, Maggie?«

»Ich dachte mir, ich sage die lieber Bescheid«, sagte sie. »Es war gerade in den Video-Nachrichten. Dein Vater ist heute früh gestorben, Alicia. Natürliche Todesursache.«

Alicia senkte ihren Kopf für ein paar Augenblicke, dann sah sie zu Jake auf. »Er hat mich ausgetrickst«, sagte sie zu ihm. »Jetzt kann ich ihm nie mehr sagen, daß ich alles weiß.«

»Die Hauptsache ist, daß du es weißt«, sagte er.

»Für mich bricht jetzt die Zeit der Trauer an«, sagte sie. »Nicht um ihn, sondern um den Mann, für den ich ihn gehalten hatte.«

ENDE